陳儀深、葉亭葶──主編‧龔昭勳、葉亭葶──翻譯

台灣
民本主義

廖文毅　原著

國史館
Academia Historica

政大出版社
Chengchi University Press

國家圖書館出版品預行編目（CIP）資料

台灣民本主義 / 廖文毅原著. 陳儀深、葉亭葶主編. -- 初
版. -- 臺北市：國立政治大學政大出版社出版：國立政
治大學發行, 2023.02
　　面；　公分

ISBN　978-626-96532-4-9（平裝）

1.CST: 臺灣研究　2.CST: 臺灣政治　3.CST: 言論集

573.07　　　　　　　　　　　　　　111020686

台灣民本主義

原　　著｜廖文毅

主　　編　陳儀深、葉亭葶
審　　訂　葉亭葶、何義麟
翻　　譯　龔昭勳、葉亭葶
執行編輯　葉亭葶、張世瑛、連　克、李仕寧

發 行 人　李蔡彥
發 行 所　國立政治大學政大出版社
出 版 者　國立政治大學政大出版社
地　　址　11605臺北市文山區指南路二段64號
電　　話　886-2-29393091#80625
傳　　真　886-2-29387546
網　　址　http://nccupress.nccu.edu.tw

合作出版　國史館
地　　址　100006臺北市中正區長沙街一段2號
電　　話　886-2-23161000
網　　址　https://www.drnh.gov.tw/

經　　銷　元照出版公司
地　　址　10047臺北市中正區館前路28號7樓
網　　址　http://www.angle.com.tw
電　　話　886-2-23756688
傳　　真　886-2-23318496
郵撥帳號　19246890
戶　　名　元照出版有限公司

法律顧問　黃旭田律師
電　　話　886-2-23913808

初版一刷　2023年2月
定　　價　350元
I S B N　9786269653249
G P N　1011102189

政府出版品展售處
• 國家書店松江門市：104臺北市松江路209號1樓
　電話：886-2-25180207
• 五南文化廣場臺中總店：400臺中市中山路6號
　電話：886-4-22260330

目　次

譯本附錄

党　旗

台灣民主獨立黨 黨歌（曲、螢の光）

一、親愛台灣　錦繡山河
　　先烈的開發地
　　以汗以血　共同爭取
　　解放自由平等
　　親愛同胞　雙全智勇
　　遠東的新光華
　　為民為国　一齊擁護
　　解放自由平等

二、親愛臺灣　四海謳歌
　　諸族的結祥地
　　以信以義　団結推進
　　永遠世界和平
　　親愛同胞　民主前鋒
　　世紀的東南風
　　為弱為小　同盟支持
　　永遠世界和平

台灣民主獨立黨之黨旗與黨歌。
資料來源：〈臺灣民主獨立黨〉，《外交部》，原國史館藏，現藏檔案管理局，
數位典藏號：020-099905-0089。

廖文毅在「世界聯邦亞洲會議」上提議以和平、根本、快速的方法解決台灣
問題。(廖氏親族授權使用)

1955 年 9 月 1 日台灣臨時國民議會
成立時所攝之照片,當時廖文毅獲
選為名譽議長。(廖氏親族授權使
用)

廖文毅擔任台灣共和國臨時政府大統領期間所攝
影。收於簡文介所著的《WHAT WE HAVE DONE
THIS YEAR — 1955 —》。
資料來源:〈臺灣獨立黨在日活動情形(三)〉,《總
統府》,原國史館藏,現藏檔案管理局,數位典藏
號:011-100400-0004。

Dr. Thomas W.I. Liao
(Liau Bun-ge)
The President,
The Provisional Government of
The Republic of Formosa
廖 文 毅
台灣共和國臨時政府 大統領

1956 年《台灣民報》號外刊載了「台灣共和國獨立宣言」。
資料來源:〈臺灣獨立黨在日活動情形(三)〉,《總統
府》,原國史館藏,現藏檔案管理局,數位典藏號:011-
100400-0004。

1956年廖文毅就任台灣共和國臨時政府大統領的就職演説照。
資料來源：〈臺灣獨立黨在日活動情形（三）〉，《總統府》，原國史館藏，現藏檔案管理局，數位典藏號：011-100400-0004。

1956年台灣臨時國民議會
議員合照、開會照片。
資料來源:〈臺灣獨立黨在
日活動情形(三)〉,《總統
府》,原國史館藏,現藏檔
案管理局,數位典藏號:
011-100400-0004。

1965年廖文毅受蔣中
正總統接見時所攝。
資料來源:〈領袖照片
資料輯集(五十七)〉,
《蔣中正總統文物》,國
史館藏,數位典藏號:
002-050101-00059-086。

廖文毅發行之雜誌《前鋒》封面，1946 年 10 月至 11 月。
資料來源：〈大承出版社出版《前鋒》叢書〉第 3、4、5、6、7 期，國立台灣
歷史博物館典藏，登錄號 2006.002.1191 至 2006.002.1195。

館長序
聽見台灣的聲音

陳儀深

　　2018 年 12 月當我還在中研院近史所專職的時候，曾約請日本語文能力甚佳的友人龔昭勳先生同行，去日本東京蒐集資料，主要的時間用在國會圖書館。蒐集範圍包括戰後 GHQ（盟軍總部）日本占領史、沖繩託管、奄美返還等課題，無意中看到廖文毅的《台灣民本主義（日文版）》，因篇幅不多、當然就順便印回來了。由於廖文毅、廖文奎是戰後第一代的台獨運動者，不論在政治史或思想史的研究卻仍多空白，我從日本回來不久就請龔先生抽空翻譯廖文毅這本小書，原本要商請前衛出版社處理，但是鑒於過去葛超智（George H. Kerr，1911-1992）那本《被出賣的台灣》，1970 年代被一些留學美日的台灣青年（海外台獨運動前輩）翻譯的時候，限於諸般條件不足而發生不少錯誤，2010 年我趁著還在台灣教授協會會長任內邀集幾位專家學者進行「重譯校註」，而正式出版則是 2014 年初、即下一任會長張炎憲教授手中才完成的；為避免類似的問題，於是我們把腳步放慢，先委請館長室的機要、留學日本早稻田大學專攻台灣史的葉亭葶女士，根據龔先生的譯本再做校訂、加註，並且請中研院台史所的吳叡人教授、法律所的蘇彥圖教授撰寫導論，加上葉亭葶本人針對《台灣民本主義（日文版）》的誕生過程所做的考證論文合在一起，才比較放心地——由國史館與政大出版社在 2023 年的 228 紀念日前後出版了。

　　雖然廖文毅在本書的後記中說，本書是他在流亡香港期間以英文所撰寫，後來到日本以後做了增刪，並改寫成日文版，但我們看他在 1949 年掛名撰寫的《台灣的聲音》（*Formosa Speaks*）或是廖文奎所撰《福爾摩沙發言》（*Formosa Speaks*）——即香港「台灣再解放聯盟」於 1950 年出版的文本，比起本書即《台灣民本主義（日文版）》，架構都大有不同，要說改寫也不是普通的改寫而已。個人認為，作為遞交聯合國的請願書，或是在報刊發表，或單獨印行的宣傳品，都需要不同的寫法，不只是語言問題；所以需要請葉亭葶女士考證一下，個人不敢說葉女士的論文所述全是定論，而是提供我們閱讀廖氏兄弟作品的時候，要有這種「歷史的警覺」。

　　其次，關於「民本主義」這個詞，教育部的國語辭典說是「泛指以人民利益為目的的政治主張」；一般認為傳統中國政治思想早有「以民為本」的說法，而二十世紀之初孫中山介紹 Democracy 的時候，會引用美國林肯的民有、民治、民享來詮釋，其中「民治（by the people）」這一味，顯然是中國民本思想所欠缺的——意思是，民本不等於民主。時序已經到了 1950 年代，廖文毅為什麼還要用「台灣民本主義」來涵蓋他們「台灣共和國臨時政府」的政治主張呢？會不會是因為人在日本，受到大正民主運動的代表性思想家吉野作造（1878-1933）倡導民本主義的影響呢？也許本書內容裡面可以找到一些答案，我先把問題放著，可以作為閱讀本書時的一個有意義的問題意識吧。倒是，廖文毅在「台灣再解放聯盟」時期的《台灣的聲音》中，對他的「台灣人主義」做了定義：「以台灣人為中心，依據大多數台灣人的意願，基於台灣特有的文化、地理、歷史、氣候、本地環境、風俗習慣、經濟背景、以及觀念，我們必須構成本身的主義，那就是『台灣人主義』。」其次，他敘及他們台獨運動的內容是（一）台灣人不信共產主義，他們所要的為自由、繁榮與民主；（二）這項

運動鼓吹「台灣人主義」，基於溫和社會主義的台灣民族主義，沒有任何國際或中國的陰謀；（三）這一運動堅持，台灣未來的地位，務必由台灣人的意願來決定，也就是說，經由聯合國督導下的公民投票，而公民投票便是真正民主的初步。

　　戰後台灣地位風雨飄搖，廖文毅首先公開在《台灣的聲音》結論指出：「根據開羅會議協議，台灣目前的中國政府，在對日本和平條約作最後決定以前，僅僅只是一個事實的政權。」盟軍統帥麥克阿瑟將軍隨後不久（大約中國赤化之初）也否定了開羅會議公報，這個看法在韓戰爆發以後，也就成為美國總統杜魯門的立場。个過，廖文毅等人向聯合國、向美國國務院呼喊主張公民投票決定台灣前途的時候，有權投票者並不包括 1945 年 8 月 15 日以後來台的中國人。這樣排除「外省人」於台灣人定義之列的主張，在 1970 年代黃昭堂提出「無差別認同論」以後，主流的台獨運動者才改變說法，把大陸系台灣人視為共同體的一部分。要之，台獨運動者的主張不是一成不變的，1960 年代廖文毅回台投降以後，繼起的一批留日台灣青年，不論在理論或行動上都比廖文毅們更謹慎、也更靈活了。

　　本書《台灣民本土義》雖然有其「階段性」以及「集體創作」的性質，但畢竟是廖文毅和他的同志們從事台獨運動較後期的成熟之作，其特色之一就是提出台灣共和國憲法草案，作為他日「完全獨立」的國家藍圖。感謝吳叡人教授、蘇彥圖教授、葉亭葶博士分別為本書撰寫導論，加上附錄的史料，可以提供學界研究戰後台灣政治以及台灣民族主義發展史的重要參考，是為序。

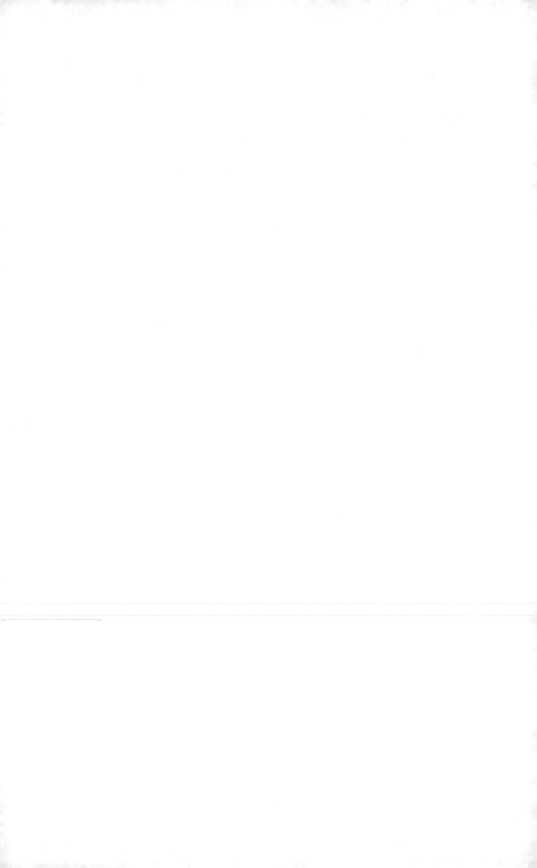

導論

廖文毅《台灣民本主義》一書之誕生（1948-1957）

葉亭葶

一、前言

　　國史館此次與政大出版社合作出版的《台灣民本主義》中譯本，原是1957年由台灣民報社在日本出版的日文書籍。是一本深具歷史意義的書。它不只是最早以台灣人的身分公開表示台灣人追求並期待獨立的日文著作，也是第一本系統性提出台灣民族論、建國後國家政策基本方針的專書。更重要的是，書中提出的住民自決、台灣地位未定論仍是現今爭論台灣在法理上能否獨立的重要依據。

　　然而這樣一本重要的著作，是否真為廖文毅所著卻有著疑問。雖然廖文毅在《台灣民本主義》一書的最末提及，這是他在流亡香港時以英文所撰寫、赴日後做了增刪，並譯為日文版後出版的著作。更提到，此書結合了作者科學家的頭腦、與民眾共同經歷的政治體驗、無與倫比的政治天賦，加上對民族強烈之愛，定會成為未來台灣民族的經典之作。[1] 然而同時期在日本從事台灣獨立運動的楊逸舟，[2] 在

1　廖文毅，《台灣民本主義》（東京：台灣民報社，1957年），頁229。關於《台灣民本主義》一書之出版年因在版權頁上未標明，因此究竟是1956或1957年眾說紛紜，雖說序言中廖文毅撰稿時間為1956年12月，然而在本文提及的事件及置於本書最後其手寫的書法「以民為本，代天行道」皆出現1957年的時間標示，故筆者推論此書應於1957年出版。

2　本名楊杏庭（1909-1987），於1954年秋在日本東京第一次見到廖文毅。曾以秘密黨員的身分加入台灣民主獨立黨。化名楊逸民。

其自傳《受難者》一書中卻稱廖文毅為「詐欺師」，並提及他替廖文毅寫了《台灣民本主義》原稿四百張。[3] 若以一張稿紙四百字來計算的話，楊逸舟等於寫了約十六萬字。似乎暗示讀者他才是《台灣民本主義》一書的真正作者。然而也許有另一種可能是，楊逸舟其實只是協助廖文毅將其英文著作翻譯成日文版的譯者。這些未解之謎引發了筆者的研究興趣。究竟《台灣民本主義》一書真正的作者是誰？又或《台灣民本主義》一書逐漸成形的過程中，是否有其他從事台灣獨立運動的同志協助／共同書寫或翻譯？成為筆者撰寫此文的問題意識。

另一方面，在思想建構與形成部分，學者吳叡人認為廖文毅《台灣民本主義》的思想母體是廖文奎所寫的《福爾摩沙發言》（*Formosa Speaks*）。[4] 然而廖文奎於 1952 年在香港大學任職期間，因操勞過度而過世。[5] 對此，筆者亦想透由文本分析探討，在廖文奎過世後，到《台灣民本主義》出版之間，廖文毅是否有新的主張、新的思想產生？

二、廖文毅追求台灣獨立之歷程

廖文毅（Thomas Liao，1910-1986）生於日治時期、雲林西螺大地主家庭，排行第三。1925 年，追隨其大哥廖溫仁（1893-1936）及二哥廖文奎（1905-1952）之腳步，進入日本京都同志社大學初中部就讀。1928 年赴中國南京金陵大學理工科攻讀學士學位。1933 年至 1934 年，廖文毅轉赴美國密西根大學攻讀碩士學位，研究鹽水電

3 楊逸舟著，張良澤譯，《受難者》（台北：前衛，1990 年），頁 130。
4 吳叡人，〈祖國的辯證：廖文奎（1905-1952）台灣民族主義思想初探〉，《思與言》第 37 卷 3 期（1999 年 9 月），頁 85。
5 廖文毅，《台灣民本主義》，頁 229。

解。之後赴俄亥俄州立大學，於 1935 年 6 月取得工學博士學位。[6] 從大學到博士課程，廖文毅所學都以工科為主，與其二哥廖文奎鑽研於哲學是完全不同的研究取向。再從其學術養成的歷程來看，廖文毅最不擅長書寫的語言，應該是日文。

戰後，廖文毅開始活躍於台灣，成為了一名政治家跟革命家。[7] 同時也創辦並出刊了《前鋒》雜誌，[8] 做為最初向台灣人傳遞政治思想的的刊物。二二八事件爆發前，廖文毅曾主張「聯省自治」是中台關係的最佳模式，並積極推動之。也參與了國民政府所舉辦的國民參政員及制憲國大代表選舉，但皆以敗選收場。

1947 年二二八事件發生。同年 6 月，廖文毅與廖文奎在上海成立「台灣再解放聯盟」（The Formosan League for Re-emancipation），並於日本、馬尼拉、台灣等地設支部。[9] 11 月「台灣再解放聯盟」總部遷往香港後，開始推動台灣獨立運動。[10] 1948 年 9 月 1 日，廖文毅以台灣再解放聯盟主席的身分，為台灣人向聯合國做出首次的陳情。[11] 然而最終聯合國並未將此事納入大會討論的議程中。

1950 年初，由於標榜反共反蔣的台灣再解放聯盟，在香港的活

---

6 〈參政員候選人政見發表〉，《台灣新生報》，台北，1946 年 8 月 6 日，第 5 版。
7 廖文毅，《台灣民本主義》，頁 227。
8 關於《前鋒》雜誌與《前鋒》週刊的詳細介紹，請參見拙著，葉亭葶，〈從大中華民國主義者到混血台灣民族論者：廖文毅政治思想再探〉，《2021 年二二八、人權、民主與轉型正義學術研討會論文集》（台北：財團法人二二八事件紀念基金會，2022 年）。
9 〈謹將處理台灣省再解放聯盟一案致彭副司令函稿及資料檢奉核閱〉，《台灣獨立黨在日活動情形（一）》，國史館藏，典藏號：011-100400-0002。
10 Thomas W. I. Liao，〈Formosa Speaks〉，《Confidential U.S. State Department central files. Formosa, internal affairs, 1945-1949（二）》，國史館藏，典藏號：131-010199-0018。
11 〈Petition To The United Nations For Plebiscite in Formosa To Decide Her future Status〉，《Confidential U.S. State Department central files. Formosa, internal affairs, 1945-1949（一）》，國史館藏，典藏號：131-010199-0017。

動漸感受限，因此決定將總部移至日本東京。[12] 廖文毅冒名許錦昌，在香港兩廣特派員公署領得護照，並以探訪在日親友為由於 2 月 6 日入境日本。但此事被中華民國駐日代表團發現，要求盟軍總部徹查。廖文毅遂於 3 月 17 日被拘押，並受到盟軍軍事法庭的審訊。最後廖文毅被以冒名非法入境罪起訴、判處六個月有期徒刑。[13]

　　1950 年 5 月 17 日，廖文毅仍被關押於巢鴨監獄之際，黃南鵬（化名王仲明）以代理主席的身分，把台灣再解放聯盟改組成二戰後第一個主張台灣獨立的政黨──台灣民主獨立黨，總部設於日本東京。[14] 1951 年 7 月廖文毅重新擔任黨主席一職。但一直要到 1952 年舊金山和約生效，日本恢復主權，廖文毅獲得在日本合法居留的資格後，才恢復公開的政治活動。[15] 此後，廖文毅不只向聯合國大會提出台灣建議書、[16] 出席 1952 年在廣島召開的世界聯邦亞洲會議，[17] 亦在月銷一百萬份以上、讀者多為知識分子的《文藝春秋》月刊發表了題為〈祖國台灣的命運──將蔣政權放逐到聖赫勒那島 [18] 去〉的文章，企

12　廖文毅，《台灣民本主義》，頁 112。

13　〈抄送台獨份子廖文毅在日活動之經過情形〉，《台灣獨立黨在日活動情形（一）》，國史館藏，典藏號：011-100400-0002。

14　〈東京台灣民主獨立黨在日舉行記者會經絡各記者控制會場其作用已失敗抄送致外部電件〉，《台灣獨立黨在日活動情形（一）》，國史館藏，典藏號：011-100400-0002。

15　《台灣民報》，東京，1963 年 8 月 28 日，第 3 版。

16　〈據報台灣獨立黨擬向職大會提出有關台灣之建議書特電預籌因應致聯大七屆常會代表團之副本〉，《台灣獨立黨在日活動情形（一）》，國史館藏，典藏號：011-100400-0002。

17　〈據駐日使館呈該偽體最近在日之活動情形抄件〉，《台灣獨立黨在日活動情形（一）》，國史館藏，典藏號：011-100400-0002。世界聯邦亞洲會議為戰後根據世界聯邦維護世界和平之構想所創立之會議。分歐、美、亞、非各洲分別進行。第一屆亞洲會議是於 1952 年在日本廣島所舉辦。廖文毅在此會議上發表演說，呼籲聯合國應和平地解決台灣問題，讓公民投票決定台灣主權之所屬。

18　聖赫勒拿（Saint Helena）是大西洋島嶼，主權屬於英國，離非洲西岸 1,900 公里，離南美洲東岸 3,400 公里。1815 年，法蘭西第一帝國皇帝拿破崙一世被流

圖引起日本知識界對台灣問題的關注。[19] 1954 年 11 月，再度參加了第二屆的世界聯邦亞洲會議。[20] 1955 年，廖文毅受到印尼總統蘇卡諾（Soekarno，1901-1970）之邀，本欲出席在印尼萬隆召開的亞非會議，卻因國府阻撓而無法親自參與。

　　廖文毅除了運用各種管道宣傳台獨理念外，也開始著手建立台灣人自己的「國家」。為加速台灣共和國的建立，在 1955 年 2 月 28 日成立了台灣臨時國民議會籌備委員會後，開始進行 24 縣市議員的遴選。同年 9 月 1 日台灣臨時國民議會正式成立，由吳振南擔任議長、廖文毅任名譽議長。在國會成立典禮上，廖文毅以黨主席身分發表 24 名議員名單，並表示此國會的最終目標是將台灣從中華民國政府手中解放出來、建立一個獨立的台灣共和國。[21] 當日也成立了臨時憲法起草委員會，由簡文介擔任會長一職，開始起草憲法及「台灣共和國臨時政府組織條例」。[22]

　　放到厄爾巴島。滑鐵盧戰役後，拿破崙再次成為俘虜，這一次反法同盟汲取了教訓，必須把拿破崙流放到一個四不靠的荒島，讓他不能再回歐洲。萬里之外的非洲孤島聖赫勒拿，無疑是最好的選擇。拿破崙一世於 1821 年死於島上。廖文毅想把蔣介石流放到聖赫勒拿應是想效法反法同盟之作法，不想再讓蔣介石有機會重回台灣。

19　廖文毅，〈祖国台湾の運命—蔣政権をセント・ヘレナに流せ〉，《文藝春秋》，東京，1955 年 4 月号，頁 114-121。〈據台省保安司令部情報為對廖逆文毅在日發表「台灣的命運」一文之內容提供意見暨對策節抄原情報暨廖逆原文〉，《台灣獨立黨在日活動情形（二）》，國史館藏，典藏號：011-100400-0003。

20　簡文介，《台灣獨立運動　第 10 年—1955》（東京：不明，1955 年）。

21　〈檢送關於「台灣獨立黨」在日成立「臨時國會」參考消息〉，《台灣獨立黨在日活動情形（二）》，國史館藏，典藏號：011-100400-0003。〈關於廖文毅在東京召開台灣臨時國民會議事報請鑒察〉，《台灣獨立黨在日活動情形（二）》，國史館藏，典藏號：011-100400-0003。

22　丘念台，〈謹呈「對在日台僑獨立託管運動淺見」一篇〉，《台灣獨立黨在日活動情形（三）》，國史館藏，典藏號：011-100400-0004。〈關於偽台灣獨立黨在日成立所謂臨時政府續呈鑒察〉，《台灣獨立黨在日活動情形（三）》，國史館藏，典藏號：011-100400-0004。

　　台灣臨時國民議會成立後，籌備台灣共和國臨時政府的行動如火如荼地展開了。先是同年的 11 月 27 日，臨時國民議會通過「台灣共和國臨時政府組織條例」，12 月 18 日再根據上述組織條例選出總統、副總統。[23] 最後，二二八事件九週年紀念日當天，也就是 1956年 2 月 28 日，正式發表「台灣共和國獨立宣言」、通過憲法、宣告台灣共和國臨時政府成立，並舉辦台灣臨時共和國總統、副總統及各部長的就職典禮。而被廖文毅視為思想防波堤、集其論著大成的《台灣民本主義》一書也在該年年底完成，於隔年出版。

三、台灣再解放聯盟時期

（一）對聯合國提出的最初的請願書

（1）請願書的內容

　　1948 年 9 月 1 日廖文毅以台灣再解放聯盟主席的身分，向聯合國秘書長賴伊（Trygve Halvdan Lie，1896-1968）[24] 提出了厚達 50頁，主旨為〈呼籲聯合國在台灣舉行公民投票，以決定未來地位〉的請願書，期待在 1948 年 9 月 18 日聯合國召開的會員大會上討論此案。這份請願書，除了台灣再解放聯盟外，另有九個團體共同聯署。分別是台灣獨立聯盟（主席莊要傳）、台灣青年同盟（主席黃紀男）、台灣民眾聯盟（主席陳梧桐）、台灣民主建設協會（主席楊基振）、台灣學生同盟（主席林純章）、台灣婦女聯合會（主席蔡秀鸞）、台灣原住民協會（主席張四郎）、台灣經濟研究協會（主席林益謙）及台灣

23　〈關於偽台灣獨立黨在日成立所謂臨時政府續呈鑒察〉，《台灣獨立黨在日活動情形（三）》，國史館藏，典藏號：011-100400-0004。

24　首任聯合國秘書長。挪威籍。任期從 1946 至 1952 年。

文藝協會（主席邱永漢）。25

　　此份請願書（目次詳見表一），如標題所示，主要訴求即是請求
聯合國為台灣舉行一次公民投票，以決定台灣的地位。摘要處總結出
二大理由以說明請求的合理性；1. 根據《大西洋憲章》第二條及第
三條的規定，台灣主權應由住民進行公民投票決定。2. 台灣人與中
國人不是同一種族；開羅會議中，沒有台灣人參加，因此決定戰後由
中國占領台灣是違反國際法的。26 而請願書的本文中，則將請求的根
據，分成法律層面、歷史層面、政治層面及經濟層面，做出更詳細說
明。27

表一　請願書目錄

〈呼籲聯合國在台灣舉行公民投票，以決定未來地位〉
摘要 1. 我們的要求 2. 我們要求的根據 3. 法律的根據 4. 歷史的根據 5. 政治上的根據 6. 經濟上的根據 7. 台灣人的公共意見 結論

25　〈Petition to the United Nations for Plebiscite in Formosa to Decide her Future Status
　　（―Abstract―）〉，《Confidential U.S. State Department central files. Formosa, internal
　　affairs, 1945-1949（一）》，國史館藏，典藏號：131-010199-0017，頁 7。實際
　　上是否真已獲得各組織的主席同意，仍有待進一步研究。尤其楊基振及張四
　　郎。蓋由於在林益謙的口訪中有提過自己未同意但被廖文毅借名的情形發生。
　　（詳見張炎憲、胡慧玲、曾秋美採訪記錄，《台灣獨立運動的先聲：台灣共和國
　　（下）》（台北：吳三連台灣史料基金會，2000 年），頁 444。

26　〈Petition to the United Nations for Plebiscite in Formosa to Decide her Future Status
　　（―Abstract―）〉，國史館藏，典藏號：131-010199-0017，頁 2-3。

27　〈Petition to the United Nations for Plebiscite in Formosa to Decide her Future
　　Status〉，國史館藏，《Confidential U.S. State Department central files. Formosa,
　　internal affairs, 1945-1949（一）》，典藏號：131-010199-0017。

在「法律的根據」這部分，請願書除了再提《大西洋憲章》第二條及第三條外，也以移民美洲的清教徒為例，表示即使有血緣關係，也不能成為與中國統一的法律根據，更何況台灣人的血統不如中國人想像的純粹。更重要的是，台灣人與中國人在想法上差異甚大，台灣人已意識到中國政府是封建、殘忍的政府。同時也指出即使中國政府來台主政後施行選舉，但選舉結果並無法反應人民的意志。[28] 在「歷史的根據」這部分，為主張台灣人與中國人非屬同一民族，此份請願書把台灣的歷史劃分成七個階段說明之；分別是原住民時期、西方人時期、鄭成功時期、清朝時期、台灣民主國時期、日本統治時期及中國政府時期。[29] 在「政治的根據」上，強調中國政府接收台灣後，台灣政治全然改變。中國政府把台灣當成殖民地的子民；這樣的心態在人事安排上表露無遺。請願書中更列舉了中國政府的特點，包括無效率、怠惰、獨裁、專制及詐欺。[30] 在「經濟的根據」方面，提出中國占領台灣後，出現了兩種趨勢，一是生產的停滯，另一則是通貨膨脹。[31] 而在「台灣人的公共意見」後，還附上上述九個團體的共同簽署，及簽署單位和其主席的簡介。[32]

若把此份請願書跟《台灣民本主義》一書內容相比，可看出請願書中「歷史的根據」之架構為《台灣民本主義》「第一部過去的台灣」

---

[28] 〈Petition to the United Nations for Plebiscite in Formosa to Decide her Future Status〉，國史館藏，典藏號：131-010199-0017，頁 3-8。

[29] 〈Petition to the United Nations for Plebiscite in Formosa to Decide her Future Status〉，國史館藏，典藏號：131-010199-0017，頁 8-15。

[30] 〈Petition to the United Nations for Plebiscite in Formosa to Decide her Future Status〉，國史館藏，典藏號：131-010199-0017，頁 15-31。

[31] 〈Petition to the United Nations for Plebiscite in Formosa to Decide her Future Status〉，國史館藏，典藏號：131-010199-0017，頁 31-45。

[32] 〈Petition to the United Nations for Plebiscite in Formosa to Decide her Future Status〉，國史館藏，典藏號：131-010199-0017，頁 45-51。

的雛形。請願書在這部分雖寫的很簡略，然而《台灣民本主義》在時期的區分上，除了把中國政府時期移至第二部「現在的台灣」外，其他前六個時期的劃分方式與請願書是完全一致的。而請願書中「政治的根據」和「經濟的根據」的部分，則成為了《台灣民本主義》第二部「現在的台灣」第七章「台灣人對陳儀」的內容。除了非常小部分因談及魏道明，而移至第八章「台灣人對魏道明」之外，大多完整呈現在第七章。可以說《台灣民本主義》第七章的內容大多引自此份請願書。

（2）請願書的書寫與形成前的思想交流

1947 年 1 月 18 號，廖文毅在台北中山堂舉辦了一場青年座談會。出席者有廖文奎、邱永漢及廖史豪等 33 人。當時廖文奎就已提及《大西洋憲章》。廖文奎表示，《大西洋憲章》的第二條跟第三條明記了被解放地區的領土及政權問題的處理方法。只是廖文奎也談及了國際現實。他指出前英國首相邱吉爾以強權的視角聲明，朝鮮能適用《大西洋憲章》，但印度不能。這樣的問題也出現在開羅會議決定台灣命運這個議題上。當時台灣人沒有發表意見，而中國政府卻向世界表示，台灣人對祖國懷抱著愛國心，因此在開羅會議上做出了台灣歸還祖國的決定。對此，廖文奎不否認「光復」當時台灣人是歡喜且熱望的，但主張中國政府來台施行惡政後，中國政府已無再統治台灣的正當性；台灣人有權根據《大西洋憲章》以民主的原則，讓台灣人決定台灣的命運。[33]

同個月分，黃紀男也與美國駐台北領事館副領事柯喬治（George Kerr，1911-1992）及美國新聞處台灣辦事處處長卡托（Robert J.

33　前鋒編輯部，〈青年座談會〉，《前鋒》第 14 期，1947 年 2 月 8 日，頁 10-13。

Catto）談及台灣地位問題。黃紀男戰爭時期曾赴菲律賓擔任「新菲律賓文化學院」講師，教育菲律賓青年。日本戰敗後留在菲律賓的美軍總部任翻譯，直到 1946 年 2 月才回到台灣。4 月考進台灣電力公司後，被派任在秘書室負責聯繫及替應邀來台電的 25 個美國顧問翻譯。黃紀男在台電的時候，因對政府施政不滿，私下組織了一個小團體，名為「台灣青年同盟」，用以暢談時勢。主要成員有鄭瓜瓞 34 及莊要傳 35 等。36 柯喬治與卡托告訴黃紀男，《開羅宣言》不是一項國際條約，不能決定台灣的法律地位，台灣可請求聯合國進行託管，將中國人趕出去，倘若台灣人能組成一項有效的運動，以達成這目標，美國就會願意對台灣人予以強大援助。37

　　而黃紀男與廖文毅初次認識也是在這個月分。1947 年 1 月 3 日，黃紀男因對於廖文奎、廖文毅兄弟的演講內容產生了共鳴，之後就常常拜訪他們，直到 1947 年 2 月 26 日廖家兄弟離開去上海為止。38 也就是說不論廖文奎或黃紀男，在二二八事件發生前就已開始

34　鄭瓜瓞（1914-1983），台北大稻埕出生。日本京都大學商科畢。曾任職於三菱公司，並被公司派至曼谷擔任英語通譯。戰後回台，在台灣電力公司上班，並認識了黃紀男。與莊要傳是好友。為台灣再解放聯盟台灣支部成員。1950 年捲入廖文毅案初次被捕，1962 年二度被捕。

35　莊要傳（1915-1950），1915 年生於台北。日本中央大學法律系肄業，日本外交官考試及格。1941 年進入朝日新聞擔任記者，1944 年被調派至香港擔任特派員。二戰結束後回到台灣。1946 年 5 月進入台灣銀行工作。1948 年 10 月赴香港，赴港前請廖史豪寫推薦信，以加入台灣再解放聯盟。1948 年 11 月以台灣再解放聯盟東京代表的身分抵達日本。在台灣民主獨立黨成立後任宣傳部部長。1950 年 5 月 31 日突然過世，死因不明。

36　張炎憲、胡慧玲、曾秋美採訪記錄，《台灣獨立運動的先聲：台灣共和國（上）》（台北：吳三連台灣史料基金會，2000 年），頁 92。

37　〈The main reasons why we demand the independence of Formosa〉，《Confidential U.S. State Department central files. Formosa, internal affairs, 1945-1949（一）》，國史館藏，典藏號：131-010199-0017。

38　張炎憲、胡慧玲、曾秋美採訪記錄，《台灣獨立運動的先聲：台灣共和國（上）》，頁 92。

思考台灣地位問題並展開交流了。

　　二二八事件發生後，黃紀男於 1947 年 9 月 15 號前往上海，打算拜訪廖文毅兄弟商議台獨前途。然而當時廖文毅已赴香港，所以黃紀男只見到了廖文奎。9 月底，廖文奎與黃紀男一同赴南京拜訪美國駐華大使司徒雷登（John Leighton Stuart，1876-1962）請其向美國政府遊說，讓台灣舉行公民投票決定自己的前途。[39] 他們也提醒司徒雷登，美國是開羅會議的與會國家，允許中國接收，又從軍事上協助中國接收。所以，美國對於台灣獨立的達成，在義務上有極大的責任。[40] 黃紀男在中國逗留了一個月之後，於 10 月 15 號返台。

　　然而最初開始著手起草這份請願書的人，不是廖文奎兄弟，亦非黃紀男，而是上述與黃紀男共同組成台灣青年同盟的莊要傳。[41] 莊要傳也曾在 1948 年元月赴上海會見廖文奎、廖文毅及美國駐華大使司徒雷登。[42] 顯示在起草這份請願書之前，廖家兄弟、黃紀男及莊要傳等人應已彼此交換過意見，並保持著連絡。

39　張炎憲、胡慧玲、曾秋美採訪記錄，《台灣獨立運動的先聲：台灣共和國（上）》，頁 94。依據莊要傳的紀錄，黃紀男與司徒雷登見面的時間是在 1947 年 11 月。由於尚未找到其他相關史料，故無法判斷何者所記錄的時間點正確。〈The main reasons why we demand the independence of Formosa〉，國史館藏，典藏號：131-010199-0017。

40　〈The main reasons why we demand the independence of Formosa〉，國史館藏，典藏號：131-010199-0017。

41　〈The main reasons why we demand the independence of Formosa〉，國史館藏，典藏號：131-010199-0017。台湾民主独立党，〈同胞に告ぐ〉，《アジア》，3（東京，1951 年 8 月 1 日）。

42　張炎憲、胡慧玲、曾秋美採訪記錄，《台灣獨立運動的先聲：台灣共和國（上）》，頁 38。邱永漢，《わが青春の台湾　わが青春の香港》（東京：中央公論新社，2021 年），頁 121。

在林益謙 [43] 的介紹下，莊要傳認識了邱永漢。[44] 他向邱永漢表示，想要請邱永漢先擬一份要求實施公民投票以決定台灣未來地位的請願書草案。莊要傳提及請願書中應從歷史的角度向聯合國說明台灣人與大陸的中國人不是同一個民族、台灣與大陸不具有共同意識。且為了獲得聯合國中先進國家認同，在請願書中必須要有精確的資料與統計數字。並表示完成後要請邱永漢赴港把草稿交予廖文毅。[45]

邱永漢用了三天擬好草稿。在擬完草稿後，邱永漢曾把草稿拿給廖文毅的姪子廖史豪看。[46] 之後與莊要傳一同做最後修改，完成後邱永漢默記了內容、把數字記錄下來，然後就把原稿燒掉，迅速赴港會見廖文毅。[47] 到了香港，邱永漢把默背的內容打出來交給廖文毅。經廖文毅修改及翻譯成英文後，廖文毅帶著邱永漢到美國駐香港領事館面見當時副領事謝偉思（Richard M. Service）。廖文毅把請願書的草稿交給謝偉思閱讀，謝偉思不只給了建議還為其潤稿。[48] 邱永漢在香港待了一個星期左右，便返台了。

廖文毅也把此份請願書寄給了人在日本的黃紀男。黃紀男早在

43　林益謙，1911 年生於艋舺。父親林呈祿，為家中獨子。3 歲時隨父親赴日。就讀東京府立第五中學，東京第一高等學校。1930 年考入東京帝國大學法學部。參加國家考試高等試驗司法科和行政科及格。東京大學畢業後，經日本政府拓務省公務員，被分派回台灣任職台灣總督府財政局金融科。1937 年擔任曾文郡守，1940 年轉任台灣總督府財務局財務事務科事務管理。1942 年升任金融科長，1944 年 6 月派赴印尼，擔任軍政管部財務部專賣局長兼財務局金融科長。

44　本名邱炳男，1924 年生於台南。當時擔任華南銀行研究員，林益謙為其研究室主任。邱永漢，《わが青春の台湾　わが青春の香港》，頁 112、116。

45　邱永漢，《わが青春の台湾　わが青春の香港》，頁 116-121。

46　張炎憲、胡慧玲、曾秋美採訪記錄，《台灣獨立運動的先聲：台灣共和國（上）》，頁 38。

47　邱永漢，《わが青春の台湾　わが青春の香港》，頁 120-121。

48　邱永漢，《わが青春の台湾　わが青春の香港》，頁 123-124。〈The main reasons why we demand the independence of Formosa〉，國史館藏，典藏號：131-010199-0017。

1947 年 12 月即離開台灣，先到上海，1948 年 1 月 25 日又轉往香港投靠廖文毅。之後在廖文毅的勸說下與陳梧桐[49] 一起轉往日本，於1948 年 4 月 2 日抵達川崎。從 1 月到 3 月黃紀男曾隨廖文毅四處接觸各界人士，其中較常接觸的便是謝偉思。黃紀男赴日的原因是廖文毅認為黃紀男曾留學日本，對日本政經界也比較熟悉。因此請他先到日本活動。廖文毅當時就判斷要獨立或進行公民投票都必須仰賴聯合國。而聯合國的提案需要兩國以上連署，所以除了美國，廖文毅希望將來日本進入聯合國後也能為其提案。[50] 黃紀男收到廖文毅從香港寄來的請願書後，約見了美國合眾社遠東文社社長霍爾布來特（Ernest Holbright）告其獨立運動的要旨，並給予一份請願書的複印本。[51] 此外，時任廖文毅秘書的林純章[52] 也帶著英文版的請願書，在 8 月中離開了香港至東京。[53] 廖文毅還將請願書呈給了聯合國大會主席艾瓦特（Herbert Vere Evatt，1894-1965）、杜魯門總統、國務卿馬歇爾及麥克阿瑟將軍等人。

　　遺憾的是這份請願書並沒有辦法使得台灣問題納入聯合國大會的討論議程。當時人在日本的莊要傳、陳梧桐及林純章，微幅修改了請願書內容後，在隔年 1949 年 3 月以「台灣獨立聯盟」、「台灣民眾聯盟」、「台灣學生同盟」主席之名義聯合署名，再次寄給杜魯門總統。主張美國在處理台灣問題上，有其優越的影響力，應對開羅協議中有

49　1890 年台南出生。生意人。為籌措在日生活及活動經費，從事走私事業。

50　張炎憲、胡慧玲、曾秋美採訪記錄，《台灣獨立運動的先聲：台灣共和國（上）》，頁 96。

51　張炎憲、胡慧玲、曾秋美採訪記錄，《台灣獨立運動的先聲：台灣共和國（上）》，頁 98。

52　林純章化名林順昌。二二八事件發生時與廖文毅、廖文奎、廖史豪同在中國旅遊。

53　〈The main reasons why we demand the independence of Formosa〉，國史館藏，典藏號：131-010199-0017。

關將台灣主權指定給中國負起責任；而盟國最高統帥麥克對准許及協助中國占領台灣也有責任。所以希望美國政府授權盟國最高統帥麥克阿瑟儘早占領台灣，但仍石沈大海。這份陳情書還附上由莊要傳三人聯名呈給麥克阿瑟的四次備忘錄。[54]

（二）廖文毅版的〈福爾摩沙發言〉

〈福爾摩沙發言〉（Formosa Speaks）共有兩個版本。較為人所熟知的是由廖文奎所寫，做為備忘錄於 1950 年 9 月遞交給聯合國，聲援台灣獨立的這個版本。另一個版本則是 1949 年 5 月由廖文毅所提出的。

表二　〈福爾摩沙發言〉（廖文毅版）目錄

〈福爾摩沙發言〉（廖文毅版）
I.　　引言。
II.　　台灣簡史。
III.　日本投降後的台灣。
IV.　在中國國民黨統治下的台灣政情。
V.　　在中國國民黨統治下的台灣經濟及社會惡化。
VI.　台灣人的要求。
VII.　台灣人的聲明書。
VIII.台灣再解放聯盟的基本國策以及共黨在台灣的活動。
IX.　台灣獨立運動的發展。
X.　　台灣的農業及工業基礎。
XI.　台灣的糖業。
XII.　台灣的交通體系。
XIII.台灣的通貨膨脹。
XIV 台灣文明的基礎及種族問題。
XV　結論。

---

54 〈Petition to the president of the United States of America with respect to the independence of Formosa〉，國史館藏，《Confidential U.S. State Department central files. Formosa, internal affairs, 1945-1949（一）》，典藏號：131-010199-0017。

　　廖文毅版的〈福爾摩沙發言〉是廖文毅在香港時英文書寫的。共有 183 頁，完成於 1949 年 5 月 1 日（目次詳見表二）。廖文毅透過香港美國總領事館副領事尤金（Eugene Milligan），把這份文稿及一份備忘錄轉呈給國務院國務卿艾契遜[55]（Dean Gooderham Acheson，1893-1971）。[56] 廖文毅是以台灣再解放聯盟主席的身分，將備忘錄呈給艾契遜的。備忘錄的重點有三。一、在對日和約締結前，法律上台灣並非中國的一部分。二、在美國反共的大前提下，台灣戰略地位十分重要，美國應將台灣納入遠東集體安全的民主連鎖中。三、希望未來任何國際會議，若有與台灣相關的提案、討論及議決，都邀請台灣再解放聯盟的代表出席、與會，因為唯有台灣再解放聯盟才能真正代表台灣人。[57] 此外，廖文毅也請尤金把這份文稿及一封私人信件轉交給謝偉思。在給謝偉思的信中，廖文毅表示自己對國際政治愚昧，極需謝偉思賜教，並請求他能讓這本書在美國國內印行。[58] 顯示廖文毅撰寫這份文稿時，設想的傳遞訊息對象，不只是美國政府官員，還包括了美國知識分子。

―――――

55　畢業於耶魯大學和哈佛大學法學院。1941 年任助理國務卿、1945-1947 年任副國務卿。1945 年以後，成為堅定的反共分子。這一立場對他此後所採取的外交政策發生重要影響。他相信蘇聯會在中東謀求擴張，即制訂了後來所謂的杜魯門主義，保證給予希臘和土耳其政府緊急的軍事和經濟援助。同年，擬定了後來所謂的馬歇爾計畫的主要方針。是第二次世界大戰後的冷戰時期，美國外交政策的主要制訂者。

56　〈The foreign service of the United States of America〉，《Confidential U.S. State Department central files. Formosa, internal affairs, 1945-1949（二）》，國史館藏，典藏號：131-010199-0018。

57　〈A Memorandum to Secretary Dean Acheson〉，《Confidential U.S. State Department central files. Formosa, internal affairs, 1945-1949（二）》，國史館藏，典藏號：131-010199-0018。

58　〈Letter to Service from Thomas Liao〉，《Confidential U.S. State Department central files. Formosa, internal affairs, 1945-1949（二）》，國史館藏，典藏號：131-010199-0018。

　　這份文稿一開始就註明，是為了獻給 1947 年 2 月 28 日為主張台灣再解放而犧牲生命的「國家英雄」（National Heroes）。[59] 廖文毅還在前言中對於邱永漢及廖文毅自己夫人李惠容（Anna）表達了感謝。廖文毅表示邱永漢對這份文稿中經濟及金融方面貢獻良多，而華裔美國人的妻子李惠容則為其潤飾了英文。[60]

　　正如表二的目次所示，此書分成 15 個部分。[61] 若拿廖文毅版的〈福爾摩沙發言〉與前述的請願書比對，可以看出〈福爾摩沙發言〉「台灣簡史」的內容與請願書「歷史的根據」所寫的內容大致雷同。[62] 而「日本投降後的台灣」這部分後半的內容引自請願書「法律的根據」。[63]「在中國國民黨統治下的台灣政情」則完全引自請願書「政治上的根據」。[64] 此外，〈福爾摩沙發言〉中「在中國國民黨統治下台灣經濟及社會惡化」則是大多引自請願書「經濟的根據」，並在此之上小幅度增加一些新的資訊。[65] 再者，〈福爾摩沙發言〉「台灣人

---

[59] Thomas W. I. Liao，〈Formosa Speaks〉，國史館藏，典藏號：131-010199-0018，頁 2。

[60] Thomas W. I. Liao，〈Formosa Speaks〉，國史館藏，典藏號：131-010199-0018，頁 4。

[61] Thomas W. I. Liao，〈Formosa Speaks〉，國史館藏，典藏號：131-010199-0018，頁 5。

[62] Thomas W. I. Liao，〈Formosa Speaks〉，國史館藏，典藏號：131-010199-0018，頁 11-17。〈Petition to the United Nations for Plebiscite in Formosa to Decide her Future Status〉，國史館藏，典藏號：131-010199-0017，頁 8-15。

[63] Thomas W. I. Liao，〈Formosa Speaks〉，國史館藏，典藏號：131-010199-0018，頁 23-28。〈Petition to the United Nations for Plebiscite in Formosa to Decide her Future Status〉，國史館藏，典藏號：131-010199-0017，頁 3-8。

[64] Thomas W. I. Liao，〈Formosa Speaks〉，國史館藏，典藏號：131-010199-0018，頁 29-44。〈Petition to the United Nations for Plebiscite in Formosa to Decide her Future Status〉，國史館藏，典藏號：131-010199-0017，頁 15-31。

[65] Thomas W. I. Liao，〈Formosa Speaks〉，國史館藏，典藏號：131-010199-0018，頁 45-61。〈Petition to the United Nations for Plebiscite in Formosa to Decide her Future Status〉，國史館藏，典藏號：131-010199-0017，頁 31-45。

的要求」這部分的內容則由請願書中部分摘要的內容、五點結論及十個團體（上述的九個聯名的團體加上台灣再解放聯盟）的簡介所構成。[66] 也就是說〈福爾摩沙發言〉前五章的內容與請願書大致相同。

而〈福爾摩沙發言〉第七章「台灣人的聲明書」這個部分，非引自請願書，而是由台灣再解放聯盟及其他的組織已經發布的 3 份聲明書所構成。這 3 份聲明書分別於 1948 年 10 月 7 日、1948 年 12 月 10 日、1949 年 3 月 20 日提出。第一份是寄往在巴黎舉行的聯合國大會。主要用以聲明台灣目前事實上僅是交由中國暫時託管。第二份聲明書則向全世界提出聲明抗議，反對中國國民政府利用台灣作為他的內戰基地。因當時中共正席捲東北，國民政府瀕臨崩潰邊緣，打算撤退到台灣，以台灣做為內戰基地。最後一份備忘錄是上書聯合國，希望 1949 年 4 月所舉行的聯合大會能討論台灣未來地位問題。[67] 綜觀來看，廖文毅版的〈福爾摩沙發言〉前半部是集合了眾人之力所呈現出的內容。

從第八章「台灣再解放聯盟的基本國策以及共黨在台灣的活動」這個部分開始到結論的部分，推測是由廖文毅自身撰寫的。這章廖文毅一開頭就先為「台灣人主義」（Formosaism）做出了如下的定義：以台灣為中心，依據大多數台灣人的意願，基於台灣特有的文化、地

66　Thomas W. I. Liao，〈Formosa Speaks〉，國史館藏，典藏號：131-010199-0018，頁 62-71。〈Petition to the United Nations for Plebiscite in Formosa to Decide her Future Status（—Abstract—）〉，國史館藏，典藏號：131-010199-0017。〈Petition to the United Nations for Plebiscite in Formosa to Decide her Future Status〉，國史館藏，典藏號：131-010199-0017，頁 47-51。〈Brief description of the organizations singed in the petition〉，《Confidential U.S. State Department central files. Formosa, internal affairs, 1945-1949（一）》，國史館藏，典藏號：131-010199-0017。

67　Thomas W. I. Liao，〈Formosa Speaks〉，國史館藏，典藏號：131-010199-0018，頁 72-90。

理、歷史、氣候、本地環境、風俗習慣、經濟背景以及觀念，所構成的自身的主義。[68] 接著廖文毅提出應基於台灣人主義研究「台灣民主共和國」（The Formosan Democratic Republic）的國家政策。廖文毅認為基本國策有二：一、進行精神上的徹底肅清。二、恢復國家經濟；並補充應給予國民基本生活的保障，如提供國民能免費搭乘公車、使用自來水、（一定程度）照明、醫療等。[69] 而在基本國策之下，廖文毅又分別針對政治、經濟、金融、社會、軍事外交等方面點列式各政策的重點。[70]

此章的重要性不只在於這是廖文毅第一次在正式文件中提出「台灣民主共和國」這個國號，且為了打造理想的國家，廖文毅已從爭取台灣獨立、請求給予公民投票之權利，進一步思考到成立一個新國家後的實際執行面，從而開始著手擬定國家的重要政策。此章的最後，廖文毅明白地寫到，此文寫於 1949 年 2 月 28 日，是為紀念 1947 年228 事件中犧牲的英雄而作。[71] 廖文毅的書寫動機應包含著早日建立一個理想的新國度，以慰那些為「國」捐軀的台灣英雄在天之靈吧。

接下來的幾章，除了第九章談論台灣獨立運動的發展外，從第十章到第十四章都圍繞著台灣主要產業及基礎建設的過去情況及未來展望，同時也提到原住民的自治問題及未來將以台羅（台語羅馬拼音）做正式書面語等文化問題。[72] 可以看出廖文毅用了許多心思及篇幅在

68　Thomas W. I. Liao，〈Formosa Speaks〉，國史館藏，典藏號：131-010199-0018，頁 91。
69　Thomas W. I. Liao，〈Formosa Speaks〉，國史館藏，典藏號：131-010199-0018，頁 91-94。
70　Thomas W. I. Liao，〈Formosa Speaks〉，國史館藏，典藏號：131-010199-0018，頁 95-98。
71　Thomas W. I. Liao，〈Formosa Speaks〉，國史館藏，典藏號：131-010199-0018，頁 98。
72　Thomas W. I. Liao，〈Formosa Speaks〉，國史館藏，典藏號：131-010199-0018。

研究台灣產業的歷史與優劣勢、台灣已有或不足的基礎建設，以做為其在推出國家政策說帖時的根據。

　　而在「台灣獨立運動的發展」這個部分。廖文毅將運動的過程分為三階段。第一階段是 1947 年 228 事件開始至同年 5 月的「搖籃期」。廖文毅指出最先為推翻殖民政權而挺身而出的是「台灣青年同盟」（主席黃紀男）；其對於誘發日後獨立運動的興起具有重要貢獻。第二階段則約半年之長，是從魏道明就任後算起（1947 年 5 月）到 1947 年 10 月 為止，稱之為「地下時期」。這個時期獨立運動已秘密滲透到全國，並有許多組織成立。在有了「統一戰線」的共識後，決定支持「台灣再解放聯盟」做為組織的代表。1947 年 11 月以後的第三階段則為「海外發展時期」。 台灣再解放聯盟將總部設於香港，致力於向國際宣傳期望台灣獨立的請求，並在日本、新加坡、馬尼拉等地設立支部。而當國民黨在內戰露出敗象時，也聲明表示反對國民政府撤退來台，同時亦不願見到新興的赤色帝國主義中共染指台灣。[73]

　　值得注意的是，前文曾提及莊要傳在東京時，曾向杜魯門總統提出請願書。請願書中有四份備忘錄，其中一份是莊要傳單獨署名、談論台灣獨立運動簡史的文件。莊要傳所著的這份文件，不論是對運動階段的分法，或是對於各組織最初支持「高度自治」、「獨立」或「托管」的認定與廖文毅皆不同。更重要的是，莊文批評了廖文毅，認為其不夠積極，甚至提出第一次請願會失敗，是由於廖文毅忘記將請願書送至菲國，故失去了在聯合國提出請願的機會。莊文主張為求運動順利發展，應使莊要傳與黃紀男接任更重要的核心工作。[74] 顯示此時雖有統一戰線之共識，但內部並不完全信服廖文毅。

73　Thomas W. I. Liao，〈Formosa Speaks〉，國史館藏，典藏號：131-010199-0018。
74　〈The main reasons why we demand the independence of Formosa〉，國史館藏，典藏號：131-010199-0017。

　　與《台灣民本主義》的內容相比，承如前述，由於前半部多與請願書相同，所以文本的比較結果不再贅述。唯廖文毅版〈福爾摩沙發言〉的「前言」及「引言」的部分，不但是新增加之部分，亦分別被改寫為《台灣民本主義》的「序言」及大幅修改成緒論。[75] 然而，最值得關注的是，若把《台灣民本主義》第三部「將來的台灣」的內容，與廖文毅版〈福爾摩沙發言〉的後半部（去除「共黨在台灣的活動」及「台灣獨立運動的發展」的部分）所提出各項政策相對照，則能看出《台灣民本主義》雖然做了大幅度的改寫，也加入許多 1950 年國民政府遷台後的資料，卻也保留了部分廖文毅版〈福爾摩沙發言〉中對台灣產業政策所訂立的計畫案，並引用一些廖文毅版〈福爾摩沙發言〉中所列出的數據。

　　更重要的是，廖文毅在〈福爾摩沙發言〉中許多政策的核心想法仍展現在《台灣民本主義》的文本中。例如，在外交政策方面，廖文毅一貫的主張就是保持永久中立，與他國交好、避免發生戰爭。[76] 在軍事方面則提到了成立自衛軍隊的必要性。[77] 農業方面，廖文毅一直十分重視米與糖的生產，也明白在有限土地中，必須有所取捨，因而提出「中北部種稻、南部種甘蔗」為宜的構想。[78] 與之相關的是肥料的生產。廖文毅認為肥料是農民的生命，為了生產肥料必須有足夠的電力，因此電力政策亦受到廖文毅之重視。[79] 又如「國有民營法」亦

75　Thomas W. I. Liao，〈Formosa Speaks〉，國史館藏，典藏號：131-010199-0018，頁 3-4、6-10。廖文毅，《台湾民本主義》，頁 1-3、9-13。

76　Thomas W. I. Liao，〈Formosa Speaks〉，國史館藏，典藏號：131-010199-0018，頁 98。廖文毅，《台湾民本主義》，頁 134、194。

77　Thomas W. I. Liao，〈Formosa Speaks〉，國史館藏，典藏號：131-010199-0018，頁 97。廖文毅，《台湾民本主義》，頁 128。

78　Thomas W. I. Liao，〈Formosa Speaks〉，國史館藏，典藏號：131-010199-0018，頁 137-138。廖文毅，《台湾民本主義》，頁 161。

79　Thomas W. I. Liao，〈Formosa Speaks〉，國史館藏，典藏號：131-010199-0018，

是一例。廖文毅主張應基於民主制度的原則管理國營企業，也就是
工人與職員有權選舉公司或工廠的最高領導者。[80] 其他如以台語做為
國語，文字上以台羅寫之，[81] 或者對於一般大眾日常生活所需之水、
電、醫療及交通等的補助亦出現在《台灣民本主義》之中。[82]

　　當然，不可諱言的是，《台灣民本主義》第三部「將來的台灣」
出現了一些廖文毅版〈福爾摩沙發言〉所沒有談論過的議題。尤其國
家的政治機構應以何種體制為宜，是總統制或內閣制？又或者憲法的
形態，是成文法好還是不成文法佳？此外，教育制度的訂定及國家收
支的平衡等，亦是未曾討論過的。

四、台灣民主獨立黨時期

（一）廖文奎版的《福爾摩沙發言》

　　廖文奎版的《福爾摩沙發言》與廖文毅版的〈福爾摩沙發言〉皆
以英文撰寫，在時間上，廖文奎版的出版時間晚了近一年半，且由於
是以遞交給聯合國以聲援台灣獨立為主要目的，因此文件長度不如廖
文毅所寫的〈福爾摩沙發言〉字數那麼龐大。[83]

　　廖文奎表示，撰寫這份備忘錄的初衷是，必須有自由的台灣人向
聯合國公正陳述事實及台灣人民的意願。[84] 這樣的主張雖然與之前廖

　　頁 127-128。廖文毅，《台灣民本主義》，頁 134、138。

80　Thomas W. I. Liao，〈Formosa Speaks〉，國史館藏，典藏號：131-010199-0018，
　　頁 93。廖文毅，《台灣民本主義》，頁 165。

81　Thomas W. I. Liao，〈Formosa Speaks〉，國史館藏，典藏號：131-010199-0018，
　　頁 168。廖文毅，《台灣民本主義》，頁 188-189。

82　廖文毅，《台灣民本主義》，頁 184。

83　Joshua Liao, *Formosa Speaks* (HongKong: Graphic, 1950).

84　Joshua Liao，*Formosa Speaks*，未標頁數。

文毅所提出的主張一致，但有兩點是值得注意的。一、廖文奎提出備忘錄的時間點，正是半山黃朝琴被國府派駐聯合國做新任代表之時。因此，這份備忘錄多了一層讓國際社會，尤其是聯合國認知到，雖然同是台灣人，但如黃朝琴之輩，不能代表台灣人，因為他不是「自由」的台灣人。二、一直以來，陳情書、請願書皆是廖文毅署名，唯有此次是由廖文奎撰寫、掛名提出。筆者推測這是因為當時廖文毅被羈押在日本巢鴨監獄之故。再加上此時國際情勢瞬息萬變，先是杜魯門發表不介入台灣的聲明，但在韓戰爆發後卻又派遣第七艦隊來維持台灣的中立性，因而使得廖文奎挺身而出寫了這份備忘錄。而廖文奎也確實成功地讓艾契遜於1950年9月8日聯合國總會開幕式時提議將台灣地位問題列入議程。甚至總會也以42票，也就是過三分之二的票數通過此提案。只是之後因中共介入韓戰，國際注意力均集中在韓戰問題，漠視台灣問題，此案也就被擱置了。[85]

這份備忘錄最主要的主張與前述兩文件相同，仍是《開羅宣言》之決議有違《大西洋憲章》、「應給予住民自決的機會」、「台灣地位未定（需待與日本簽訂和平協約）」。只是這一年半的時間，不只韓戰發生，國民政府也因內戰失利而把中央政府遷至台灣。對此，廖文奎主張偏安於台灣的中國流亡政權，為法外統治，無權統管島上事務。[86]此一主張可視為是在原有主張上，為因應時勢所提出的新觀點。

此份備忘錄除了前言之外，由「台灣的過去與現在」、「台灣的經濟剝削」、「台灣何去何從？空想對空想」及「台灣要求獨立」四個部分構成。這四個部分各成文章。除了「台灣的過去與現在」投

85　廖文毅，〈祖国台湾の運命—蒋政権をセント・ヘレナに流せ〉《文藝春秋》，東京，1955年4月号，頁117。

86　Joshua Liao，*Formosa Speaks*，未標頁數。

稿至《遠東》雜誌（*The Orient*）外，[87] 其於三篇皆投至《遠東經濟評論》（*Far Eastern Economic Review*），[88] 於 1950 年 8 月至 10 月陸續刊出。最後再由台灣再解放聯盟集結成冊出版，大承出版社（Graphic Press）印製，於香港發行。出版成書的這個版本，前言的完稿時間註明為 1950 年 10 月 25 日，也就是俗稱的台灣光復日。這應是廖文奎期待台灣能再次光復，再次解放之意吧。

　　在「台灣的過去與現在」這個部分，廖文奎雖也是從歷史的角度切入，但與廖文毅強調的重點有所不同。廖文毅以台灣有過多次被殖民經驗，推導出因此產生了混血的台灣民族；廖文奎則是認為台灣島因地理位置的影響，自古便是種族相會與衝突之地，因此台灣人的歷史就是一部追求自由繁榮之先鋒者對抗入侵者的鬥爭史。[89] 因為這樣的史觀，廖文奎幾乎在每個歷史分期的小標中，都使用了反抗（against）這個詞。例如第一個時期是台灣人反抗荷蘭人（Formosa against the Dutch）。

　　此外，兩兄弟在歷史時期的分類上亦有不同。廖文奎把「原住民時期」改訂為「國府與人民的起源」；[90] 沒有標出「台灣民主國時期」，而是把台灣民主國相關的紀錄置於「台灣反清」這個時期之中。[91] 這與廖文毅十分重視台灣民主國，並視為是第二次台灣人爭取獨立的史觀有所不同。再者，廖文奎也把廖文毅定義的「中國占領時期」細分成「台灣人反抗陳儀」、「台灣人反抗魏道明」，並因撰寫時間較晚，故新增了「台灣人反抗陳誠」的時期。[92]

87　Joshua Liao，*Formosa Speaks*，頁 1。

88　Joshua Liao，*Formosa Speaks*，頁 23、39、51。

89　Joshua Liao，*Formosa Speaks*，頁 3。

90　Joshua Liao，*Formosa Speaks*，頁 1。

91　Joshua Liao，*Formosa Speaks*，頁 11。

92　Joshua Liao，*Formosa Speaks*，頁 14-21。

　　即使廖文奎與廖文毅對於歷史陳述的角度有所差異，但《台灣民本主義》第一部「過去的台灣」中第二章、第三章，也就是「西歐諸國的殖民地時期」及「國姓爺王國時期」的內容，與廖文奎版的《福爾摩沙發言》「台灣的過去與現在」中的「台灣人反抗荷蘭人」及「明朝治下的台灣」之內容高度重疊。[93] 就連第四章「清國殖民時期」的部分內容也與「台灣反清」相似。[94]

　　再者，由於撰寫時間晚了約一年半之故，因此廖文奎版的《福爾摩沙發言》之內容也觸及了蔣介石來台統治、吳國楨任台灣省主席的部分。當然，承如前述，也談及了陳誠擔任台灣省主席的時期。這都是廖文毅版的〈福爾摩沙發言〉未曾談及之處。

　　若把《台灣民本主義》第二部「現在的台灣」與廖文奎版的《福爾摩沙發言》做對照，可以發現第八章「台灣人對魏道明」的內容大致由「台灣的過去與現在」中「台灣人對抗魏道明」及「台灣的經濟剝削」中的「剝削加重和通貨膨脹」這兩部分所組成。[95] 而第九章「台灣人對陳誠」的內文，除了最後三小段是新增的之外，內容大致來自「台灣的過去與現在」中「台灣人反抗陳誠」及「台灣的經濟剝削」中的「敲詐新招」。[96]「台灣的經濟剝削」中的「新騙局」則成為第十章「台灣人對吳國楨」的部分文本內容。[97] 而「台灣何去何從？空想對空想」中的「國民黨再起」，也成為第十一章「台灣人對蔣介

93　廖文毅，《台灣民本主義》，頁 23-30。Joshua Liao，*Formosa Speaks*，頁 3-9。

94　廖文毅，《台灣民本主義》，頁 31-33。Joshua Liao，*Formosa Speaks*，頁 9-11。

95　廖文毅，《台灣民本主義》，頁 64-69。Joshua Liao，*Formosa Speaks*，頁 16-18、30-33。

96　廖文毅，《台灣民本主義》，頁 70-74。Joshua Liao，*Formosa Speaks*，頁 18-21、33-35。

97　廖文毅，《台灣民本主義》，頁 76-78。Joshua Liao，*Formosa Speaks*，頁 35-37。

石父子」最開頭的三段。[98] 此外，在「台灣要求獨立」中有提到亞爾薩斯──洛林人的例子，用以表示人民有權選擇自己的政府。[99] 這段敘述被更精緻的處理後，亦出現在《台灣民本主義》的「台灣民眾之聲」中。[100]

（二）《亞細亞》季刊中的〈福爾摩沙發言〉

1951 年年初，廖文毅重獲自由不久，雖無法在日本公開活動，但已透過台灣民主獨立黨展開文化宣傳工作。戰後，廖文毅一直熱衷於以發行雜誌之方式，做為宣傳政治意識的手段。陳儀主政時期，廖文毅就曾在台灣發行《前鋒》週刊。台灣民主獨立黨也依尋著這個模式，於 1951 年 1 月創辦了以日語書寫的《亞細亞》季刊。發行人為林白堂，[101] 由台灣民報社出版。

依現有史料來看，《亞細亞》季刊應該只發行了三期。之後便因人事改組，改名為《前鋒》。又因資金短絀，於 1951 年 9 月改發行成八開報紙形式的《台灣民報》月刊。[102]《亞細亞》季刊的第二期與第三期，分別於 1951 年 4 月及 1951 年 8 月出版。

在第二期的《亞細亞》季刊中，出現了標題為〈福爾摩沙發言〉（台湾人の叫び、Formosa Speaks）的文章。作者為廖文毅，譯者為

98　廖文毅，《台湾民本主義》，頁 85-86。Joshua Liao，*Formosa Speaks*，頁 39-40。
99　Joshua Liao，*Formosa Speaks*，頁 54-55。
100　廖文毅，《台湾民本主義》，頁 99、206。
101　推測應是林純章之化名。林純章此時也擔任台灣民主獨立黨的書記長。〈關于駐日代表團何團長函報元月十日有所謂台灣民主獨立黨者舉行大規模記者招待會等情抄奉原附件簽報鑒核〉，《台灣獨立黨在日活動情形（二）》，國史館藏，典藏號：011-100400-0003。林純章另也化名為佛朗或林佛朗。
102　〈台灣民主獨立黨及中國第三勢力在日活動概況〉，《台灣民主獨立黨》，國史館藏，典藏號：020-099905-0089。

林純章。在這篇文章最開頭先是譯者的說明。譯者表示,「廖博士」
是近代台灣最熱烈的愛國人士,也是為了台灣獨立運動奮力不懈的偉
大革命家。而此著原文是以英文所寫成,譯者現已初步完成日文的翻
譯,正致力於校對中。[103] 從前言可以推深出林純章所翻譯的〈福爾摩
沙發言〉即是本文前述的廖文毅版〈福爾摩沙發言〉。由於廖文毅版
〈福爾摩沙發言〉篇幅甚長,因此《亞細亞》季刊是以連載的方式刊
登的。

　　第二期所刊登的是廖文毅版〈福爾摩沙發言〉「引言」的部分。
除了省略了其中一段與建構集體安全相關的段落外,其餘部分沒有任
何刪減或修改地全數譯出。[104] 而第三期所刊登的是「台灣簡史」的部
分。第三期的翻譯內容完全沒有做任何更動。在第三期的文末,林純
章備註表示,為回應各界對本書的期待,現在快馬加鞭地準備出版此
書。[105]

　　然而不只因為《亞細亞》季刊只出了三集,所以連載被迫中止,
就連原本已準備要出書一事也未實現。等《台灣民本主義》一書出版
已是六年之後的事了。《台灣民本主義》與廖文毅版〈福爾摩沙發言〉
相較,不僅內容做了大幅度的修改,且譯者應該也非林純章了,因從
日文的書寫文體來看,林純章使用的是戰前日本人慣用的「歷史仮名
遣」,[106] 但《台灣民本主義》一書使用的則是現代日文。

---

103 廖文毅著,佛朗譯,〈台湾人の叫び〉,《アジア》2(東京,1951 年 4 月 10
　　日),頁 14。

104 廖文毅著,佛朗譯,〈台湾人の叫び〉,《アジア》2(東京,1951 年 4 月 10
　　日),頁 14-15。

105 廖文毅著,林佛朗譯,〈台湾人の叫び(第二回)〉,《アジア》3(東京,1951 年
　　8 月 1 日),頁 8-11。

106 為(使用假名)表記日語的一種方式。從明治時代到戰後 1946 年內閣告示國
　　語國字的使用修改為「現代假名遣」為止,為日語正書法所使用的記載法。

（三）刊載於《文藝春秋》的〈祖國台灣的命運〉一文

　　1955 年對廖文毅領導的台灣獨立運動而言是十分活躍、忙錄的一年。那年的 2 月 28 日在東京成立了台灣臨時國民議會籌備委員會，由廖文毅任籌備委員會的委員長，簡文介[107]任秘書長。當年 9 月 1 日台灣臨時國民議會正式成立。2 月 28 日對廖文毅而言是具有重大意義固然不用多說，9 月 1 日則是因為此日是廖文毅以台灣再解放聯盟主席的身分代表台灣人，第一次向聯合國呈交希望協助台灣獨立之請願書的日了。

　　同年，《文藝春秋》編集部為理解台灣問題，特請廖文毅賜稿。為此，廖文毅寫了一篇題為〈祖國台灣的命運——將蔣政權放逐到聖赫勒拿島去〉的文章，以台灣民主獨立黨黨主席的身分投書至《文藝春秋》月刊。這是廖文毅第一次把文章投向非自己主辦、閱讀者眾的雜誌。此文不只被國民黨政府認為是台灣民主獨立黨成立以來，最周詳的政策宣佈，[108]更被摘要後刊登於英語版的朝日晚報及讀賣新聞中，且被評為本月最激動人心的文章。[109]

　　此篇文章共分成了八個部分，分別是「要求台灣自治的胎動」、「血腥的二二八事件」、「援助成為反美的因」、「四十八國的責任」、「被遺忘的台灣」、「不反共也不親共」、「把蔣介石流放到聖赫勒拿」及「自由中國」。主要的訴求仍是《開羅宣言》無權決定台灣地位，需以公民投票決定之。

---

107 原名簡世強（1925- ？），嘉義縣人。廖文奎之學生。著有《台灣の独立》一書。1950 年赴日。
108 〈據台省保安司令部情報為對廖逆文毅在日發表「台灣的命運」一文之內容提供意見暨對策節抄原情報暨廖逆原文〉，《台灣獨立黨在日活動情形（二）》，國史館藏，典藏號：011-100400-0003。
109 簡文介，《台灣獨立運動　第 10 年—1955》，頁 10。

　　然而值得注意的是，廖文毅發表這篇文章時，與前述文本相比，發生了兩個根本性變化。一、1951 年 9 月 8 日第二次世界大戰的大部分同盟國成員與日本完成了和平條約的簽定，即俗稱的《舊金山和約》。二、被廖文毅推崇為黨的思想理論家的廖文奎，於 1952 年 6 月因病去世。

　　在《舊金山和約》未簽定之前，不論是廖文奎或廖文毅皆主張，由於開羅宣言無「法的依據」，因此台灣地位需待對日和約簽定後始能決定。然而即使此篇文章書寫時間已在《舊金山和約》簽署且生效之後，廖文毅仍主張「台灣地位未定」。為何如此？這是因為廖文毅主張：「《舊金山和約》的全文僅決定了日本放棄統治台澎的宗主權，而對歸屬問題並未加以任何明文的規定。所以台灣的歸屬問題仍是懸案。」[110] 這觀點實為現今台灣社會對於「台灣地位未定論」的濫觴。

　　《台灣民本主義》也承襲了這一觀點。書中明白寫出，台灣的國際地位仍處於未定的狀態。因為對日和平條約的結論僅止於台灣從日本切割出來。雖有四十八國參與，但國民政府及中華人民共和國政府皆未列席，且條約上也沒明定台灣的歸屬。[111]

（四）簡文介著的《台灣獨立運動　第 10 年—1955》

　　簡文介所撰寫的《台灣獨立運動　第 10 年—1955》的小冊子，同時有英日文兩個版本。簡文介時任台灣民主獨立黨秘書長。其撰寫此文是因有感於追求「民族自決與獨立」的台灣獨立運動已過十年，但世界多數人仍無法區辨「台灣民族」與「中國人」的差別，更無法

---

110 廖文毅，〈祖国台湾の運命—蔣政権をセント・ヘレナに流せ〉《文藝春秋》，東京，1955 年 4 月号，頁 118。

111 廖文毅，《台湾民本主義》，頁 10、102。

弄清「台灣原住民」與以蔣介石為首從大陸流亡到台灣的中國人之間
的區別。因此決定向世界報告獨立運動的經過，讓台灣問題能更受世
界之矚目，以達成台灣民族之獨立。[112] 序言則是由廖文毅所寫。雖然
是寫於 1955 年 12 月 26 日，也就是臨時政府正式成立之前，但廖文
毅已以台灣共和國臨時政府大統領之名義署名之。[113]

此小冊子，除了序言與緒言外，總共分為六部分。「關於去除台
灣海峽緊張的第二屆世界聯邦亞洲會議之決議」、「二二八革命八週年
紀念會與準備成立台灣臨時國民議會」、「『祖國台灣的運命』與萬隆
會議」、「關於『台灣人的要求獨立』一事美國的輿論」、「台灣臨時國
民議會的成立」及「台灣歷史嶄新的一頁——選出台灣共和國臨時政
府大統領與副大統領」。從標題可以看出，簡文介對於獨立運動的敘
述集中於 1954 年到 1955 年發生之事。簡文介多半親身參與這些事，
甚至是主要策劃人之一。

其中，在「關於『台灣人的要求獨立』一事美國的輿論」這部
分，簡文介提到 1955 年 6 月 20 日，每日新聞英文版刊登了一篇廖
文毅著，題為〈台灣人要求獨立〉的文章，並把文章內容摘要下來，
翻成日文。[114] 若把這份日文摘要與《台灣民本主義》中「台灣民眾之
聲」後半部內容相對照，可以發現文字大都一致。[115] 唯一一個日文上
的大差別是，《台灣民本主義》以「支那（シナ）」取代了「中國」一
詞。

此外，簡文介也紀錄了台灣民主獨立黨改組、台灣臨時國民議
會成立及選出台灣共和國臨時政府等的過程，同時附上了臨時政府

112 簡文介，《台灣獨立運動 第 10 年—1955》，頁 2。
113 簡文介，《台灣獨立運動 第 10 年—1955》，頁 1。
114 簡文介，《台灣獨立運動 第 10 年—1955》，頁 17-20。
115 廖文毅，《台灣民本主義》，頁 102-106。

組織條例。[116] 而這些也都反映在《台灣民本主義》中「從『台灣人的台灣』到『台灣獨立』」最後三分之一的內容上。[117] 文字上雖有做刪修，但大致相同，尤其是「台灣歷史嶄新的一頁——選出台灣共和國臨時政府大統領與副大統領」幾乎完全呈現在《台灣民本主義》之中。[118]

五、結論

廖文毅所領導的台灣獨立運動，是戰後第一個具組織性的台灣獨立運動。這個組織發展出戰後關於台灣獨立最初也最完整的意識形態。且由於廖文毅有著很強的號召力，流亡海外後，很長一段時間維繫了台灣人抵抗的能量。再者，從台灣再解放聯盟時期開始，就已透過各種管道取得相當的外交成就，因此對國府構成了不小的壓力。尤有甚者，台灣共和國臨時政府可視為第二代台獨運動的母體，舉凡王育德、史明都參與過這個組織。由上可知這個組織在台灣獨立運動史上實在有其非凡的歷史意義。

本文運用國史館館藏的美國國務院檔案及與廖文毅相關的外交部檔案，挖掘出 1948 年廖文毅以台灣再解放聯盟主席的身分向聯合國提出的請願書、廖文奎與廖文毅兩兄弟分別著作的《福爾摩沙發言》、《亞細亞》季刊中的〈福爾摩沙發言〉及簡文介所著的《台灣獨立運動　第 10 年—1955》。筆者將上述文本，再加上廖文毅在《文藝春秋》發表的〈祖國台灣的命運〉一文與《台灣民本主義》交叉

---

116 簡文介，《台灣獨立運動　第 10 年—1955》，頁 23-31。
117 廖文毅，《台湾民本主義》，頁 114-118。
118 廖文毅，《台湾民本主義》，頁 116-118。簡文介，《台灣獨立運動　第 10 年—1955》，頁 28-30。

比對後發現：《台灣民本主義》的第一部到第二部「台灣人對蔣介石
父子」為止，內容多來自請願書與兩份〈福爾摩沙發言〉；第二部的
「台灣民眾之聲」與「從『台灣人的台灣』到『台灣獨立』」則至少有
三分之一以上來自簡文介之手（其中包括翻譯廖文毅的文章）。第三
部分雖多是新增內容，但許多政策上的重要概念從廖文毅所著的〈福
爾摩沙發言〉中已見雛形。也就是說，《台灣民本主義》一書，並非
如廖文毅自己所述的，單純地只是把他所著的〈福爾摩沙發言〉做了
增刪、從英文翻譯成日文後即成書；而是從請願書開始，就是台獨前
輩集思廣益、向美方親善人士取經後，漸漸形成的一本集眾人之力、
歷時甚久的創作之書。

　　而此書的形成背景，是因為不滿國府的對台統治，因而決定採取
外交手段，向甫成立的聯合國及主管亞洲事務的麥克阿瑟進行請願，
希望讓台灣人能夠取到自己管理台灣之權利。當時的國府不論在統治
正當性上或法律地位上都尚未穩定，因此進行外交請願是非常有效而
且合理的行動。為了外交請願而撰寫的請願文書，不是系統嚴謹、具
學理的理論，而是為了行動、為了請願發展而成的實踐型論述。這也
是本書的最大特點。只是，不可否認的是，廖文毅在舊金山和約簽訂
之後，所提出的台灣地位未定的主張，仍是現今台灣地位未定論之濫
觴。

　　最後，在檢視上述文本的過程中，筆者並未找到楊逸舟共同參與
的明確證據。只是，楊逸舟除了善於書寫日文外，英文程度亦佳，且
戰後滯台時間為 1948 年年底至 1953 年。[119] 而從廖文毅的學術養成歷
程來看，廖文毅應該不擅長以日文書寫文章，所以當他欲以日文發表
時，多需依賴他人。這從林純章及簡文介都曾為廖文毅將英文著作翻

---

119 楊逸舟著，張良澤譯，《受難者》，頁 179-181。

譯成日文即可看出一二。因此，筆者推論有一種可能是，楊逸舟任台灣民主獨立黨中央委員兼宣傳部長時，協助廖文毅整稿、翻譯部分內容，並提供當時近期的台灣相關資料，甚至依著廖文毅所述的概念，書寫出第三部「未來的台灣」。然而此部分只限於筆著的推論，唯有待日後更多相關史料被發掘時才能做出進一步的推斷。

導論

愛國者之書：
《台灣民本主義》中譯本序言

吳叡人

> 「一個歷史上少見的時刻來臨了：當我們從舊邁向新，當一
> 個時代結束，當一個民族的靈魂在長期被壓抑之後，找到了
> 它的聲音。」
>
> ——〈Tryst with Destiny（與命運的約定）〉，
> 印度首任總理尼赫魯於 1947 年 8 月 15 日獨立前夜
> 在印度制憲會議發表的演講

一、前言

　　《台灣民本主義》是台灣史上第一本關於獨立運動的指導性、綱領性著作。1940 年代後期興起的戰後台獨運動，在因應 50 年代中期國際政治情勢變化，而從台灣民主獨立黨改組為國民議會與臨時政府型態，本書即是配合這個發展而撰寫的作品。

　　本書標題的「台灣民本主義」一詞，是廖文毅（及其團隊）的新創語，用來統括臨時政府運動的建國理念。所謂「民本主義」原本是日本大正民主思想旗手吉野作造為避諱天皇主權問題而為 democracy（民主主義）另創的日譯，本意就是「民主」，但廖氏挪用這個具有特定意涵的戰前日語詞彙，結合「台灣」兩字，將語意轉換成「建立一個為了台灣人而施政的國家的思想」（以台灣人為本的主義），目

的在與外來統治（為了殖民者而非台灣人的統治）形成對照。就此而言，「台灣民本主義」直接傳承了 1920 年代民族運動揭櫫之「台灣非是台灣人的台灣不可」的台灣民族主義精神。廖氏構想的「台灣民本主義」包含三個綱領——台灣民族主義（民族形成與抵抗）、台灣民主主義（自決獨立和民主體制）、台灣社會主義（產業民主的經濟體制），是相當完整的建國大綱。不只如此，廖文毅還將「民本主義」這個被舊瓶裝新酒的日語語彙從台灣向外延伸，進一步定義為所有二戰後新興民族國家獨立建國綱領的普遍形式。透過這個日語語彙的挪用與「國際化」，廖文毅將自己的建國思想拉到和他同時代的印度尼赫魯的「新社會主義」與印尼蘇卡諾的「指導民主」（guided democracy）思想的同一層次，同時也讓台灣在象徵層次「加入」了亞非新興民族國家／獨立運動的行列。這個語言行動，再次清晰地透露了本書撰寫的背景與意圖，也就是試圖趕搭萬隆會議開創的不結盟運動列車（見後文）。

　　基本上，本書具備了民族主義意識形態論著的古典型態，亦即表述了一個系統性的民族論（discourse of the nation），這個民族論包含了幾個重要的主題：（1）民族形成的理論——民族邊界得以成立的理論基礎），（2）民族形成的歷史敘事——目的在證明追求獨立的民族主體確實存在，與（3）民族遭遇的壓迫與不義與矯正現狀行動的必要——目的在為本書所代表的民族主義運動提供正當性。

　　除了民族論，本書為配合其所辯護之民族主義運動現階段的特殊型態——流亡政府（government-in-exile），呈現了兩個較為鮮明的特色。第一，本書提出了一個相當完整的建國綱領，作為台灣獨立建國之後的願景，包括建國後憲法與政府組織、外交與國防政策、財經產業政策、文化政策等。這份建國綱領的主要目的在建構「臨時政府」的治理性（governmentality，儘管只是理論性的），以強化對外訴

求，亦即主張台獨運動不只是顛覆性的消極運動，而且是擁有建構秩序的意圖和視野的積極行動，並以此另類的願景（alternative vision）與國民黨和中共競爭。第二，本書特別重視外交與國際政治（國際訴求），在某個意義上可說是一本「由外而內」的民族論。這個特色反映了本書的生產背景，亦即 1950 年中期的國際局勢變化。

　　本文以下將介紹、評析本書中關於台灣民族主義論與地緣政治與外交戰略這兩個主題。建國願景部分雖然非常重要，但因涉及台灣經濟史的專業問題，必須另外專文深入分析，只能暫時割愛。作者以下討論依循主題，而未遵循本書敘事「過去、現在、未來」的時間結構，是因為書中的論述事實上跨越了時序，彼此前後呼應，必須整體閱讀，以重建其完整論述。

　　必須注意的是，本書成書過程甚為複雜，並非由單一作者在一段固定時間集中撰寫的全新作品，而是將 1948 年以來戰後台獨運動的重要文獻（如致聯合國請願書）與報章雜誌文章，予以整合、發展和系統化的文本，且最終雖以「廖文毅」親筆著作名義出版，但其實是包含廖氏在內的多名作者集體創作、改寫、翻譯與編輯的成果。[1] 換言之，《台灣民本主義》一書雖然確實留有廖文毅本人思考的深刻印痕，但整體而言比較應該視為一份表述他所領導的台獨運動的運動意識形態的文本，而非個別思想家的個人作品。以下討論中，「廖文毅」之名因此不只指涉特定的個別作者，同時也是一個運動意識形態的集體作者（collective authorship）的符號。

---

[1] 葉亭葶附錄於本書的精彩論文，為這個集體創作的過程做了清晰、精彩的爬梳，釐清了本書作者的歷史公案。參見本書 5-36 頁：葉亭葶，〈廖文毅《台灣民本主義》一書之誕生，（1948-1957）〉。

二、《台灣民本主義》的台灣民族主義論

廖文毅在本書緒論後半、第一部「過去の台灣」和第二部「現在
の台灣」之中，建構了一個包含民族形成論、民族史敘事，以及民族
此刻所遭遇的不義這三個主題的完整民族主義論，以下我們分別討論
這三個主題。

（一）民族形成的理論：演化生物學與建構論

首先，廖文毅提出一個後天的民族生成論：「當代世界各國民族
構成，多族一國或一族多國均有，因此民族不是先天血統構成的現
象，而是完全從後天影響造成思想的異同和地理、經濟要求而發生
的現象。」[2] 他進一步申論，後天的環境如自然、風土、氣候與四鄰之
交涉等，先形塑了獨有的集團特性，接著再由集團的先覺者將此特
性進一步淬鍊、發展為民族特有的文化，並週知於世界。如借用當代
民族主義理論的說法，上述主張是環境塑造「自在民族」（nation-in-
itself，也就是只有客觀共同性，尚無主體自覺意識的群體），再經民
族主義者以行動介入使之發展為「自為民族」（nation-for-itself，亦即
產生了主體自覺意識的群體）的論證。不過必須注意的是，民族雖非
先天血統的現象，但環境變遷過程（如與四鄰通婚導致混血）卻可能
造成民族血統的變化。

這是以廖文奎的演化生物學民族論為基礎，再加上建構論要素
的民族形成理論。它不只是非血緣的，更是非本質而且可變異的，而
且其可變異性不可避免地包含了群體的生物特性。因此，漢族裔的台
灣人經過特定環境的長期塑造，不僅會形成特有的民族文化與思想

2　廖文毅，《台灣民本主義》（東京，台灣民報社，1957 年），頁 12。

體系，甚至也因與異族通婚、混血而在血緣上逐漸疏遠乃至脫離了漢族。[3]

這個民族論的目的，當然是為了要駁斥中國民族主義根深蒂固的血統論。它雖然將移民形成的台灣民族比擬為另一個美利堅民族，但並未採用重視主觀意志的公民民族主義論，反而採用更複雜（sophisticated）、更激進的生物學民族論，試圖從演化的角度徹底顛覆血統論的本質主義。這個策略或許反映了廖氏對當時敵我意識狀態的評估：台灣人尚未穩固的公民意識，難以抗拒中國血緣神話的召喚，因此必須從「科學」角度顛覆血緣。[4]

（二）台灣民族形成史的敘事：民族主義與民族的相互建構

廖文毅的台灣民族形成史敘事的基調是*海外移民的民族形成*（creole nation-formation），而他所參照的原型則是美國人或美利堅民族的形成。他將隨鄭氏政權來台，大多屬於閩粵族群的軍事移民群體與十七世紀初最早移居到北美洲的歐洲清教徒先驅者（Pilgrim Fathers）相類比，視他們為台灣最初的移民群體，以及日後的台灣民族的母體（ethnic core）。台灣人的民族形成機制則是前述的環境塑造，包括歷史上多重外來殖民統治所導致的多民族混血，以及在台灣

3　關於廖文奎的生物學民族論之討論，參見吳叡人，〈祖國的辯證：廖文奎（1905-1952）台灣民族主義思想初探〉，收於《思與言》，第 37 卷 3 期（1999 年 9 月），頁 66-71。

4　廖文奎雖主張生物學的民族論，但因受到芝加哥學派行為主義政治學影響，也承認短期的政治因素對民族分合扮演重要角色，因此他非常重視「公民訓練」，亦即透過公共教育形塑國族認同的效用。因此，廖文奎應定位為一個公民民族主義與生物學民族主義的**折衷論者**，與廖文毅的生物學立場並不完全一致。參見吳叡人，〈祖國的辯證：廖文奎（1905-1952）台灣民族主義思想初探〉，頁 61-65。

風土之中經歷的自然與人為淘汰。

　　那麼，在這個敘事中台灣民族形成的指標為何？亦即，我們依據何種基準來判斷台灣民族何時形成，是否形成？在此，廖文毅並未討論民族形成的社會學指標，如移民土著化與社會整合程度等，而是採用政治性的指標，也就是移民群體對統治台灣政權的抵抗行動。他將台灣歷史上各個時期著名的民間抵抗行動，從荷治時期的郭懷一事件、鄭氏在台建立海上王國、清領時期的朱一貴、林爽文、戴萬生起義、台灣民主國運動、日治前期的噍吧哖事件、中後期的民族運動，一直到戰後的託管獨立運動一律詮釋為「民族獨立革命」。如以有意識的建國行動而言，則以鄭氏建立海洋王國的「海洋民族主義」為起點，經歷代抵抗之後到台灣民主國依據國際法自決建國的「台灣民主主義」，成為台灣民族成熟的頂點。

　　基本上，這也是脫胎於廖文奎在《Formosa Speaks》關於台灣史的「支配──抵抗」主題的敘事。[5] 和廖文奎一樣，廖文毅也同樣把台灣民族直接視為一種直觀、自明之主體性存在。這種循環論證（tautology）──台灣民族存在，所以他們追求獨立──透露了廖氏兄弟民族史論述的明顯限制。儘管如此，這個素樸的民族史敘事還是包含了若干洞見：如果能輔以適當的社會史和文化史實證研究的補充，它也可以被閱讀為一種「以民族主義衡量民族形成」的論證。如果我們將台灣住民在歷史上的兩次建國（鄭氏東寧王國、台灣民主國）和日治以前綿延不絕的民間抵抗行動視為某種原型民族主義（proto-nationalism）的表現，那麼產生原型民族主義行動的社會基礎（亦即社會整合與集體認同狀態）確實值得探究。換言之，我們可以

5　吳叡人，〈祖國的辯證：廖文奎（1905-1952）台灣民族主義思想初探〉，頁86-94。

在這個缺乏社會學視野的民族史敘事中,讀到某種民族主義與民族相
互建構,並行發展的軌跡。

(三) 台灣民族及其不滿:臨時政府的歷史使命:菁英代言的線性敘事

第二部雖討論「現在の台湾」,但其實是第一部民族形成史「支
配——抵抗」主題的當代史延伸,處理台灣民族在戰後中國政權統治
下的遭遇與台灣民族的抵抗。七到十一章,主要描述 1945 年以來蔣
政權在台的統治,依執政者分為三個時期:二二八前後 (陳儀)、中
國內戰與遷台初期 (魏道明、陳誠、吳國楨),最終歸結到韓戰爆發
前後蔣氏父子親政期。整體而言,這幾個戰後初期中國政權雖因時期
略有差異,但展現日後國府長期戒嚴統治的基本特徵:一種極其腐敗
與壓迫性的外來殖民統治:(1) 人事任用上的差別、歧視;(2) 腐敗
的封建獨裁統治 (中央集權、無法治、貪汙、任用私人、無效率);
(3) 對本土進行經濟掠奪 (日產、民企公營化、操作金融政策);(4)
恐怖統治 (二二八與後二二八〔白恐〕時期血腥鎮壓民間反抗)。用
廖氏的說法,這是一種「不為台灣人,而是為了在台的中國統治者集
團」而施行的政治,而這正是殖民統治的特質。

第十二、三章則描述戰後中國政權統治下台灣人的抵抗。第十二
章「台湾民衆の声」,形式上是身在海外自由地區的「自由台灣人」
代表 (亦即臨時政府運動同志),為處在國府暴政下無法發聲的台
灣人表達他們真實的心聲,內容主要是從台灣主體的立場,對占領台
灣的中國國民黨政權種種關於台灣的民族和領土主權宣稱進行逐一反
駁。

例如,對於所謂中台民族同源論,廖再次強調血緣並非民族構
成要件,且台灣早已形成混血的台灣民族,不屬於中華民族。關於台

灣為中國歷史領土論，他主張中國甚晚才成為台灣宗主國，且在領有台灣前鄭成功即已在台獨立建國，清領時期台灣人不服統治，獨立鬥爭史不絕書，最終在 1895 年還一度建立台灣民主國，挑戰清帝國與日本之領土交易，足證台灣始終未曾真正成為中國領土。對於與此相關的收復失土論，他則援引韓戰後美國主張的台灣地位未定論，以及 1950 年代中期包括大英國協與萬隆會議等支持台灣託管獨立之國際輿論（見後文）予以駁斥。對於台灣地理上屬於中國自然疆界之說，廖氏則主張台灣海峽事實上形成了更為自然的中台國界。對於台灣經濟依賴中國論，則主張台灣經濟遠較中國先進，並已和日本形成互補關係，與中國則處於競合關係。

廖文毅也對戰後初期台灣人對中國的態度做了辯解。例如 1945 年台灣人之所以歡迎中國接收官員，乃是將他們視為盟軍統帥代表而非來自祖國的領土收復者。在省議會與縣市議會對國府歌功頌德的台籍議員乃是御用紳士，不能代表台灣民眾。對於所謂「台灣人只是不滿時政，並未追求獨立」之說，則駁斥為違背事實，因為（如前所述），台灣人有追求自主獨立的民族傳統，才會在二二八時奮起抵抗，而廖氏的臨時政府承續了這個傳統，是繼鄭成功、台灣民主國之後的第三次宣告獨立。

本章所謂被壓抑的「台灣人的聲音」——亦即某種無法發聲的「底層階級」（subaltern class）的聲音，其實反映的是戰後初期與國府政權接觸、幻滅之後，部分台籍菁英對中國態度的反省和自我修正。更明確地說，這些主張實質上可視為二二八之後出現的戰後台獨運動在 1940 年代中期負面的中國經驗基礎上發展出來的系統性「轉向聲明」。

第十三章描述戰後台灣人反抗中國政權統治的歷程，亦即戰後台灣獨立運動（至 1956 年本書出版）的發展，並將這段歷史視為四百

年來台灣人時刻伺機追求脫離外來統治而獨立之鬥爭傳統的一環與最新階段的發展。

　　為了符合台灣民族獨立鬥爭傳統的論述，廖文毅將戰後台獨運動的起點定在 1943 年的開羅會議而非 1947 年的二二八事件。廖氏也再度使用了「被壓抑的底層階級的聲音」策略來表述二二八爆發之前的獨立運動史。首先，台灣知識分子對開羅宣言將台灣交給中國感到疑問，因為覺得違背了《大西洋憲章》「領土轉移需住民同意」的精神。不過處在日本統治下，他們無法發聲表示反對。接著，當太平洋戰爭日益熾烈，美軍登陸台灣傳聞甚囂塵上之時，台灣中南部住民指導者秘密構想迎接盟軍登陸而組織台灣治安維持政府，「目的除了要在風暴後數百年來以自己的手統治鄉里的宿願之外，同時也想經由和盟軍協力證明台灣人不負太平洋戰爭的責任。」終戰後這個地下的過渡期自治政府運動地上化，組成「台灣民族精神振興會」，主張「反殖民主義」與「台灣人的台灣」。

　　這段「台獨前史」的記述明顯地是事後改寫的「代言」。首先，關於所謂台籍有識之士對開羅宣言的不滿，其實是對 1947 年二二八前廖文奎一段發言的擴張解釋與時間置換。廖文奎在 1947 年 1 月《前鋒》雜誌青年座談，回答與會青年質問台灣在國際法上地位時，提到《大西洋憲章》第二條（不願見有違反人民自由意志的領土變更）與第三條（人民選擇政府方式的權利，被武力剝奪各國均能恢復主權及其自治政府），當時在英美的台人無表示意見，開羅宣言時也是如此。他又說：

　　當時我是在上海，假使我在紐育〔約〕馬上提出「在朝鮮可以試用，在台灣可不可以呢？」的問題。外國人是看台灣人是對政治沒有意見的人們。

> 我二個月前頭一次回台視察，看見今天鄉土的荒廢實在流淚
> 不止。由民主的原則根據大西洋憲章，台灣的運命是可由台
> 灣人決定的！[6]

換言之，廖文毅將他二哥事後的追悔寫成了無法實證的歷史事實。

關於台籍菁英密謀迎接美軍登陸與戰後組民族精神振興會之事，應該也是事後的改寫。首先，戰中期台灣是否存在精英領導的親美地下運動無法證明。留美、親美的廖文毅心中有此構想是可能的，而戰中期他也在西螺，但尚無史料能證明此一計畫確實存在。其次，所謂「台灣民族精神振興會」確有其事，該組織為終戰初期廖文毅所成立，但其宗旨並非「台灣人的台灣」，而是要灌輸台灣人中華民族意識。[7]

寫完前史之後，他接著描述二二八前後的戰後民族獨立鬥爭「正史」，也就是台灣人如何從戰後初期的台灣自治論，經由二二八事件中聯邦自治論與獨立論之對峙，到香港流亡時左右派共組「台灣再解放聯盟」，開始向盟軍總部請願台灣託管獨立，在左派投向中共後，路線純化為獨立論並將組織移到日本，再經民主獨立黨，最終轉型為臨時政府的歷程。關心的讀者對這段歷史應該已經耳熟能詳，此處不再贅述。

本章所敘述的戰後台獨運動史，是非常典型（而且完全不複雜的）的民族主義式歷史敘事：一種目的論的線性敘事，上承四百年來綿延不絕的台灣民族革命史傳統，最終歸結到廖式所領導的臨時政府

6　《前鋒》第 14 期，1947 年 2 月 8 日，頁 11-12。
7　廖文毅以「毅生」筆名在《前鋒》創刊號發表〈光復的意義〉，文中說：「我們在台灣光復的這個時候，所發現著的第一個事實，就是民族精神的振興。」此處「民族精神振興」指的是要振興台灣人做為中國人的民族精神，該協會之名可能源於這篇文章。見毅生，〈光復的意義〉，《前鋒》光復紀念號（第 1 期），1945 年 10 月 25 日，頁 24-25。

運動。這個敘事有幾點值得分析。首先，終戰前後到二二八這段期間台灣人的國家認同狀態處於相當不穩定的狀態，而且有多重懷抱不同認同計畫的政治勢力試圖競逐台人的支持，[8] 但是這段複雜的歷史被「整理」成一個乾淨、朝向特定目的發展的線性敘事。其次，廖文毅之所以要為戰後台獨運動加上一段半真半假的「前史」，主要目的正是想克服戰後台灣政治史這段「不方便的」複雜與斷裂，重建台獨運動的連續性以符合他「台灣民族獨立鬥爭傳統」的命題。與此相關的是，他同時也想建立臨時政府運動繼承獨立鬥爭傳統的正統地位與正當性，為此他必須加入兩段以廖氏兄弟為主角，虛實難辨的戰中期鬥爭事蹟，並將親中的民族振興會改寫為本土派組織。廖文毅如此誇大、虛構或扭曲這段當代史幾乎是不可避免的，因為他既然建構了台灣民族獨立革命的歷史敘事，同時又要將戰後鬥爭的歸結點放在他領導的臨時政府，他就不得不「事後修正」自己過去的中國民族主義立場，將之改寫為長期一致的「本土親美」立場。

三、台灣獨立的地緣政治論

（一）從冷戰前線到永久中立：台灣獨立的短期戰略與長期願景

廖文毅在本書對於台灣獨立的地緣政治意義與戰略，提出了兩個看似矛盾的主張。在〈緒論〉，他主張獨立台灣應被納入美國的西太平洋防線之中，與日、韓三個東北亞國家共組 NEATO（東北亞東約

8　關於戰後初期各勢力競逐台灣人認同過程，參見吳叡人，〈三個祖國：戰後初期台灣國家認同的競爭，1945-1950〉，收入蕭阿勤、汪宏倫編，《族群、民族與現代國家：經驗與理論的反思》（台北：中央研究院社會學研究所，2016 年），頁23-82。

組織），和當時剛成立的 SEATO（東南亞公約組織）互為犄角，共同防止中共的擴張。這是不折不扣的冷戰論證，也是符合現實主義觀點的正統戰後台獨運動主張。但是在十四章，他又主張台灣應成為聯合國保護下的永久中立國。這是脫離冷戰，甚至加入第三世界的主張。我們該如何理解這個矛盾？

事實上，第十四章的中立論其實可以視為緒論的冷戰論的申論、發展和補充。一方面，廖文毅在緒論的主張，明顯是為了實現短期的地緣政治目標：取得美國對臨時政府的承認與對台灣的保護，同時排除國民黨政權的占領並阻卻中共的侵略。這是廖文毅在冷戰初期（1948）就提出的主張。另一方面，在十四章裡面，廖氏進一步從列強爭奪台灣的歷史經驗中，推演出強權夾縫中的小國難以憑自身軍事力獲得獨立的結論：即使獨立台灣加入了美國陣營，但冷戰下美中的結構性衝突不會因此消失，兩強終須一戰，而戰後不管是哪一方獲勝，台灣終究要再度承受戰勝國支配的命運，無法獲得真正獨立。長期而言，小國台灣必須思考不靠軍事力而能擺脫帝國夾縫困境的獨立之道。小國想要逃離帝國夾縫，不再捲入強權衝突，現實中意味著必須獲得某種中立地位，然而台灣如何能獲得中立國地位？1948 年聯合國的成立，已經為剛萌芽的戰後台獨運動提示了一條在國際組織監督保障下，經由託管、公投而獨立的「国連中心主義」路線。1955年全球第三勢力運動的出現，進一步擴大了這條路線的意義和功能：經由外交斡旋與聯合國機制，一口氣達成託管、公投獨立與中立化的三重目標。

換言之，加入冷戰美國陣營是當面拒敵（國民黨和中共）的短期戰略，而擺脫帝國夾縫以獲得永久的和平獨立，則是建國的長期願景，兩者並不衝突，而 1955 年全球第三條路線的出現，使長期願景產生了立即的現實意義——透過不結盟運動在短期內同時達成託管、

公投獨立和中立目標的選項出現了。於是，短期戰略和長期願景轉變成兩條路線的競合：冷戰親美路線，以及不結盟運動路線。廖文毅對此採取雙管齊下策略：一方面尋求說服美國，主張他的運動才能建立正當有效的親美台灣政權，發揮西太平洋反共防線樞紐的功能，另一方面則透過不結盟運動內的反共親西方盟友的斡旋達成託管獨立與中立化。

　　當然，另一個比較實際、迫切的理由或許也促使廖文毅開始試探第三條路：美國雖然曾在 1949-50 年之際短暫與廖文毅團隊接觸，並評估扶植他領導的台獨運動之可能，但在中共介入韓戰後已經放棄此議，轉而支持占領台灣的蔣介石政權。[9] 面對此一不利的新局勢，廖文毅雖未放棄爭取美國支持，但也被迫思考其他出路。無論如何，經過八年的嘗試錯誤，戰後台獨運動的「国連中心主義」（聯合國中心主義）在臨時政府時期發展出較為成熟、複雜的面貌。

（二）50 年代中期的全球中立運動

　　50 年代在美蘇陣營之外出現的所謂第三條路線的動向，主要表現在 1955 年的兩個事件上：（1）奧地利中立化：美蘇藉由簽訂《奧地利國家條約》（Austrian State Treaty），同意給予獨立後的奧地利中立國的法律地位；（2）萬隆會議：冷戰與去殖民浪潮中，第三世界的首度集結。事實上，這兩個事件涉及兩種不同的「中立」概念。奧地利與同時間芬蘭的中立化涉及國際法上的中立（neutrality），不過背後的推動力是強權的妥協與交易——美國想把芬蘭從蘇聯拉開，蘇聯則希望讓奧地利遠離北約，兩強的妥協最終創造了兩個中立國和

9　林孝庭著，黃中憲譯，《意外的國度：蔣介石、美國、與近代台灣的形塑》（新北市：遠足出版社，2017 年），第七、八章。

緩衝區。後者則是國際政治上的中立主義或不結盟路線（neutralism or non-alignment），當美蘇（與中國）的東西衝突隨著去殖民浪潮和新國家出現擴散到南方（global south），全球冷戰態勢逐漸成形之時，以亞非國家為主的第三世界國家領袖提出了中立主義和不結盟主張，試圖走出兩大陣營之外的第三條路，史稱「不結盟運動」（Nonalignment Movement, NAM）。

Neutrality 和 neutralism ／ nonalignment 兩個概念的起源、歷史均不同。（1）國際法中立國概念起源於《西發里亞條約》之後，1815 年《維也納條約》中列強首度承認瑞士中立的法律地位，1907 年海牙公約正式將之法典化。二戰期間因瑞典與瑞士兩中立國協助軸心國，中立國正當性下降。50 年代美蘇對立逐漸緩和，發現中立國設計對各自有利（緩衝），又開始加以利用，結果即是奧地利和芬蘭的中立化。（2）中立主義／不結盟運動有戰前起源（和平運動、反帝反殖民運動），但要到二戰後冷戰開始，兩陣營對立態勢形成後，才開始成形，正式出現不與任一方結盟的中立主義路線。

兩個現象起源不同，引發超強的反應也不同。中立國被視為可操作的工具，但中立主義運動則被美國疑懼，卻被蘇聯和中國積極爭取。兩個類似但不同的現象，同時出現在 1955 年，儼然有匯聚成國際政治「第三條路」之勢。然而就結果而言，中立國和中立主義最終並未構成真正第三條路（未形成真正的集團），反而深深捲入冷戰的兩強衝突之中。[10]

---

10 本節關於中立國與中立主義的討論，參照 Marco Wyss, Jussi M. Hanhimaki, Sandra Bott and Janick Marina Schaufelbuehl, "Introduction: A tightrope walk—neutrality and neutralism in the global Cold War," in Sandra Bott, Jussi M. Hanhimaki, Janick Marina Schaufelbuehl and Marco Wyss ed. *Neutrality and Neutralism in the Global Cold War: Between or within the blocs?* (London & New York: Routeledge, 2016), pp. 1-14.

（三）萬隆會議

　　奧地利以中立國形式獲得獨立，成為美蘇兩強之間緩衝國的事例，鼓舞廖文毅思考如何師法奧地利模式，使台灣成為美中之間緩衝國的可能。然而如前所述，奧地利中立化是美蘇交易的結果，要在東亞複製奧地利／芬蘭模式，必須要有足夠分量的地緣政治勢力的介入與斡旋，促成美中之間的妥協，此時不結盟運動適時地出現，遂成為廖氏心中最理想的求援與結盟對象，而不結盟運動的母體——1955年在印尼萬隆舉行的亞非會議（Asian African Conference，通稱萬隆會議 Bandung Conference）則是台獨運動不可缺席的國際舞台。

　　在中國與西方左翼的主流歷史敘事中，萬隆會議一直被描述為帶有鮮明反美、反西方傾向的第三世界新興國家首度集結的盛會，但這個敘述並不完全符合事實。確實，主導該次會議的印度總理尼赫魯想利用萬隆會議與美國主導的東南亞公約組織打對台，同時也想經由邀請周恩來的參與，和共產中國進行交往。不過，當時參與會議的新興國家中也存在著一股親西方、反共的勢力，他們從頭到尾與尼赫魯領導的反西方親共集團對峙、拮抗，試圖爭奪會議的話語權。所謂「萬隆會議」與「第三世界」，並不是同質的集團。

　　事實上，這個試圖走出美蘇之外第三條路的萬隆會議，從一開始就深深捲入美蘇冷戰之中。一個較不為人所知的事實是，美國政府當時曾試圖在幕後指導、策動親美國家在會議中發言，以制衡萬隆會議主導方（印度的尼赫魯）的反美（親蘇、中）傾向。美方論述策略的要旨是，如果西方是帝國主義和殖民主義，那蘇聯主導的全球共產主義擴張，也是一種紅色殖民主義（中國就是受蘇聯殖民支配。因此如果萬隆會議主張反殖民，那麼就應該同時反西方和蘇聯兩種殖民主

義。[11]

　　當時參與會議的幾個主要親美的新興國家是菲律賓、巴基斯坦、以及若干中東國家，不過錫蘭也主動要求參與美國策動的這個批判紅色殖民主義的行動，而在會議上代表錫蘭發言的就是第三任總理 Sir John Kotelawala（1897-1980）。Kotelawala 爵士是老牌的英式自由主義者，也是強硬的反共派，同時還是 1954 年可倫坡會議（亦即萬隆會議前身）的召集人，在東南亞、南亞地位尊崇。他和菲律賓代表羅慕洛都強烈反對尼赫魯邀請周恩來參加萬隆會議的主張。他在大會演講中公開宣稱：「如果我們要團結反對殖民主義，難道我們沒有義務公開宣稱我們同時反對西方帝國主義和蘇聯殖民主義嗎？」，並以蘇聯在東歐和中亞衛星國為例來證明此點，為大會投下震撼彈。

　　廖文毅試圖在萬隆會議拉攏、結盟的，當然不會是親中的尼赫魯一派，而是萬隆會議中的親美反共勢力。當尼赫魯拒絕了臨時政府派代表參與會議之後，Kotelawala 爵士這位萬隆會議的發起人與精神領袖之一，就成為台灣獨立運動在會議中最堅定、雄辯的發言人。萬隆會議曾在一次閉門會議中廣泛討論台灣（福爾摩沙）問題，各國領袖均參加討論，Kotelawala 在會後對媒體做了如下公開發言：

福爾摩沙應該在聯合國或可倫坡會議五強託管下中立化五年，金門和馬祖住民應該被遷移，而美國應該把艦隊撤出台灣海域。

（Formosa should be neutralized for five years under the UN or

---

11 本節關於美國策動萬隆會議中反共派國家之討論，參見 Eric D. Pullin, "The Bandung Conference: Ideological conflict and the limitations of US propaganda," in Sandra Bott, Jussi M. Hanhimaki, Janick Marina Schaufelbuehl and Marco Wyss ed. *Neutrality and Neutralism in the Global Cold War: Between or within the blocs?* (London & New York: Routeledge, 2016), pp. 52-71.

Colombo powers trusteeship, that Quemoy and Matsu should
be evacuated, and the US. should withdraw her fleet from the
coastal waters. ）[12]

堅持「反共不結盟」的 Kotelawala 爵士在此提示了一個關於台
灣地位問題非常正統的不結盟路線方案，完全不遵從美國主導下的冷
戰邏輯。這段早被遺忘的發言，為廖文毅在 50 年代中期嘗試一切手
段試圖擺脫冷戰與強權束縛，推動台灣中立化與獨立所做的驚人努
力，留下了珍貴的證言。[13]

　　廖氏想追求奧地利模式的小國永久和平中立目標，這需要美國和
中蘇之間的妥協，但弱小的流亡政府運動難以操作大國路線，因此必
須有強大的第三方勢力介入、斡旋，創造新的地緣政治態勢。有趣的
是，廖文毅所領導的戰後第一波台獨運動原本就是二戰後亞非獨立運
動的一環，而此時脫胎於亞非獨立運動的萬隆會議與不結盟運動適時
出現，為台獨運動提供了一個名正言順的小國舞台，以及串聯第三勢
力以斡旋美中妥協的（微小）契機。然而在美國已選擇與蔣介石結盟

---

12 本節關於萬隆會議閉門會議與 Sir Kotelawala 的發言，參見 Darwin's Khudori,
 "Bandung Conference: The Fundamental Books," pp. 13-14, accessed July 22, 2022,
 https://Hal.archives-ouverts.fr/Hal-02570939。所謂可倫坡會議五強，指的是參與
 由 Kotelawala 在 1954 年於錫蘭首都可倫坡召開元首會議的五個國家：錫蘭（斯
 里蘭卡）、印度、巴基斯坦、緬甸等四個原英國殖民地，以及鄰近的印尼。會議
 中參與國共同譴責了西方殖民主義與共產極權主義，以及這兩股勢力對亞洲的
 入侵，主張不加入任一方的中立路線。在這個意義上，可倫坡會議可視為萬隆
 會議的前身。關於可倫坡會議，參見 I.J. "The Colombo Conference: Neutrality the
 Keynote," in *The World Today Vol. 10*, No. 7 (Jul., 1954), pp. 293-300 。
13 根據簡文介的記述，Kotelawala 爵士在記者會的次日，手持〈關於台灣海峽緊
 張情勢緩和與台灣獨立之決議案〉和〈關於以民族自決解決台灣問題之請願書〉
 兩份文書，公開對著參與會議的周恩來指責中共為「新殖民主義者」。前一份文
 件出處待查，而後一份文件或許就是簡文介撰寫，透過陳智雄帶進萬隆會議散
 發的英日對照小冊子《台灣獨立運動　第十年——1955》。參見簡文介，《台湾
 の独立》（東京：有紀書房，1962 年），頁 104-105。

的情況下，這個努力雖然大膽而有創意，但卻也是一個絕望的努力，自始成功機率就甚低。首先，廖文毅因不結盟諸國內部的矛盾而獲得舞台，但最後也因不結盟諸國內部矛盾（與中國的阻撓）而失敗。其次，而且是更根本的原因是，廖文毅想加盟、運用的「反共的不結盟」路線在本質上難以突破冷戰的二元對立格局。最終，他的臨時政府運動還是只能託蔽於美國在東北亞建立的冷戰保護傘（日本保守政權）下，艱苦地存活。

四、結論：台灣民本主義的歷史定位

或許是因為廖文毅最終晚節不保，在 1965 年脫離自己一手創立的獨立運動返台投降這個汙點，導致日後整個臨時政府運動受到史家的忽視，乃至負面評價，連帶地影響了《台灣民本主義》，使它成為戰後台灣政治思想史上最被忽略的重要文本之一。然而在出版六十六年之後重讀本書，我們仍然處處感到驚喜與驚艷，並且受到許多啟發與刺激。不論成敗，廖文毅領導的運動應該重新獲得客觀的評價；同樣地，《台灣民本主義》也應該被重新閱讀，重新評價。

首先，廖文毅領導的再解放聯盟／民主獨立黨／臨時政府系統的獨立運動是二次戰後第一個組織性台獨運動，而《台灣民本主義》負載的思想就是這個運動發展出來的戰後最初且最完整的台灣獨立意識形態。事實上，《台灣民本主義》提出了台灣史上最初的系統性台灣建國綱領：它是台灣民族主義自 1920 年代初發軔、開展以來，最初形成的完整意識形態，代表了台灣人對台灣民族國家想像最初的完整型態──它設想一條由台灣人獨自從頭創建新國家的路徑，因此描繪了完整的台灣民族國家想像（體現在本書所提出史上第一篇台灣共和國憲法草案），而這與日後借用中華民國外殼的漸進獨立模式適成對

比。

　　第二，廖文毅領導的臨時政府運動雖然在短期戰略上加入美國領導的反共陣營，但他在《台灣民本主義》提出了包含民族主義（民族形成與反殖民）、民主主義（公投自決與民主共和），以及社會主義（產業民主）三個綱領，說明這個運動在意識形態上並不是單純的民族主義反共右翼，而應歸類於具有自由左翼色彩的民族主義。這點似乎反映了廖文毅受到不結盟運動思想的影響——或與後者思想具有親和性。

　　第二，一反吾人對戰後台獨運動「被迫在冷戰中選邊」的刻板印象，《台灣民本主義》透露了一個更為複雜、前瞻而具有歷史意識的國際視野。廖文毅（與其作者群）從台灣地緣政治史的角度出發，認知到台灣處於帝國夾縫中的結構性歷史困境，因此不只追求短期、立即的政治獨立，同時也思考小國如何脫困以獲得真正、永久獨立之道。而欲實現此一悲願，必須從全球觀點思考台灣——關照全球政治格局，尋求可借鏡的模式、可結盟的力量，以及可戰鬥的舞台。最終，1950 年代中期美蘇對峙的暫時緩和，芬蘭與奧地利中立模式的形成，以及不結盟運動的登場，啟發了他們一個解決方案：尋求第三勢力斡旋，經由聯合國託管機制，進行公投獨立。這個方案難以操作，最終也沒有成功，但它的提出與嘗試說明了戰後台灣獨立運動儘管受制於冷戰，受困於流亡，但從一開始就試圖超越冷戰大國視野，突破流亡限制，追求與新興國家與反殖民民族主義運動結盟，追求小國的和平獨立與永久中立。這個事實迫使我們必須重新理解廖文毅領導的運動。首先，我們必須重新評價臨時政府運動的外交成就，因為沒有廖文毅從 40 年代後期開始苦心建構與亞洲各國獨立運動領袖（菲律賓、馬來西亞、印尼等）之間的個人網路，以及愈挫愈勇的聯合國請願行動所累積的經驗，萬隆會議的舞台是不會自動出現的。

其次，它重新改寫了我們對戰後台獨運動屬性的認識：1920 年代一戰後出現的第一波台灣民族運動受到威爾遜主義啟發而具有強烈的世界主義精神，而二戰後這波民族運動則受到聯合國與不結盟運動的影響，懷抱著進步視野與國際主義精神，一戰後與二戰後兩波台灣民族主義運動雖然是分屬兩個不同時期的運動，但他們所懷抱的「世界中的台灣」精神，卻是一脈相承的。

最後，我們也不應該忘記，前述台灣共和國臨時政府運動所追求的小國永久和平中立的努力，是長期被親共左翼史觀扭曲的萬隆會議和第三世界史所刻意遺忘、掩埋的一個篇章。事實上，台灣共和國臨時政府運動在人際網絡、意識形態與外交政策上，都超越了單純的冷戰二元對立格局，而與二戰後整個亞非獨立運動和初現舞台的第三世界連結，追求西方殖民主義和中蘇「赤色殖民主義」之外的第三條路。換言之，在人類超越冷戰、追求和平的早期努力中，台灣人並未缺席。這群台灣的愛國者們試圖脫困的努力最終雖然未能成功，但畢竟他們曾經奮力一搏，大膽嘗試，因此未嘗不可說是一次光榮的敗北。總之，「第三條路」雖然只是曇花一現，但已為台灣歷史留下寶貴的精神遺產，也為後來者提示了更寬廣的「台灣與世界」的想像。

導論
重新發現〈台灣共和國臨時憲法〉
蘇彥圖

　　作為形塑現代政治文明的一項至為關鍵的政治技藝，成文憲法的創造與應用，早已是既普遍、又頻繁的。根據 Elkins, Ginsburg, and Melton（2009）的研究，在 1789-2006 年間，世界各國產出過的成文憲法，前前後後加起來，就有 965 部之多。當代的史家基本上是這麼詮釋這項歷史發展的：戰火鍛造了現代國家，而成文憲法，則被用來標誌國家的創立及其現代性（Colley, 2021; Lepore, 2021）。不過，成文憲法主義作為一項歷史巨流，並不盡然是由那些幸運成功的國家制憲者所成就的。在現代的世界政治史上，還有許許多多的非國家行動者，曾經嘗試書寫憲法，只是無緣成功（Colley, 2021）。

　　為了討論的方便，讓我們把這些壯志未酬的制憲運動者，稱為「擬制憲者」（would-be framers），而把他們所創作、出版的文本──不論是憲法草案，抑或是不被世人承認的憲法──稱為「類憲法」（near-constitution）。擬制憲者多半是現實政治中的失意魯蛇（Loser），可是他們對憲政思想、憲政制度的傳揚乃至創新，往往做出了重要的貢獻。類憲法鮮少獲得正式憲法所享有的那種榮耀與關注。可是再怎麼說，它們終究承載了某些人的憲政情懷與理想。如果我們想要把憲法史從成文憲法教徒所編織的各種神話敘事中解放出來，除了得把制憲者與他們所制定的憲法請下神壇，我們或許也需要重新發現擬制憲者，還有他們所制定的類憲法。我們總要知道，是什

麼樣的歷史機遇與政治抉擇，造就了一部憲法的成功，或者導致了一部類憲法的失敗。

一、重新發現一部類憲法

我必須誠實地說，當國史館的陳儀深館長在 2021 年夏天囑託我撰寫這篇短文的時候，我並沒有看過《台灣民本主義》這本書，也渾然不知道歷史上有〈台灣共和國臨時憲法〉這麼一部類憲法的存在。出於羞愧與好奇，我硬著頭皮接下了這項任務，然後試著趕緊惡補相關的歷史知識。我無意為自己的無知尋找藉口。不過，在 1980 年代後期與 1990 年代中期間，當「制憲 VS. 修憲」總算開始受到台灣公共論壇的重視與討論時，似乎還不曾有人回顧到這部早在 1956 年 9 月就誕生於日本東京的類台灣憲法。從 2000 年代以後，台灣史學界關於廖文毅與台灣共和國臨時政府的研究，無疑獲致了相當長足的進展（例如張炎憲、胡慧玲、曾秋美採訪記錄，2000；陳佳宏，2010；許瓊丰，2011；陳慶立，2014）；〈台灣共和國臨時憲法〉的日文文本與華文翻譯文本，也相繼在 2000 年、2005 年與 2014 年間，附隨著書籍的發行進到了台灣的書市（張炎憲、胡慧玲、曾秋美採訪記錄，2000；曾茂德，2005；陳慶立，2014）。可是，也許是因為這些研究成果，多半被歸類到了戰後海外台灣獨立運動史這個相對邊陲的學術分支，關於這部類憲法的誕生與殞落，似乎仍僅屬於冷門的小眾知識。

如果這樣的觀察還算正確的話，那麼〈台灣共和國臨時憲法〉在台灣（憲法）史上的定位，似乎是相當尷尬的：它是史上最早試圖召喚台灣主權與制憲權的類憲法，卻是許多人很晚才知道的一段過去；它的登場看來意義非凡，可是對於後世的影響，好像卻又聊勝於無。

　　任教於美國普林斯頓大學的歷史學家 Linda Colley 在《槍砲、船艦與筆：戰爭、憲法與現代世界的形成》（2021）這本書中寫道：「一部憲法，[⋯] 就跟一本小說一樣，創造並且述說著關於一個地方與一群人民的故事。從以前到現在，憲法文件從來就不只是憲法文件，而且它們也不只關乎法與政治。它們需要被重新評量與重新發現，也需要在境內與域外都有人在讀。」（Colley, 2021: 12）這項洞見，毋寧也可以適用於類憲法。隨著《台灣民本主義》華文版的刊行，應該會有更多人知道，或者回想起來，原來歷史上曾經有〈台灣共和國臨時憲法〉的存在。這是一個十載難逢的邀請，除了邀請我們重新理解 1950 年代廖文毅們（也就是廖文毅和他的同志們）的思想與行動，它也邀請我們，重新發現、述說、省思關於〈台灣共和國臨時憲法〉的故事。

二、一部身世奇特的類憲法

　　或許不少人跟我一樣，在還不知道〈台灣共和國臨時憲法〉以前，曾經以為史上第一部的類台灣憲法，是許世楷所撰寫的〈台灣共和國憲法草案〉。許世楷早在 1975 年間，就以日文起草了這份文件的初稿。不過一直到了 1988 年 12 月，這部憲法草案，才由鄭南榕所創辦的《自由時代》週刊，公諸於世（許世楷，1993）。在 1970 年代，像許世楷那樣，曾在私底下「自己做憲法」的，至少還有黃昭堂（陳儀深訪問，鄭毓嫻、吳佩謙記錄，2012: 114）。「雖不是科班出身，所寫的憲法內容或許可笑幼稚，但是在寫的時候自己可以得到很大的滿足感；寫的時候完全沒有想到將來是否真能實行，只是視為自己應作的功課之一。」（黃昭堂口述，張炎憲、陳美蓉整理，2012: 365）在日後的一次口述歷史訪談中，黃昭堂如此回顧了他自己過去

書寫憲法草案的那段往事。在這樣的想法底下被創作出來的類憲法，通常會謙沖、含蓄地以憲法草案自稱；作為面向未來的建國藍圖，它的作者主要關心要做出什麼樣的實體憲政選擇，也往往重視理想更甚於現實。它的書寫可以是集體創作，但也可由一人獨力完成。就像黃昭堂說的，這樣的類憲法書寫，是建國運動者的自習作業，它是一門功課、一種修行。1980 年代末期迄今在台灣民間流傳、討論的多部類憲法（施正鋒編，1995；陳耀祥，2005；陳炳楠，2012），基本上都是在做這麼一件事。

　　然而，〈台灣共和國臨時憲法〉是一部很不一樣的類憲法。它的自我定位／宣稱，就是一部（臨時）憲法，而不是憲法草案；制定、公布它的台灣共和國臨時議會，也不是一個單純的民間／私人團體，而是一個宣稱由分別來自台灣各縣市的 24 位議員組成、並從而得以代表台灣人民行使（擬）制憲權的政治組織。基於這樣的設定，〈台灣共和國臨時憲法〉，就註定不只是一個投射理想、寄語未來的憲法文案創作，還是一個試圖在當下就對現實政治產生某種效應的具體政治行動：它是由廖文毅領導、以流亡政府的模式組織與運作的台灣共和國獨立運動的一個環節。它的命運也因而與廖文毅們這群人後來的際遇，緊密相連。

三、廖文毅們的信心之躍

　　為什麼廖文毅們在肇建流亡政府之初的 1955-1956 年間，就傾力於〈台灣共和國臨時憲法〉的研議與制定呢？這是一個值得我們探究的問題。從組成臨時議會、發表獨立宣言、成立臨時政府、一直到制定、公布臨時憲法——他們顯然有意識地仿效、套用了從美國獨立等歷史先例中歸結出來的某種建國標準程序。如果仔細推敲這部臨時憲

法的第 101 條規定，我們應該可以推論，廖文毅們當時並沒有天真地
認為，台灣共和國作為一個獨立的主權國家，可以就此誕生。他們毋
寧是認為或相信，為了台灣獨立運動的進展，他們需要仿效、比照這
套標準程序，好好地創作出一部類憲法。他們或許期待，藉由描繪、
具體化台灣共和國的憲政想像，這部類憲法可以幫助他們說服、召喚
出更多人來加入或支持他們所推動的台灣獨立運動。他們可能也企
盼，在這部類憲法的加持下，他們所成立的流亡政府，能夠獲得世人
的看重，進而得以在國際媒體與外交舞台上，與兩個中國政府競逐台
灣代表權。

　　如果暫時不考慮成立與運作流亡政府的各種內外條件，廖文毅們
會有這樣的發想與期待，或許是可以理解的。作為一種政治技藝，成
文憲法本來就有望於國族建構（nation-building）的過程中，發揮多
重功能、扮演多重角色；就算無法成為真憲法，類憲法或許也還是有
些許機會，能夠提供憲法的部分功能——特別是政治意志的宣示與展
演。更何況，在沒有槍砲、沒有船艦、又沒有外力奧援的情況下，廖
文毅們要想成立一個會被外界嚴肅看待的流亡政府，似乎也沒有其他
更好的辦法了。他們只能用筆書寫類憲法，然後將流亡政府的運動希
望，寄於它對現實政治所可能產生的積極影響。

　　然而，廖文毅們的希望終究落空了。在〈台灣共和國臨時憲法〉
制定公布以後，台灣共和國臨時政府，始終未能獲得任何國家的正式
承認。在日本的台灣人社群中，它依舊只是勢單力薄的小圈圈團體，
不曾走出要人沒人、要錢沒錢的運動窘境（Mendel, 1970: 147-156）；
在 1962-1963 年後，它甚至不再能在名義上統合、領導在日本的台灣
獨立運動（許瓊丰，2011: 10-12）。事後看來，1955-1956 年間，反
而更像是這場流亡政府運動的巔峰期，而非創始期。

　　1961 年 3 月初，廖文毅為了台灣獨立運動而在海外奔走十多年

的事蹟，總算登上了美國的《紐約時報》。這篇報導最後歸結指出，在知情人士眼裡，身為台灣共和國臨時政府總統的廖文毅博士，「不是欺世盜名之人，[⋯] 卻也不是福爾摩沙的代言人。」[1]同年10月底，《紐約時報》又引述可靠消息來源指出，美國甘迺迪政府為了換取蔣介石政權不對蒙古加入聯合國一案行使否決權，乃持續拒絕發給廖文毅赴美簽證。[2]由於受制於這樣的國際政治結構與外交交易，廖文毅那時只能在過境紐約時，與在美國的幾位台灣獨立運動者匆匆面會。「老實說，他是一個失意的人。」（張炎憲、曾秋美訪問，曾秋美整理，陳以德改寫，沈亮、王婉如譯，2010: 49）陳以德事後如此回憶了那時他第一次也是最後一次見到的廖文毅。

我們不知道，如果沒有〈台灣共和國臨時憲法〉，當時的國際人士，還有新一代的台灣獨立運動者，會不會逕把廖文毅們的台灣共和國臨時政府，視為一場政治兒戲甚或騙局。不過，對於廖文毅們來說，他們後來所經歷的慘澹與落魄，看來也是事與願違的──這部（類）憲法，並沒有讓他們的流亡政府變強大。在廖文毅於1965年5月返台投降後，台灣共和國臨時政府與〈台灣共和國臨時憲法〉的抑鬱而終，只是時間早晚的事情了。

四、臨時憲法為何失敗：一個比較類憲法的初步考察

作為一項政治行動，〈台灣共和國臨時憲法〉為什麼最後是以失敗收場的呢？我們可以試著透過類憲法的比較研究，來解開這項歷史

1　A. M. Rosenthal, *Exile is Fighting for Free Taiwan*, THE NEW YORK TIMES (March 5, 1961).

2　Max Frankel, *U.S. Barred Chiang Foe in Deal to Let Outer Mongolia into U.N.*, THE NEW YORK TIMES (Oct. 30, 1961).

謎題,而一個可以拿來跟廖文毅們的行動進行比較的最近似案例,或許是圖博(Tibet)的流亡政府與憲法。1959 年 3 月 10 日的圖博抗暴／鎮壓後,在達賴喇嘛的領導下,數萬圖博人出亡到了印度,並於 1959-1960 年間,相繼組成了圖博流亡政府(後來定名為藏人行政中央),以及圖博流亡議會的前身——圖博人民代表委員會。於 1963 年的圖博抗暴紀念日,達賴喇嘛頒布了由著名美國外交家／律師 Ernest Gross 協助起草、意在展望未來圖博之自由憲政民主的〈圖博憲法〉;於 1991 年,圖博流亡議會又制定公布了規範圖博流亡政府及其所轄人民的〈流亡圖博憲章〉(Brox, 2016)。隨著圖博流亡政府的民主化進程——特別是 2001 年起的司政(Sikyong)直接民選以及 2011 年間達賴喇嘛的政治權力移轉,〈流亡圖博憲章〉也歷經了多次修正。雖然說所有的類憲法,根據定義,都是沒有修成正果的,還在流亡中奮鬥不懈的圖博人,無疑為我們提供了一個相對成功的案例經驗。

這篇短文無法開展深入且嚴謹的比較分析。不過,我還是想提醒大家注意這兩個流亡政府在憲政實踐上重要而顯著的兩點差異。首先值得我們探問與評量的,是擬制憲者所擁有與主張的政治權威。這項因素,在相當程度上決定了「擬制憲者代表人民行使(擬)制憲權」這個宣稱,會被識者嚴肅看待,還是斥之以鼻。就跟許多革命型憲法(revolutionary constitutions)一樣(Ackerman, 2019),流亡政府的類憲法所賴以存立的權威／正當性,在很大程度上,汲取自政治領袖的魅力型權威(charisma)。我們就此可以點出〈台灣共和國臨時憲法〉天生的一項根本缺憾:廖文毅究竟不是其時眾望所歸的林獻堂,更難與達賴喇嘛相提並論。在缺乏魅力型政治領導的情況下,〈台灣共和國臨時憲法〉,只能訴諸、仰賴台灣共和國臨時議會經由自我任命所試圖建構的虛擬代表(virtual representation)。問題是,不要說可否

與如何代表台灣人民了，台灣共和國臨時議會連要想虛擬地代表那時候在日本的台灣人社群，只怕也不可得。

如果說一部欠缺民主正當性的憲法，仍有可能獲得所屬社群成員的遵循與實行，進而逐步形成、確立其作為憲法的規範權威（Law, 2019），那麼廖文毅們，毋寧還是可以寄希望於〈台灣共和國臨時憲法〉──但是他們總得設法在可能的範圍內，履行、實現它們在這部類憲法中所做的憲政許諾。畢竟，說是一回事，做是另一回事。唯有透過實作，他們才能向世人證明，他們是真摯的憲政主義者，不是買空賣空的政治投機客；也唯有透過實作，他們方能在臨時憲法的大旗下，積蓄並展現他們的政治實力。然而，即使在〈台灣共和國臨時憲法〉制定公布後，台灣共和國臨時政府的組成與運作，還是只有適用台灣臨時國民議會於 1955 年 11 月間所制定公布的〈台灣共和國臨時政府組織條例〉；這項條例的第 10 條規定甚至直言，該條例不受日後所定臨時憲法的約束。換句話說，〈台灣共和國臨時憲法〉對於廖文毅們來說，從來就不是他們當下就要遵循與實踐的那種類憲法；台灣共和國臨時政府，也因而始終未能像圖博流亡政府那樣，經由一次又一次的民主選舉，發展、形成出一個它所代表與治理的憲政社群。在只有菁英而沒有群眾的政治結構下，廖文毅們似乎有意識地在流亡政府／臨時議會的框架下，包容與發展多黨政治。可是，如此民主的組織文化，卻也讓他們對於蔣介石政權特務的滲透與分化，束手無策（李世傑，1988）。

經由初步的比較分析，我們或許可以這麼解釋〈台灣共和國臨時憲法〉的失敗：由於先天不足（擬制憲者的政治權威不足）加上後天失調（無法經由實作證明自己所言不虛），這部類憲法對於當時的台灣獨立運動，始終無力產生廖文毅們當初所企盼的積極效應。如果進一步考慮一個相對成功的類憲法實踐（例如圖博流亡政府）所需要的

條件與資源，那麼我們恐怕還必須質疑：廖文毅們在 1955 年間決意將他們的運動組織，從政黨「進階」為流亡政府——這件事情本身，是否就是一個致命的策略錯誤？他們可能高估了自己的政治實力，也低估了流亡政府的運作難度。不論如何，他們終究創建了一個流亡政府，也傾力制定出了一部類憲法；他們用行動證明了，在那個年代，台灣共和國並不是不可想像的。只是，承載著這份憲政想望的〈台灣共和國臨時憲法〉，總是得要「在境內與域外都有人在讀」（Colley,2021：12），才有可能發揮它僅有的政治宣傳效應。考量到流亡政府的捉襟見肘，還有將介石政權對於這項運動及其相關資訊的大力打壓、圍堵與封鎖，我們或許還要追問：在那個年代，究竟有哪些人，在哪些地方，經由何種管道與媒介，讀到了這部類憲法？而這些當時的讀者們，又是作何感想？我想，這是一個值得進一步研究的課題。畢竟，在影響一部憲法（或類憲法）的命運的諸多因素中，憲法讀者（constitutional readership）的重要性，很有可能並不亞於人們向來比較關注的憲法作者（constitutional authorship）。

五、〈台灣共和國臨時憲法〉的現代讀法

往者已矣。隨著《台灣民本主義》華文版的出版而再次問世的〈台灣共和國臨時憲法〉，如今就只是一份塵封多年的歷史文件了。這部生成於 1950 年代、由廖文毅們（特別是廖文毅的重要策士簡文介）以日文書寫出來的類憲法，就跟絕大多數的現代成文憲法文本一樣，參考、臨摹了當時既有的某些範例，但也嘗試在一些地方，進行剪裁、調整乃至制度創新。從現在的觀點來看，它的原創規定，有的已經不合時宜，有的可能有欠考慮，不過也有一些，已經獲得後世台灣人的接納乃至實現。整體而言，相較於後繼的幾部類台灣憲

法，〈台灣共和國臨時憲法〉在政府體制設計上，似乎更勇於嘗試創新，而且也提出了幾項到現在看來還是很有意思的憲法創意。舉例來說，在半總統制這個概念還沒有被法國政治學大家 Maurice Duverger 在 1970 年間發明出來以前，廖文毅們對於要怎麼揉合內閣制與總統制，已經做了一番討論。〈台灣共和國臨時憲法〉就此做了幾項安排，其中包括容許副總統擔任行政院政務委員會議長（第 63 條）。雖然可能純屬巧合，類似這項特殊安排的憲政實例，在 1958 年後已三度出現在〈中華民國憲法〉統治下的台灣。其他像是由職業團體代表組成的參議院（第 40 條），還有選舉法院、彈劾法院與憲法法庭等建制（第 57 條、第 77 條），也都是它值得加以注意的憲政制度構想。我們可以說，〈台灣共和國臨時憲法〉多少印證了 Colley (2021: 229) 的一項觀察：顛沛孤寂的流亡歲月，往往也是憲法創意爆發時。

　　作為這部類憲法的現代讀者，我們無疑可以得助於許多歷史的後見之明。別的不說，我們累積了更多關於自由憲政民主的規範思考與實踐經驗，也掌握了更加先進的憲政工程技術。運用這些經驗與知識，我們或許能夠比廖文毅們更加瞭解〈台灣共和國臨時憲法〉，甚至他們自己；我們至少有機會可以更清明地看見，他們所身處的歷史情境（包括他們所能獲取到的憲法知識與憲政資訊），究竟如何形塑、又如何侷限了他們的憲政抉擇。這部類憲法所勾勒、想像出來的台灣共和國，跟現在我們所擁有的中華民國台灣，抑或是許多人還在追尋的台灣共和國，在很多事情上來說，並不是同一個國度。究竟是什麼樣的歷史偶然或者憲政決斷，讓台灣在後來成就出了一個不同於廖文毅們所設想的自由憲政民主國家？如果抱持著這樣的問題意識閱讀〈台灣共和國臨時憲法〉，我想，我們或許也將更加瞭解我們自己。

　　作為一項政治行動，〈台灣共和國臨時憲法〉早已抑鬱而終。但

是作為一個類憲法的歷史文件，它會一直在歷史的檔案櫃裡，靜靜地等待我們去重新發現。讓我們一起來述說與思辯這部類憲法的故事吧。請相信我，這會是很有趣的一門課——關於歷史，關於憲法，也關於我們台灣人的台灣。

參考文獻

李世傑，《台灣共和國臨時政府大統領廖文毅投降始末》（台北：自由時代，1988 年）。

施正鋒編，《台灣憲政主義》（台北：前衛，1995 年）。

張炎憲、胡慧玲、曾秋美採訪記錄，《台灣獨立運動的先聲：台灣共和國》（上）、（下）（台北：吳三連台灣史料基金會，2000 年）。

張炎憲、曾秋美訪問，曾秋美整理，陳以德改寫，沈亮、王婉如譯，〈陳以德〉，收於張炎憲等編，《青春・逐夢・台灣國系列 2：掖種》（台北：吳三連台灣史料基金會，2010 年），頁 1-67。

許世楷，《台灣新憲法論》（台北：前衛，1993 年，第 2 版）。

許瓊丰，〈戰後日本的臺灣獨立運動：以廖文毅及其臺灣共和國臨時政府為中心〉，「臺灣人的海外活動」國際學術研討會，中央研究院台灣史研究所主辦，2011 年 8 月 26 日。

陳佳宏，〈被放逐的鳳凰——戰後「中華民國政府」對「台灣共和國臨時政府」成立之因應與策略〉，收於《鳳去臺空江自流：從殖民到戒嚴的臺灣主體性探究》（新北：博揚文化，2010 年），頁 65-104。

陳炳楠，〈台灣制憲運動之研究〉，臺灣師範大學政治學研究所博士論文，2012 年。

陳儀深訪問，鄭毓嫻、吳佩謙記錄，〈黃昭堂先生訪問紀錄〉，收於

陳儀深訪問，林東璟等記錄，《海外台獨運動相關人物口述史續篇》（台北：中央研究院近史所，2012 年），頁 69-118。

陳慶立，《廖文毅的理想國》（台北：玉山社，2014 年）。

陳耀祥，〈台灣政治運動中各憲法草案評析——以國家組織部分為觀察對象〉，收於社團法人台灣法學會主編，《主權、憲法與台灣的未來》（台北：台灣法學會，2005 年），頁 131-155。

曾茂德，〈從闡釋台灣共和國臨時憲法試窺廖文毅時代台灣共和國臨時憲法〉，收於張炎憲等編，《自覺與認同：1950-1990 年海外台灣人運動專輯》（台北：吳三連台灣史料基金會，2005 年），頁 203-212。

黃昭堂口述，張炎憲、陳美蓉整理，《建國舵手黃昭堂》（台北：吳三連台灣史料基金會，2012 年）。

Bruce Ackerman, *Revolutionary Constitutions: Charismatic Leadership and the Rule of Law* (Cambridge, MA: Belknap Press of Harvard University Press, 2019).

David S. Law, "Imposed Constitutions and Romantic Constitutions," in Richard Albert, Xenophon Contiades and Alkmene Fotiadou, ed., *The Law and Legitimacy of Imposed Constitutions* (New York, NY: Routledge, 2019).

Douglas Heusted Mendel, *The Politics of Formosan Nationalism* (Berkeley, CA: University of California Press, 1970).

Jill Lepore, "*When Constitutions Took Over the World*," The New Yorker, accessed March 22, 2021, https://www.newyorker.com/magazine/2021/03/29/when-constitutions-took-over-the-world.

Linda Colley, *The Gun, the Ship, and the Pen: Warfare, Constitutions, and the Making of the Modern World* (New York, NY: Liveright,

2021).

Trine Brox, *Tibetan Democracy: Governance, Leadership and Conflict in Exile* (London, United Kingdom: I.B. Tauris, 2016).

Zachary Elkins, Tom Ginsburg, and James Melton. *The Endurance of National Constitutions* (New York, NY: Cambridge University Press, 2009).

台灣民本主義譯本

廖文毅 著

台灣民本主義

序

針對台灣民族做出論述，是因為我是一位土生土長的台灣人。

只因身為台灣人，使得在過去超過三十年的歲月裡，一直無法向世界表明自己的身分，也就是我是台灣人這件事。這是因為過去半個世紀，台灣人既被日本人稱為「清國奴」，[1] 又被中國人冠上「日本國奴」這個名稱所致。這段期間，第二次世界大戰爆發、世界情勢發生巨大變化。今天，我終於可以自由且公開地以台灣人，不，是以台灣民族的身分，向世界闡述我們台灣的實際情況了。然而，即使是1956 年的今天，我的故鄉台灣由於受到中國國民黨的壓迫，仍然沒有談論此事的自由。今天，我之所以可以自由地講述此事，是因為我已從蔣政權的壓制中逃脫出來。

1947 年二二八革命爆發前夕，一部分的支那[2] 人蔑稱我們台灣人

1　Chankoro（チャンコロ）一詞是由中國人的中文發音（zhongguore）轉變而來的。始於明治時（1868-1912），並在甲午戰爭後流行起來，是日本人對中國人的蔑稱。清末的中國人一般將此詞譯為「豚尾奴」或「清國奴」。參見實藤惠秀著，譚汝謙、林啓彥譯，《中國人留學日本史》（香港：中文大學出版社，1982 年），頁 80、121。新村出編，《広辞苑》（東京：岩波書局，2018 年），頁1883。

2　「支那」一詞源自「秦」（Chin）的音變。為外國人對中國的稱呼，最初出現在印度的佛典中。在日本，「支那」一詞在進入明治時代後，被廣泛使用。舉凡公文書、報章雜誌、教科書等，多以「支那」稱呼當時的清朝。就連訪日的中國留學生或文化人，亦有人使用「支那」來表稱中國。鴉片戰爭爆發後，「支那」一詞在日本開始被賦予負面意義。進入大正時期之後，中國人開始認為

為「日本國奴」。為何曾經的「清國奴」，在一夕之間成了「日本國奴」呢？我甚感意外。仔細思考，也許是因台灣海峽的鴻溝終使台灣人與中國人之間產生了巨大隔閡之故吧？特別是經過50年的日本統治後，台灣人與中國人的距離確實日益擴大了。

1945年10月，台灣被置於中國國民黨的惡政之下，遭受極度殘酷的壓榨，終於引爆了二二八大革命。這個事件是對殘酷的統治者所做出的抗爭，因為他們剝奪了本土住民所有的生存機會，也是本土住民忍無可忍後，做出最低限度的反抗。然而，即使在12、13世紀已被視為理所當然的人民革命行為，我們台灣同胞卻因此遭遇人類史上少有的大屠殺。此後，台灣人與中國人間，完全形同水火，事事互斥、互不相容。這雖然是個悲傷的事實，但只要是台灣人都無法否認這嚴峻的現實。

這十年間，由於支那大陸陷入國共戰亂、橫跨西太平洋及整個遠東地區也全面進入冷戰並達到高峰期，使我無法回到出生的祖國。台灣民族雖然在日本統治下過著慘淡的生活，但在支那國民黨的統治下，無疑過著更加悲慘的人生。就如同流盡了最後一滴血、一滴淚一般，台灣民族已經跌落到絕望的深淵。為了追求嶄新的希望，台灣

「支那」是對中國的蔑稱，因此對此詞有著強烈地抗拒感。九一八事件發生前的1930年，國民政府要求外交部，今後應拒絕受理使用「支那」一詞的日本公文書。對此，日本政府於1930年年底，將公文中的「支那共和國」改為「中華民國」，但在日本社會上一般書面語或口語，仍沿用「支那」名稱。第二次世界大戰，日本戰敗投降，日本外務次官於1946年6月6日表示基於中華民國對於被稱為「支那」感到極度厭惡之故，因此發出《關於避用支那稱呼事宜》之通知，下達各新聞雜誌社、出版社，今後一律不得使用「支那」一詞。至此「支那」在日本的使用頻率日漸減少。今日以「支那」之表記方式並不常見，若使用此詞時，多以日本的假名「シナ」書寫之。參見實藤惠秀著，譚汝謙、林啓彥譯，《中國人留學日本史》（香港：中文大學出版社，1982年），頁124-132。劉傑，《中国人の歴史観》（東京：文藝春秋，1999年），頁48-56。新村出編，《広辞苑》（東京：岩波書局，2018年），頁1317。

民族開始吶喊。即使身處不斷受到生命威脅的黑暗恐怖政治中，或是被置於連最後一滴血也被榨光、基本生存權被完全否定的環境裡，亦或是在被禁止向任何人傾訴自身苦悶的狀態下，我們仍打算拼命地大喊。

在悲慘與絕望的深淵中發出求救訊號的台灣人，他們的慘況無法以筆墨形容。但在能力範圍內，我仍嘗試在拙著中陳述之。同時，期待能與閱讀此書的諸賢達者攜手奮鬥，讓這個必定會誕生的新興國家得以成立。台灣民族既不是清朝的奴隸，亦未受到日本的奴化。台灣民族是一個極富獨立自主性且合而為一的民族。在悲慘狀態下呻吟的台灣人，終於形成強烈的民族自覺意識。我們擁有獨特的生活方式、思想及文化，也唯有立基於此種共同意識，才可能開始著手建設台灣共和國。

西太平洋不僅是西歐自由國家陣營的前線，且如欲守護此一前線，防衛台灣的重要性不待贅言。若輕忽了防衛台灣的重要性，蜿蜒數千哩的西太平洋核心部位，勢必受到直接的威脅。本書將對台灣的主觀條件也就是民族主義之興起，及客觀條件——屬於西太平洋一環，兩者之意義進行考察。此外，為探究台灣民族幸福與繁榮之道，進而為世界和平做出貢獻，本書將以在發展變遷中所產生的歷史過程及相關根據為基礎，針對現正漸漸轉變的狀況與動向做出論述。

或許因為筆者能力不足或缺少相關資料之故，多少妨礙了我的企圖。但相信那並不會成為重大的障礙。在此，謹對於目前仍為台灣獨立奮力不懈的同志、特別是那些挺身參與台灣獨立鬥爭的台灣地下同志們，致上我最高的謝意。

1956.12.1

著者　識

緒論

　　擁有 35,900 平方公里面積、約 800 萬人口的台灣本島及澎湖諸島，地處馬尼拉與沖繩的中心點，亦是新加坡到東京的中間點。西面台灣海峽，海峽上散布著澎湖群島。東面則朝向浩瀚無邊的太平洋。從面向太平洋的東台灣朝北遙去，延綿著一整串的大小島嶼。這些島嶼以琉球群島為起點，中途經過九州、本州、北海道一直到千島群島，是彎曲的日本諸島。接著轉眼南望，從呂宋島到印度尼西亞，幾乎同等距離也有無數島嶼如飛石般相連著。北方一連串的島嶼，若再加上朝鮮半島，約有一億二千萬名居民在此居住。南方相連的諸島，也有與北方相近的人口數在此生活。如果把這些接連的島嶼比擬為鳥之雙翼，台灣正好位在心臟部位；又如果以汽車的雙輪為例，台灣恰是雙輪的軸心。（台灣）島嶼的形狀，朝向日本的部分幅員較廣，面對南中國海的部分則如魚尾一般。

　　台灣所處的地理位置，使台灣成為 16 世紀以來各國爭奪制海權時的兵家必爭之地。最初受到葡萄牙和西班牙雙方爭奪，之後成為西班牙與荷蘭角逐之地。17 世紀，在極短時間曾為國姓爺王國的強大基地，之後約兩個世紀則是成為清國統治的領土。從 1895 年到 1945 年的半個世紀，如眾所週知的史實，台灣是日本的殖民地。第二次世界大戰期間，太平洋方面同盟軍總司令麥克阿瑟將軍根據《開羅宣言》，委任支那國民黨政府在與日本簽署媾和條約為止，暫時占

領台灣。1951 年在舊金山所舉辦的對日和平會議中，儘管全世界有四十八個國家簽署了和平條約，但不論是國民黨政府或中共人民政府皆未列席，且條約中也沒有明定台灣的歸屬。想必是因為像《開羅宣言》這樣的宣言，在國際上僅具有非常薄弱的約束力之故。

　　對於居住在支那大陸的人們而言，台灣問題或許不是重要的議題。但對台灣民族而言，卻是確保自身生存權的生死大問題。特別是對渴望自主又開始懷抱著強烈希望獨立這種民族自覺的台灣人，對於世界各國的台灣政策的動向，長期懷抱著最深的關心且持續關注著。我們台灣民族，既非甘願成為中國國民黨帝國主義下殖民地的人民，亦不會是希望成為中共統治下極權主義的奴隸，如此的愚蠢者。

　　從兩大陣營的戰略觀點來看，台灣是地緣上極為重要的據點。即使島嶼非常小，人口也不多，但只要掌握台灣，形同扼住北方日本諸島與南方菲律賓、馬來半島、印度尼西亞等太平洋西岸全部國家的命脈。是故，我認為決定此要衝之地的命運，最適切的解決方式應該是立刻讓台灣住民舉行公民投票，依其自由意志讓台灣獨立。

　　筆者曾於 1948 年初夏，提倡應組成西太平洋聯盟。由代表日本的美國遠東軍司令部 [1] 及獨立的台灣做為成員國，並聯合與其相連一

1　第二次世界大戰後進駐日本的美軍司令部，全名為盟軍最高司令官總司令部（General Headquarters/Supreme Commander for the Allied Powers，簡稱盟軍總司令部〔GHQ〕）。在組織構造上，隸屬於遠東委員會（Far Eastern Commission）。遠東委員會是同盟國處理日本事務的最高權力決策及機構，由中華民國、美國、英國、蘇聯、菲律賓、印度、澳洲、紐西蘭、法國、加拿大、荷蘭等 11 國組成。然而由於 GHQ 的主要成員來自美國陸軍太平洋總司令部，且首任總司令亦是由美國陸軍太平洋總司令部的總司令麥克阿瑟（Douglas MacArthur）元帥擔任。而美國陸軍太平洋總司令部隸屬於美國參謀首長聯席會議，因而該司令部在轉任駐日美軍後，仍聽命於美國政府。在遠東委員會無力約束美國的情況之下，所有占領日本的實務完全由美國一手統籌。GHQ 占領日本的基本方針為藉由解散日本軍達到非軍國主義化及日本民主化的目標。其最重要的民主政策為推動日本國憲法的制定。1947 年 5 月開始施行的日本國憲法，高揭主權

線的菲律賓、印尼、澳洲等國家。當然，西太平洋聯盟的組成，在技術上尚有許多問題點。第一，大部分是政治基礎尚不穩固的新興國家，或尚未完全脫離半殖民地狀態的國家；第二，時機尚不成熟等等。這當然是因為之前還未受到赤色攻勢猛烈攻擊之故。但如今赤色攻勢已兵臨城下，故必須組成北太平洋聯盟及與其相似的西太平洋聯盟。美國主導 SEATO[2] 成立一事，不僅是促成上述我所提之兩大太平洋聯盟結盟的時機，台灣若能以一個成員國的身分，結合日本、朝鮮組成 NEATO，[3] 並與 SEATO[4] 相互結合的話，就可在西太平洋形成一個連成一氣的反共陣營。逃亡至台灣的國民黨政府，未能受邀成為這些東亞組織的會員國，可知其不受東亞各國的歡迎。

在民、基本人權及和平主義，並於第九條明確規定「永遠放棄以國家主權發動的戰爭作為解決國際爭端的手段」。1952 年隨著《舊金山和約》的生效結束了盟軍對日本的占領。參見黃自進，《「和平憲法」下的日本重建造（1945-1960）》（台北：中研院亞太區域研究專題中心，2009），頁 4-7。〈連合国軍最高司令官総司令部／GHQ〉，「世界史の窓」：https://www.y-history.net/appendix/wh1601-024_1.html（點閱日期：2022 年 10 月 30 日）。

2　1954 年 9 月 8 日在美國的推動下，英國、法國、澳洲、紐西蘭、巴基斯坦、菲律賓與泰國於菲律賓的馬尼拉集會，通過《東南亞集體防衛公約》（Southeast Asia Collective Defense Treaty Manila Pact），又稱《馬尼拉公約》，並成立了「東南亞公約組織」（Southeast Asia Treaty Organization，簡稱 SEATO）。公約中規定，若任何一個締約國受到進攻或受到國內顛覆而被削弱，則採取集體行動。而東南亞公約組織的主要功能則是在於建立軍事集體防衛系統組織，以防阻共產勢力在東南亞地區的延伸。值得一提的是，SEATO 最初構想之提出始於 1949年 7 月。當時面對國民黨政權崩解危機的蔣中正，與菲律賓總統季里諾一同呼籲，為保障區域安全，應舉辦遠東各國聯合會議。面對此一呼籲僅有韓國的李承晚總統表示贊同，故胎死腹中。諷刺的是「東南亞公約組織」成立時，中華民國因受其他成員國排斥而無法加入。1975 年 9 月 24 日「東南亞公約組織」第 20 回理事會在紐約集會，會中決議解散該組織。該組織最終於 1977 年解散。參見艾倫・帕爾默（Alan Palmer）編著，郭健等譯，《二十世紀歷史辭典》（北京：社會科學文獻，1988 年），頁 349。加藤友康，《歷史學事典（第 7 卷戰爭と外交）》（東京：弘文堂，1999 年），頁 283。

3　應是 Northeast Asia Treaty Organization 的英文縮寫之意。

4　東南亞公約組織（Southeast Asia Treaty Organization）的英文縮寫。

　　中國國民黨政府完全不堪一擊被逐出大陸。回歸大陸之夢亦完全破滅。從台灣人的角度來看：第一，中國人是外國人；第二，他們不只沒有改善台灣人的生活，更徹底破壞了台灣的社會生活及經濟結構；第三，他們為了給予從大陸帶來的中國人福利及安寧，犧牲了所有台灣人的利益及生存權；第四，吃了共軍敗仗的國民黨，在台灣也無法掌握民心，只對台灣人課以重稅、兵役等義務，卻剝奪其應享有的權利。因此不論在軍事或政治上，都無法負起防禦台灣的責任。在虐政下呻吟的台灣人，不但不會為蔣政權而戰，反而可能還會發生以槍口對準他們之類的情事。

　　從社會結構來看，台灣擁有訓練有素的社會組織及為實施庶民教育而應具備的良好基礎條件。台灣的基礎實力，來自於 300 個左右、擁有一萬到三萬人口的鄉鎮。支持這些住民的是數百年來的傳統歷史。他們大多是農民、小地主或中小企業主，是台灣真正的中流砥柱。只有台灣人能恢復台灣人本來之樣貌、或成立一個能回復台灣社會實力的組織，此事支那人是完全無法達成的。像現下台灣有百萬失業人口這個問題，也只能靠台灣人才可能解決。為何這樣說？這是因為國民政府並未把失業問題視為是政治或社會問題之故。

　　經濟方面，台灣不論在實質上或潛力上都具備雄厚的生產能力。根據日本統治時期的統計，稻米的年產量為 2000 萬石。這相當於島內消費量的兩倍。砂糖最高的年產量為 140 萬噸，茶葉則有 1800 萬斤。台灣生產出的天然樟腦占了全世界 95% 的產量，現有水力發電量是 30 萬千瓦以上。再者，中央山脈也蘊含大量森林與竹林等天然資源。西海岸為現代製鹽產業的發源地，天然鹽田一望無際，近海亦富藏各類海產。煤炭、金、銅礦雖集中於北部，但在中南部也發現了石油、煤炭與天然氣。台灣所鋪設的柏油路，不論從長度或普及度來看，都遠高於東亞各國。然而戰後國民政府的統治，使得上述各項生

產完全停擺，土木工程也被迫停工。

　　如果必須保障西太平洋的安寧，那麼使台灣發展是重中之重的事。為使台灣得以發展，必須讓台灣人能自主地進行民主治理。維持太平洋和平的第一要件是鞏固台灣。為鞏固台灣唯有建立台灣共和國，並使台灣共和國成為太平洋共同體的一員才有可能實現。除此之外，無論世界上任何一個國家都無法防範中共對台灣的侵略，亦不可能無限期地為台灣戰鬥下去。而國民政府連自己的國土都無法守住，又怎麼能防禦台灣，甚至反攻大陸？只是癡人說夢罷了。

　　眾所周知，在那些抵抗國際共產主義者侵略的區域上，與相互安全保障一樣，最佳的戰略是運用及依賴那些願意為自我防禦挺身而出的在地居民的力量。總而言之，獨立的台灣不僅是台灣民族自身的理想與宿願，更是太平洋和平的關鍵所在。

　　這即是構成作者所提倡的台灣民本主義中一個非常重要的意義。

　　民族有特色、國家有榮譽、人民有信念，上述是構成一個優秀國家在精神層面上的三大要素。在形成民族特色上，後天環境的影響更大於先天血統上的因素。譬如，在經年累月之下或基於地域性的氣候、風土、食物，又或者是對天然資源、自然的需求，及周遭環境影響，進而演變出的生活形式、身體構造、風俗習慣、傳統、宗教、文化、藝術等，自然而然地形成了獨特的地域特色。再加上那個民族的領導者，基於上述基礎、運用各自獨特的天才頭腦、千錘百鍊這些特色，並以此教育自身民族或介紹給其他民族，促使世界認同之。

　　透過後天影響，進而改變人體結構耗時甚久。但若與週邊因地緣上、政治上的關係進行混血，只要一個世代就能立即產生巨大變化。而且，人類的生活方式、習慣、文化、宗教等方面，容易受到後天影

響而迅速改變。另一個影響人類後天的因素是教育。教育對人的人生觀、哲學概念、理想及思想皆會產生極大的影響。

擁有信念的人，不僅能發現自身群體所共同擁有且與他人不同之特點，更能將此淬鍊成自身群體的民族特色，進而將之介紹給全世界，並據此建立獨立國家、成為自身群體的榮耀。

檢視目前世界各國內部的民族構成，有些是多元群族組成一個國家，有些則是單一民族，即單一人種，分立為多個國家。簡言之，國家的構成並非基於因先天相近的血統，而是受到後天的影響所形塑出相似或相反的思想，或從地理上或經濟上的需求所產生的。

民族精神僅是建立國家之兩輪中的一輪。正所謂倉廩實而知禮節、衣食足而知榮辱，崇高的建國精神必須在國民擁有富裕生活的同時才可能維持，也才可能開始提昇民族精神。因此，若將崇高的建國精神與富裕的國家經濟視為車子的兩輪，政府機構就是連結兩輪的輪軸。

即使具備建國精神、國家經濟及政府機構這三項基本條件，如果沒有考慮國土的實際狀況、從國民意志出發的話，就只是一個欠缺基礎的傀儡國家，而非真正的國家。

我將運用歷史證實福爾摩沙主義（Formosanism）──台灣民本主義──是台灣民族的特色。亦將證明台灣民族精神為台灣共和國的建國精神，且台灣民族的政治思想與今日蔣軍閥獨裁政治之間絕對沒有相容之處。說明台灣民族的理想政治是「以台治台」的民主政治，並闡述今日的台灣經濟是蔣家政權一派的私有經濟，蔣政權把台灣人視為被征服的民族，但台灣人對於台灣經濟的要求卻必須是「為了台灣人的台灣」。

亦即，第一部「過去的台灣」是從四百年的台灣史來探究台灣民族的存在。雖然僅憑民族主義作為建國基礎非常薄弱，然而也不得不

承認民族主義是建國的一大要素。接著，第二部「現在的台灣」，也就是目前蔣政權統治下的台灣並不是台灣人的台灣，而是蔣黨一派的台灣。那是獨裁者的台灣、征服者的台灣。因此，我們想建立的是民主、獨立的台灣共和國，也就是以台灣人理想的台灣式民主主義建立的台灣。第三部「將來的台灣」，一言以蔽之，即是台灣共和國建國論，也就是闡明從過去到現在的台灣民族主義、探究台灣人的建國精神，證明台灣人的政治思想即是台灣民主主義，經濟建設的理念則是為了台灣大眾福祉的台灣社會主義。因此，基於台灣民族主義、台灣民主主義及台灣社會主義，在「將來的台灣」中詳敘未來台灣共和國的建國藍圖。

第一部

過去的台灣

　　即使是以縱觀、概述的方式闡述台灣歷史，仍必須採取科學的方式。但如此一來勢必成為龐大的紀錄，在此當然無法全部網羅。本書所敘的「過去的台灣」是從歷史事實的觀點，提出台灣民族在人種上屬於黃色人種、亞洲人種，但不是支那人，亦非日本人這樣的論點。也就是說要證明台灣人具有其獨特性：有著獨特生活的方式、抱持著特殊的民族理念。隨著歷史的變遷，東、西方人種占領、移居台灣島的結果，使得不同人種與台灣原住民相互通婚並產生了結晶。再加上，後天方面受到台灣獨特環境的影響，島內外環境的刺激，今日堅毅的台灣民族於焉誕生。現在的台灣人以身為台灣人而驕傲，也強烈地意識到我們所熱愛的祖國是台灣。

　　因此，今日的台灣人基於台灣民族主義、根據民族自決的原則，要求台灣獨立、為建立台灣共和國而奮鬥，是天經地義之事。

　　為方便起見，此處將台灣史分為六個時期，並概述各時期的要點，以證明台灣民族主義早已確立。

　　一、原住民時期

　　二、西歐諸國殖民地時期

三、國姓爺王國時期

四、清國殖民地時期

五、台灣民主國時期

六、日本殖民時期

第一章
原住民時期（1624 年以前）

　　這個時期是指 1624 年荷蘭占領台灣之前的時期。關於台灣最初的史實紀錄，出現於 7 世紀左右的歷史文學中。但台灣的殖民地史在距此四百年後才正式展開。

　　台灣被這時期的原住民稱為「Pekan」。[1] 1590 年，葡萄牙船隻偶然通過台灣東北角海岸。當時他們邊眺望壯麗的絕壁及超過七千呎原始林等絕景，邊歡呼「ILLA Formosa ！ILLA Formosa ！——美哉、島嶼！美哉、島嶼！」。此後，西歐的地理書籍上，台灣就以福爾摩沙記之。這也就是今日世界以福爾摩沙稱呼台灣的由來。葡萄牙人於 1590 年短暫登陸基隆、建立據點後的數個月即撤離台灣。

　　台灣（按音：TAIWAN）這個稱呼出現於清朝之後。「台灣」是取二大原住民族泰雅族及排灣族的「泰（音：TAI）」與「灣（音：WAN）」之音，並轉換成同音的漢字而成的。

　　台灣的原住民最初散居於台灣全島，但經過自然與文化的淘汰，今日全數居住在中央山脈及開發落後的東海岸。至今仍有部分西海岸平原鄉鎮的名稱可視為是其遺跡。這些鄉鎮的名稱是借用原住民語之音轉化而成的。例如，大目降－ TABAKAN、西螺－ SAIRE、噍吧哖－ TAPANI 等等皆是。另外，現今在各鄉鎮郊外，還留有蕃社、新

1　北根市（馬來語：Bandar Pekan）馬來西亞彭亨州的皇城。

社等區域性的俗稱。這些蕃社或新社，即是原住民在平原地區最後的據點。

上述的原住民，是數千年前從南洋的玻里尼西亞或印度尼西亞等地移居而來的。至今仍有某些原住民族所用之語言，與北呂宋島的高山族相通；也有某族和印度尼西亞的某族使用著相同的語言。例如，台灣的水果蓮霧「Lian-bu」即是印度尼西亞語。

如前所述，血統純正的原住民目前居住在中央山脈一帶，約有20萬人。而受到同化者約有50萬人，他們住在山麓，能靈活運用台語、原住民語及日語三種語言。上述原住民包含泰雅族、排灣族、鄒族、賽夏族、布農族、阿美族、雅美族等十數個族在內。這些原住民在文化上並未做出貢獻，單純過著農耕或狩獵的生活。然而值得注意的是，這些原住民族至今仍維持著不同的風俗習慣與宗教信仰，且具備非常強烈的族群意識。

南洋的原住民從南洋群島慢慢經過西太平洋島鏈北上，越往北這些原住民的足跡就越稀少，最遠大概只到日本列島的中部。這個綿延數千海里的弧形島鏈，從西南的斯里蘭卡向北延伸，順著印度尼西亞、菲律賓、台灣、琉球諸島，　直到日本，這個島鏈不僅在地理上連接在一起，人種上也因都是島嶼海洋民族的一環而有著連結。

第二章
西歐諸國殖民地時期（1626-1661 年）

　　在遠東這個區域，1557 年先由葡萄牙取得澳門，1571 年再由西班牙占領菲律賓群島。之後如前章所述，1590 年葡萄牙人發現台灣，並取名為福爾摩沙。

　　1619 年荷蘭東印度公司在柯恩（Coen）總督的帶領下，將根據地移至巴達維亞（按：今印尼雅加達的舊稱）。三年後派遣六艘軍艦及六千人北上，與原本就已駐紮在南支那海一帶的葡萄牙人及西班牙人展開競逐。最初，荷蘭在攻占澳門與澎湖島的戰役上鎩羽而歸。終於在 1624 年成功登陸無主島、福爾摩沙的南部。次年，為數眾多的商人、技師及傳教士來到台灣，開發台灣南部的內地，並開始進行通商、教育原住民與傳教。這個時期，台灣原住民已有數十萬人，而居住在平地與海港的支那人僅有二萬人。1630 年，荷蘭人先在安平建造了熱蘭遮城（按：即安平古堡），1650 年再於台南修築普羅文西亞城（按：即赤嵌樓）。

　　1626 年，西班牙人在台灣北部登陸，較荷蘭人晚了兩年來台，西班牙人在葡萄牙人撤退的基隆建造了聖薩爾瓦多城，之後又在淡水建立了聖多明哥城。然而，西班牙人在台停留時間不到 20 年。受到荷蘭人驅逐後，西班牙人於 1642 年離台。幾乎同個時期，日本商人與海盜也開始登陸台灣，並與荷蘭政府接觸，不過並沒有在台灣建立據點。

在台灣的荷蘭總督府，對內開發島內資源，對外則獎勵支那人移民來台，並以台灣做為基地，展開對北方日本的獨占貿易。

1624 年至 1644 年間，數萬名支那人從大陸遷台、從事土地開發。荷蘭官廳亦著手測量土地，提供各方移民耕作之用。官廳將十萬平方尺左右的面積劃為一英畝（按：英畝的日語發音為 AKA）。今日台灣測量土地面積的單位「甲」即是借「AKA」的「KA」的音而來的。這些移民與原住民不同，他們向荷蘭官廳提出土地私有化的要求，但遭到官廳拒絕。此外，移民希望種植稻米，但荷蘭官廳卻下令必須種植甘蔗做為製糖的原料。1640 年前後，台灣砂糖的年產量已經達到七、八萬石。

隨著移民的增加，荷蘭官廳開始課徵重稅。這使得 1651 年台灣的稅收超過 7 萬荷蘭盾（GUILDER）。[1] 為反抗重稅，同年在郭懷一的領導下，爆發了台灣史上首次的武裝革命。這場革命隨即受到鎮壓，四千名男女老幼慘遭殺害。

另一方面，荷蘭傳教士的工作取得了相當的成就。傳教士除了一邊宣傳基督教教義，一邊運用西醫治療患者，並讓基督教及西醫普及於原住民部落，更調解了許多移民間的衝突。傳教士對內灌輸島民西方文化，對外把福爾摩沙這個島嶼介紹給西方社會。最初來台的傳教士是喬治・甘治士（Georgius Candidius）牧師。甘治士牧師於 1627 年抵達台灣，在 1647 年出版了題為《台灣略記》[2] 的書。他在台灣的

1　17 世紀的荷蘭發行兩種貨幣，分別是本土使用的荷蘭盾與荷蘭東印度公司發行、通用於亞洲的里爾（Real）。盾與里爾之間的匯率為 2.5 比 1。當時漢人勞工每月大概可以獲得 3 里爾，而 1 里爾的價值約是現在 200 美元。參見江樹生撰，〈鄭成功和荷蘭人在台灣的最後一戰及換文締和〉，《漢聲 45》（台北：漢聲，1992 年），頁 68-69。歐陽泰著，鄭維中譯，《福爾摩沙如何變成台灣府？》（台北：遠流，2007 年），頁 485。

2　《台灣略記》是甘治士牧師在台灣服務一年半以後，對新港社原住民第一手的

16 個月，讓 120 名台灣人受洗成為基督徒。日後為了記念這位應受到尊崇的首位傳道者，後繼的荷蘭傳教士與原住民信徒，將台灣島中心湖泊（日月潭）以甘治士之名命名之。直至今日西歐地圖中仍以「甘治士湖」稱呼此湖。

　　從上可了解到荷蘭人 38 年的統治，在文教方面取得相當豐碩的成果。但因為對殖民地採取重商主義，導致經濟政策完全失敗。他們與當時西歐殖民帝國主義沒有任何差異——忽視人民福祉，無所不用其極地壓榨住民，因而引發了極大的反感。

　　然而，從另一角度觀之，就是因為荷蘭人從重商主義的角度出發，因此在台南成立總督府後就快馬加鞭地加速生產，積極開發天然資源，從而使得荷蘭統治時期成為台灣經濟史上無法忽視的重要發展時期。

　　1660 年，在荷蘭總督揆一（Coyett）[3] 麾下擔任稅務署長兼通譯的

觀察記錄。此記全名為《台灣島敘述與簡短的紀錄；由喬治・甘治士牧師探索和紀述，他是該島上神聖福音的僕人以及基督教的先驅者》（*Discourse ende cort verhael van 't eylant Formosa, ondersocht and beschreven door den eerwaerdigen Do. Georgius Candidius, dienaer des Heygligen Euangelium ende voorplanter der Christelijk Religie op 't Eylant*），出現於 1628 年 12 月 27 日。台灣長官揆一後來重寫這篇報告，並發表在《被遺誤的台灣》（*'t Verwaerloosde Formosa*, 1675）的第一章；除此之外，甘治士的報告書也被先後收錄於不同類型的文獻中。例如：以撒・孔梅林，《聯合荷蘭特許東印度公司的創始和發展，1645 年，第 2 卷》（*Issac Commelin, Begin en Voortgangh van de Vereenighde nederlandsche Geoctroyeerde Oost-Indische Compagnie*, 1645 Vol.2）等。林昌華撰，《新使者雜誌》，第 110 期（2009 年 2 月），頁 35-43。

3　Fredrik Coyett，出身於 1615 年，為荷蘭東印度公司在台最後一任長官。揆一進入荷蘭東印度公司後，經歷各種職階，於 1645 年升位高級商務。同年與荷蘭出身家世良好的 Susanna Boudaen 結婚。Susanna 的姐姐為 Constantia，其夫婿為當時第八任台灣長官 Francois Caron。揆一與 Caron 成為連襟後，似乎因這層關係而被任命為台灣評會議員。此後，揆一仕途一帆風順，1947 年被任命為日本出島商館館長，1656 年為台灣長官。1661 至 1662 年受到鄭成功軍圍，投降而離開台灣，為其政治生涯畫上休止符。揆一回到巴達維亞後，因被控自重私人利

台灣人何斌，由於無法忍受荷蘭總督的苛政，成功逃離台灣。何斌渡過台灣海峽、與當時住在廈門的國姓爺（鄭成功）會面，並不斷遊說他，現在正是攻打台灣的好時機。國姓爺因此著手準備，並於次年率領 2,500 名士兵，分乘數百艘軍艦橫渡台灣海峽。在接近台南沿岸時，獲得住民中反政府人士的內應，最終迫使荷蘭結束在台灣 38 年的統治。並在受到 8 個月的包圍後棄守熱蘭遮城堡。

1662 年揆一總督及其部屬獲准攜帶隨身物品及公文，返回爪哇。但次（1663）年，位於爪哇的荷蘭官廳與北京清朝合作，企圖奪回台灣島卻功敗垂成。

益不願公司財產，致使公司財產落入敵人手中，因此被巴城當局軟禁於班達島八年之久。1674 年，在威廉親王的特赦下，搭船返回荷蘭，並於隔（1675）年出版《被遺誤的台灣》一書為自己辯護，並譴責東印度公司高層怠忽職守，才使他因孤立無而丟失台灣。參見翁佳音撰，〈揆一〉，《台灣歷史辭典》（台北：遠流，2004 年），頁 880。

第三章
國姓爺王國時期（1661-1683 年）

　　支那的明朝，對於台灣島完全不感興趣。台灣島原本是海盜首領鄭芝龍（鄭成功之父）的根據地。因此，後來他的兒子鄭成功抓住政治與戰略所需的良機，打敗了在台灣的荷蘭官廳、建立了國姓爺王國，也是自然之事。

　　在支那大陸，17 世紀中葉從滿州南下的清朝擊敗了明朝。就算1644 年到 1661 年鄭氏父子等人在大陸，特別是華南沿岸，與清朝對抗仍難以挽回頹勢。1661 年，承如前章所述，國姓爺攻占了台灣，建立國姓爺王國。

　　國姓爺出生於荷蘭占領台灣的 1624 年。國姓爺的父親是福建人鄭芝龍，母親是日本平戶的田川氏，國姓爺是兩人的獨子。父親芝龍生性喜好冒險，年僅 30 歲即以海盜首領的身分，活躍於東支那海海域上。其活動範圍從日本九州沿岸到台灣及華南沿岸。當時的荷蘭台灣官廳因無法以武力驅逐在台灣中部沿岸設置據點的鄭芝龍，只能勉強以友好的態度承認鄭芝龍在台灣的特殊勢力。

　　1628 年鄭芝龍歸順明朝，並在兩年內平定華南一帶的海盜。憑藉著這個功績，鄭芝龍受命為明朝的水師提督，並以南福建沿岸做為據點。滿州的清朝入侵華北後，明朝的忠臣們遂奉立唐王，並逃至華南依靠鄭芝龍。1645 年南京淪陷後，明唐王逃往福州，從閩南北上前往相迎的鄭芝龍，帶著他 22 歲的兒子鄭成功，一起謁見唐王。唐

王非常欣賞青年才俊的鄭成功，將明朝的朱姓賜給他，並封為忠孝伯。從那個時候開始，世人稱鄭成功為國姓爺。

　　鄭芝龍隨著年歲增長勢力也日益壯大，卻不耐辛苦，昔日精明強悍的氣質逐漸褪去。鄭芝龍最終無法抵抗來自北方清朝的誘惑與壓迫，在唐王去世的 1646 年向清朝投降了。由於鄭成功全然反對其父的主張，因此率領滿門家眷奉桂王為明朝的正朔，開始北伐計畫。1657 年秋北伐出征時，鄭成功任延平郡王兼北伐大提督。1659 年夏，他的海陸大軍攻占揚子江東南岸的瓜洲、蕪湖及鎮江一帶。就在進行南京包圍戰、軍中慶祝鄭成功之子出生的某個夜晚，鄭成功的軍隊遭敵人突襲，損失了大批的陸軍。殘餘部隊與在楊子江上的海軍會合，撤退至廈門。

　　經過這場戰役，鄭成功認知到自身武力的優勢在海軍，而手上掌握的陸軍則完全無法與大陸的清軍對抗。青年野心家鄭成功的政治策略與戰略，在此役後發生了極大的變化，並展現在爾後擬定計畫，也就是 1661 年台灣的何斌來到廈門，並極力建議鄭成功進攻台灣一事上。

　　承如前章所述，1661 年國姓爺在台南建立了國姓爺王國的首都，並派遣軍隊到各地駐紮，開墾土地、奠定統治基礎，卻不幸於 1662 年罹患惡性瘧疾身亡。

　　鄭成功雖在拿下台灣後不到兩年就辭世，但這期間鄭成功傾注所有精神及時間建設大海軍，並開始著手在台南沿岸建造軍艦。他的夢想與其說是收復大陸，無寧是建立一大型海洋王國。鄭成功首先著眼於南隣的呂宋島。當時他派遣了數千名政治工作者及特務人員潛入呂宋島。

　　第一代延平郡王死後，鄭成功的長子鄭經世襲成為第二代延平郡王。鄭經未如其父一般在政治上與軍事戰略上懷有遠大抱負，身邊亦

無雄才大略的人材，因此放棄了鄭成功建立海洋大國之計畫，重新執行反攻大陸的政策。在統治台灣的十九年間，鄭經曾舉全台之力與大陸交戰，卻在 1676 年一敗塗地，最終於 1680 年初將所有軍隊撤回台灣，放棄殘留於大陸沿岸的最後兩大據點金門與廈門。次年鄭經在台灣逝世。

第三代的延平郡王鄭克塽是鄭經的次子。當時 12 歲的他，因擁護他的親信壓制了長子鄭克臧一派的人馬而取得大位。對於台灣一直虎視眈眈的清朝立刻把握此良機，開始對台灣內部進行政治分化。1683 年，清朝與荷蘭簽訂特別協定，運用與荷蘭的遠東海軍聯合作戰的方式，奪取了澎湖群島。澎湖島上的台灣海軍被與擁有強大新式大炮的荷蘭包圍，雖經過兩天的奮力抵抗，但在欲利用火攻戰術時，風向卻急速改變，台灣海軍瞬間吃了大敗仗。

思考這場戰役失敗的主因，只能說是時也，命也！如果第一代的延平郡王能多活 20 年，東南太平洋諸島的命運會有什麼不同？今日的台灣又會呈現何種面貌呢？

1683 年，因為第三代的鄭克塽投降之故，國姓爺王國在建國 22 年後滅亡了。但不可忘記的是，追隨鄭成功渡台的軍隊殖民者們，開始愛上了這個自由的國家台灣，而決定不返回大陸，並開始樸實且勤勉地在此定居。他們大約有二萬人，絕大多數是沒有家庭的單身青年。這群單身青年正是台灣民族的朝聖先輩（Pilgrim Father），[1] 且成為現在台灣人祖先最重要的組成分子。他們與原住民通婚，促成了血

1　又稱為「移民鼻祖」。1620 年 102 位英國清教徒乘著「五月花號」（Mayflower）船，從英國西南部德文邵普利茅斯區海港出發，歷時 66 天、橫渡大西洋，在美國麻沙卻塞州東南部建立普利茅斯（Plymouth）殖民地。這是歐洲人在新英格蘭的第一個永久聚落。在移民美洲之前這群清教徒曾在荷蘭渡過很長一段時間。參見大衛·克里斯托編，《劍橋百科全書》（台北：貓頭鷹，1997 年），頁 606、808、817。

緣的融合，並逐漸融合為一體。

　　早在上述的軍事大移民前，就曾有西歐人、日本人來台與原住民通婚。因此，從這個時期開始，台灣住民的血緣就已經比一般所能想像的更為複雜了。

第四章
清國殖民地時期（1683-1895 年）

　　1683 年，台灣編入清國版圖。一直到 1895 年成為日本領土為止，約兩百年的時間，台灣成為清朝絕對專制主義惡政及經濟榨取的對象。這段時期，圖謀自主獨立的台灣住民，只要有機可趁皆會採取行動，亦即不能忽視的是，「三年一小亂，五年一大亂」這個從未間斷的革命運動史實。這樣的行為與其說是台灣住民無法忘卻國姓爺王國的復興遺志，不如說是為了反擊異民族清帝國之統治，及為了實現台灣民族欲獲得自由獨立的一貫願望。

　　最著名的獨立運動，首推 1721 年以朱一貴為首的獨立運動，其次是 1786 年由林爽文所發動的。而最後一次的獨立運動則是在 1861 年由戴萬生[1] 所發起的。最後一次的獨立運動受到鎮壓後，清朝在台灣設立了獨立行政區域，名台灣省，並於 1885 年任命劉銘傳為台灣

---

[1]　作者把戴萬生誤寫為戴萬成。戴潮春，字萬生，生於台灣清治時期。台灣府彰化四張犁（現台中北屯）人。書香門第、家境優渥。為戴潮春事件領袖。
　　戴潮春事件發生於 1862 年至 1864 年，是台灣清治時期三大民變中歷時最長者。事件起因乃官府鎮壓天地會（又名八卦會）所致。1862 年林日成首先發難，後來戴潮春被推為大元帥。不久，大甲以南，嘉義以北紛紛響應。戴潮春也論功行賞，除自封為東王外，也封林日成等人為南王、西王與北王，設置大將軍等官位，安撫百姓，儼然自成一國。1863 年新任台灣道丁曰健及林文察相繼來台參戰後，戰情急轉直下。1864 年初民變被平定。戴潮春事件後，霧峰林家因建立軍功，獲得大量田產與樟腦專賣權，一躍而成中台灣最有勢力的家族。參見林偉盛撰，〈戴潮春事件〉，《台灣歷史辭典》（台北：遠流，2004 年），頁 1286-1287。

巡撫。

　　台灣住民，如前章所述，除了是鄭成功帶來的官兵後代外，在這兩百年間還有四、五種不同類型的人士來到台灣。第一類是反對滿清統治，抱持與國姓爺相同志向的人，也就是所謂的志士。第二類是在福建或是廣東的部落裡發生鬥爭，敗北而移居來台的人。第三類是，清朝的官吏，在任期結束後不返回大陸，繼續定居於台的人。這類人大多數以辭官的方式從政府方取得土地的地主。第四類是，由於福建山地較多，無法取得農耕地，而移居來台的人民。這些人大多是沒有家眷的單身者，渡台後與當地人結婚並定居下來。

　　我們的祖先在渡台時，至少要面臨四個嚴厲的考驗，才能生存下來。首先是自然淘汰，其中又能分為兩部分來考察。（1）由於台灣海峽的風浪非常洶湧，因此在當時沒有氣象預報，又是以小型戎克船（Junk）渡台的情形下，據說有七、八成的渡海者沈屍海中。就算有一半的人安全渡台，仍是非常大的犧牲。（2）即使移居台灣，由於當時台灣被稱為瘴癘之地，傳染病特別多，鼠疫、霍亂、傷寒、痢疾、瘧疾等皆在台流行，許多移民因此病故。

　　其次是人為淘汰，這也分為兩方面來分析。（1）由於台灣平地為原住民高砂族的生存之地，因此經常與移民爭奪地盤，導致兩者鬥爭不斷。原住民最終被逐漸驅離至中央山脈深處。為了報仇，獵人頭的事件不斷發生，許多移民因此犧牲。（2）台灣平原的開墾始於國姓爺官兵，二百數十年間不曾間斷，終於造就了今日台灣人後天所成、獨特勤勉又精明強悍的開拓者個性。

　　就如同美國人一般，雖然是英、德、法、義等歐洲國家的移民，也都說著英語，然而卻培養出一個獨樹一格的美國民族性格。

　　因此，在歷經上述四種淘汰過程後，我們的祖先終於在九死一生中殘存下來，更在流血、流汗、流淚後，贏得了台灣民族的繁榮。

　　1871 年，琉球（沖繩）漁船在台灣東海岸發生船難，上岸的 54
名船員遭到高砂族牡丹社人殺害。當時的日本政府為此向北京清廷提
出抗議，但清廷卻以台灣是化外之地，清朝無需負責回應之。於是
日本政府在 1874 年任命西鄉從道提督為指揮官征討台灣。此台灣討
伐軍在台灣南部紮營了七個月，最後在第三國的出面干涉下撤兵。日
清戰爭結束後，清國藉著俄、德、法三國的干涉使日本歸還了遼東半
島，但卻爽快地答應把台灣割讓給日本。

第五章
台灣民主國時代（1895-1897 年）

　　即使日清戰爭的結果是依《馬關條約》把台灣割讓給日本，但台灣民族一方面驅捍腐敗至極的清國官吏軍隊，另一方面也抗拒日軍登陸，並向中外宣告數百年來——最初是 1661 年至 1683 年間國姓爺王國的建立，其次是 1721 年朱一貴、1786 年林爽文及 1861 年戴萬生等人的獨立運動——的獨立宿願。擔任外交工作的留歐學生，積極地向歐洲各國進行遊說，使讓台灣民主國獲得承認。但清國官吏及政客卻利用此事，塑造成要求歸還遼東半島的訴求。但實際上，台灣住民的要求卻是台灣完全的獨立。

　　從結果來看，當時國際情勢並未進展到能讓台灣獨立的階段，且完全不是新興日本精銳軍隊的對手。即使如此，期望自主獨立的台灣人仍向世界宣告此事、表明自身的企圖。亦即在東亞成立了第一個共和國。此事讓今日台灣人仍引以為傲。

　　在這短暫的兩年間，透由自己的雙手，至少制定了台灣民主國的國旗與憲法、經營了郵政相關業務及銀行業務。就連中央政府瓦解之後，台灣民主國的地方民兵，不僅仍持續與日軍交戰，且與日本台灣軍政府的爭鬥持續了四、五年之久。日後，日本台灣總督府的文教政策中，盡可能地抹滅台灣民主國的存在，也不願提及台灣民主國最高領導者的名字。更把台灣民主國在各地方反抗的民兵冠上「土匪軍」

之名，且在當時台灣小學校 [1] 的教科書中寫道，北白川氏率領日本軍
來台的目的是為了鎮壓這些台灣「土匪」。然而，若從今日台灣民族
的角度來看，這些人代表了台灣人真正的意志，是基於民意而行動的
台灣愛國志士、民族英雄。例如在西海岸中南部抗戰的劉永福、廖三
聘、簡大肚等人，他們既非官僚亦非政客。他們是真心愛著台灣的。
他們一方面長年反抗清國暴政，另一方面又拒絕出賣台灣民族的《馬
關條約》；他們更是全世界最早引用民族自決原則，在政治上有著當
時最先進的民主主義思想的人士。這也是特意採用台灣民主國做為國
號的緣由。

　　1945 年二戰結束後，台灣人繼承了鄭成功的海洋民族主義，立
足於從台灣共和國的民主主義發展而成的台灣民主主義，進而向世界
提出在聯合國的中立保護下、基於住民意志讓台灣獨立這樣的訴求。
這是極為自然又理所當然之事。這樣的思想背景，應該遠從 1661 年
即已萌芽，並於 1895 年長出嫩葉了。

1　日治時期台灣的初等教育機構。1898 年開始，招收對象為「日」籍兒童，入學
　年齡為 8 至 14 歲，修業年限六年，課程等同於「日本」本島。1910 年起為義
　務教育，採強制入學。1919 年，入學年齡改為 6 歲，修業年限不變。1922 年
　起，來自國語（「日」語）常用家的「台」籍兒童，經過校長、州知事與廳長認
　可後，也可就讀。1941 年，與招收「台」籍兒童的公學校及專收原住民兒童的
　蕃人公學校，一併改制為國民學校。參見三民書局大辭典編纂委員會編輯，《大
　詞典》（台北：三民書局，2017 年），頁 1178。

第六章
日本的殖民地時代（1895-1945 年）

　　為方便起見，本文將 50 年的日本統治時期分成前後兩期分別敘述之。前期的 25 年間由陸軍軍官擔任總督　職，是所謂的軍事武力政治。最初的 4、5 年，台灣總督府盡全力剿滅台灣民主國的殘存勢力，也就是對殖民地進行武力鎮壓。因此在前期，台灣人的政治運動為武裝起義。這是繼承了遠從清朝以來「三年一小亂」、「五年一大亂」的傳統，及近來期望實現台灣民主國理想的延續性革命運動。日本的警察署不斷被襲擊，縣廳也頻頻被包圍、攻擊。雙方反覆進行頑強的攻防戰，許多人因此喪命。這段時期，台灣總督被賦予發佈專用於台灣法令的權力，這樣的法令被稱為土匪令。這是僅適用於殖民地的特別刑法，且對於武力反抗者，只須經法庭一審，即可判定為叛逆罪並宣判其刑。僅短短的 25 年之間，前後發生了十數次的武力抗爭。其中最著名的是，1915 年以余清芳、羅俊及江定為中心的西來庵獨立運動。[1] 然而，當意識到無法從內部顛覆強大的日本帝國主

1　又稱為噍吧哖事件。主要領導者為余清芳（1879-1915）。余氏因不滿日本殖民
　　政府，因而計畫發動武裝抗爭。由於策劃革命的地點在台南市西來庵王爺廟，
　　所以稱「西來庵事件」；又因噍吧哖是今日的台南市玉井區的舊地名，為此一
　　武裝抗爭事件的主要戰役地區，所以又稱「噍吧哖事件」。此事件發生於 1915
　　年，是日治時期台灣人武裝抗日事件中規模最大、犧牲人數最多的一次。也是
　　台灣人第一次以宗教力量結合反抗日本統治的重要事件。噍吧哖事件與 1930 年
　　台灣高山族武裝抗爭的「霧社事件」，是日治時期台灣兩個大規模的武裝抗爭事
　　件。

義、藉此脫離其政治枷鎖後，台灣民族另創新途、持續進行抵抗運動。

在此期間的日本經濟政策，立基於所謂的舊資本主義，將重點置於耕地開墾上。之後，從日本內地導入大資本家的殖民地投資，漸漸發展成工業化的獨占資本企業。製糖及化學輕工業等大規模的民營企業興起，使得台灣原有的手工業及中小企業逐漸受到壓迫而倒閉。另一方面，總督府直營的專賣事業占盡了專賣的利益。專賣事業有酒及煙草的生產與販賣、食鹽的生產、樟腦、木材加工、鐵路、港口、航運等橫跨了所有的產業。

後期的 25 年，由於正值第一次世界大戰結束，已故的美國威爾遜總統提倡民族自決原則，引起了世界弱小民族的共鳴，這澎湃的合法自主獨立運動浪潮也湧向了台灣。日本內閣也任命了田健次郎為首位文官總督，假意欲採取內地延長同化主義或平等主義為其政策，並以推行義務教育，做為緩和民族自治運動的手段。此時台灣民族的自治運動，是以台灣文化協會為中心的台灣議會設置請願運動，但僅止於只是要求高度自治的運動而已，他們期待能在台施行特殊法律與獲得預算審議權。

台灣文化協會後來分為左右兩派，右派採取國民革命的路徑，左派則採取國際共產主義的路徑。左派嘲笑台灣議會的設置是肯定日本帝國主義、在此體制內爭取自治，並主張除非徹底推翻日本帝國，否則台灣人民不可能從根本獲得解放。左派進行著激烈的反帝運動。

尤有甚者，一部分信奉無政府主義或工團主義（Syndicalism）[2] 的

2　由工會透過「直接行動」（罷工，尤其是總罷工）設法獲得工業所有權的運動。最有影響的工團主義思想家為法國的索烈爾（1847-1922），他的《暴力論》出版於 1908 年。第一次世界大戰前，工團主義對法國影響很大，其他如英國、義大利、西班牙及美國等，都產生了一些影響。總的來說，工團主義為工會主義

左派人士，結合成極左的農會或工會。不論在公開或私下場合，都堅持地進行著激烈的反帝國主義運動。另一方面，滿洲事變前後，台灣自治聯盟成立，網羅了文化協會中的右派與台灣議會設置派，持續追求台灣自治。然而處於日本法西斯主義逐漸抬頭的風暴下，沒多久就被瓦解了。

後期日本的資本主義快速發展，台灣的殖民地生產也有亮眼的成績。殺雞取卵的經濟壓榨政策日漸奏效。例如設置了砂糖消費稅這一特別稅，每年約可上繳中央國庫一億日圓、且持續了約 15 年之久。另外又訂定米穀統制法，賺取殖民地重要產業的種種獨家利潤。昭和 16 年前後，台灣生產產值達到最高峰，農業年生產總值達到 6 億 2,000 萬日圓，工業生產總值躍升至 8 億 9,000 萬日圓。就這樣，原本農業封建制的台灣社會終於逐步工業化。例如，同年的人口中，農民有 293 萬人，而工商業者及公務員的人數則超過半數，達到 330 萬人。

後半期的 25 年間，前半段是和平時期，迎來了日本統治時代的黃金時期。中日戰爭爆發後，法西斯在台灣橫行。利用要求台灣人改姓名、強制信奉日本神道、推動日語家庭、日台通婚等方式不斷地獎勵同化政策。也就是說，逼著台灣人連生活形態與思考方式都全面日本化。日本的台灣皇民化運動，確實成功地促使台灣人疏遠了傳統的漢民族文化。

後半期在生產面上，稻米最高產量達到 2,000 萬石，與日本領台初期的 500 萬石相比，產能增加了四倍左右。這是因擴充耕地面積及改良蓬萊米等所致。砂糖的年產量也達到 140 萬噸，成為世界第五大

者留下了直接行動的傳統。參見艾倫・帕爾默編著，郭健等譯，《二十世紀歷史辭典》（北京：社會科學文獻出版社，1988 年），頁 360-361。

糖業國。

在此時期，台灣人在政治上獲得了部分的自治權。譬如，雖然是官派的，但從總督府到縣廳皆設置了評議會這一諮詢機關。而市、町、村的評議會評議員則是一半官派，一半民選。台灣島內的高等教育雖然受到限制，但赴國外或是日本內地的留學生卻增多了。對於培育生產部門的技術人才也付出了心力。因此，雖然與日本高度文化與文明相比，台灣落後了十年左右。但與支那大陸、東南亞一帶英法荷蘭的殖民地相比，無論在技術上或文化水準上台灣都領先了50年。

譬如，錫蘭的人口與面積與台灣相去不遠，但受過國民教育的人數僅占總人口的10%，遠不及台灣的85%。這方面，印度、印尼、菲律賓等地與錫蘭的情況相差不多。如上所述，日本過去在台灣施行的殖民政策雖與西歐各國的殖民政策多有不同，但其功與過應該是能成為史學家公評的對象。

以上400年左右的時間，台灣民族歷經了六個時期的歷史過程，終於演變到今日的狀態。在文化、文明方面，最初50年受到葡萄牙、西班牙、荷蘭等國歐化影響，接著沐浴在以鄭成功為主流的漢文化，再經過50年日本統治下日本文化與技術文明的洗禮。從時間上來看，受到漢文化影響的時間較長；但是若從空間面來看，則可以看到日本文化徹底滲透全台灣。今日台灣可看到許多不同的建築，有西班牙、荷蘭的古城與堡壘、中國式的廟宇、一直到日本的神社及日式建築物。

先天上，我們承繼了印尼、葡萄牙、西班牙、荷蘭、福建、廣東及日本人的血緣，也就是融合了原住民、漢、和、拉丁、條頓

（Teutones）[3] 諸民族的血統。

　　概觀上述可知，台灣民族的歷史發展過程，不論是先天或後天，都與支那大陸之一省截然不同。也因此，形塑出一個獨立、獨樹一格的民族。

3　條頓人代表意思有二，一為古代日耳曼人中的一個分支，另一則是日耳曼人的同義語。公元前四世紀時條頓人分布在易北河下遊地區、北海沿岸和日德蘭半島。前 2 世紀開始南邊，侵入羅馬帝國統治下的高盧地區，擊敗羅馬軍隊。後大舉向今義大利北部推進。前 102 年大部分被羅馬大軍擊潰。而日耳曼人，又可稱為現代日耳曼人，是古代日耳曼人的後代，包括德國人、英格蘭人、挪威人、瑞典人、冰島人、丹麥人、荷蘭人、奧地利人等，皆為日耳曼人。參見陳永齡主編，《民族詞典》（上海：上海辭書出版社，1987 年），頁 138、557。

第二部

現在的台灣

「現在的台灣」這部分要檢視的是，從二戰結束後到今天為止，也就是中國國民黨政府統治台灣的這 12 年間，台灣的政治、財政、經濟、文教及社會等，各方面的情形。如第一部所述，從先天與後天兩方面進行分析後，證明了現在的台灣住民已然形成極具特色且穩固的台灣民族。台灣民族從初期的集團意識開始萌芽，之後受周圍情勢及環境的刺激，漸次發展。四百年來由於身為殖民地人民，始終遭受異族的政治壓迫及經濟壓榨。因此，台灣民族只要一有機會都會為了爭取自主獨立而進行抗爭。

從二戰結束之初的 1945 年 8 月 15 日到那年之年底，台灣人曾幻想過這個大戰的結果是，讓台灣人永遠從異族的壓迫中得到解放、成為一個自由民主的大國。然而這個夢想，在短短不到六個月內完全破滅了。中國國民黨政府嘴裡雖稱呼台灣人為同胞，實際上卻採行政治獨裁與經濟掠奪，利用這種比外族征服者更加嚴厲的措施統治著台灣人。回顧過去，今日台灣民族期盼的台灣式自由民主及自主獨立的精神，其開端不僅可以遙溯至 1661 年的國姓爺王國，也繼承了 1895年台灣民主共和國的民意；自二戰結束的 1945 年 8 月 15 日開始至1947 年 2 月 28 日為止的台灣民意，也是立基於此精神之上。台灣民

意強烈地向蔣介石政權表達抗議，並提出「以台治台」、「台灣人的台灣」之主張。只是，在極度腐敗的國府中，沒有一個政治家願意以政治性的方式來考量台灣問題，或對台灣人的要求做出妥協。其原因一言以蔽之，是由於蔣介石的獨裁政治。再加上，他們把台灣視為戰利品，專心致力於掠奪台灣經濟。700 萬的台灣民族被苛政及經濟掠奪逼到無路可退，終於在 1947 年 2 月 28 日起身反抗，以武力的方式爭取自由獨立。

從那時開始，台灣民族為了爭取獨立，付出了許多代價、歷經千辛萬苦，至今已滿十年。這段時間，一方面島內的地下獨立運動志士與蔣介石父子所率領的祕密警察及特務展開了積極的抗爭，一般民眾則持續消極地抵抗蔣介石的軍政。另一方面，逃往海外的二二八革命主謀者，與海外的自由台灣人一同合作，不斷向聯合國、世界各國以及各國人士提出「在聯合國保障下維持中立的獨立台灣，不僅僅是台灣民族四百年來的願望，更是遠東地區及世界和平的關鍵」這樣的訴求。

台灣民族有著愛好和平的傳統。爭取台灣獨立也是基於此種愛好和平的精神。世人如果真的愛好和平，首先就應該讓居住在這個遠東瑞士、蓬萊寶島、由我們先烈所開拓的綠色島嶼上的台灣民族獲得獨立。

上述即為台灣民族所深信的民主。

第七章

台灣人對陳儀（1945 年 10 月 24 日 -1947 年 5 月 10 日）

　　第二次世界大戰結束後，大多數的台灣民眾忘記過去曾經被支那背叛之事，僅欣喜於將從日本殖民政策的壓迫中解放出來，並對戰後最初來台接收的國民政府官員表達了歡迎之意。但是真正打敗日本、將國府的接收大員從大陸橫跨台灣海峽送至台灣的是美國。因此，台灣的知識分子最初即以懷疑的眼神看待此複雜的情況。

　　最初國府任命的台灣行政長官陳儀，雖極力掩飾他的壓榨政策，但台灣人受到智商及文化程度都較自身低下的人統治，實無法保持沈默。台灣人本來期待孔子的「公道」能取代日本的「武士道」，卻發現國民黨原來是「殘暴之道」。人民的生活由於生產停滯及通貨膨脹，而受到嚴重的威脅，導致治安極度惡化、民眾道德迅速淪喪。簡而言之，當時台灣的狀態是從惡劣走向了極惡劣。

　　接收台灣之初，接收者所展現出來的第一個特徵是，把台灣人視為殖民地人民。即使他們稱台灣人為「同胞」，也不具任何意義；如果戰爭是日方得勝，他們也會稱日人為「同胞」的吧！也因此我們應該觀察他們的實際行為，而不是相信他們所說的話。

　　從政府的人事行政面觀察，基本上可以輕易地證明他們的行政是殖民地的獨裁統治。舉例而言，雖然他們公佈的政策是盡可能多任用台灣人為官，但根據 1947 年 3 月蔣政府的人事統計資料來看，事實並非如此。

　　也就是說，一級官員[1]中沒有任何一位是台灣人。二級官員也僅占 9%，三級官員只有 9.6%，四級官員占 18.6%，就連五級官員也只占 33.4%。陳儀政府所持之帝國主義，比日本更加殘酷。陳儀政府先將曾任日本時代職級較高的台灣人官員，以莫須有的罪名使其入獄、免除其職務後，將職缺依其牽親引戚之習慣轉給他們的朋友、子女、愛人、妻妾等。因此，台灣人中除了原先就與重慶時期的國民政府有關係的人士外，其他都集體辭去了官方工作。下級官員中，也出現非常明顯的差別待遇。例如，若是大陸人，不論其學歷或經歷為何，皆可輕鬆地獲得較高的職位，台灣人則反之。基於如此不平等的待遇，自然使得台灣人在二二八大革命時提出人事改組的要求，希望政府任命有資格且能力相配的台灣人擔任重要職位。

　　像這種基於支那人在行政層面所有的習慣，而產生出的人事安排，也是一種殖民政策。當時台灣的社會與政治層面皆反映出這種樣式的殖民政策。

　　實際上，支那人將台灣視為掠奪的對象，未曾考慮過生產的必要性及他們要長住於台灣一事。他們來台灣的目的，一言以蔽之即是在極短暫的時間內攫取大量的錢財。以此態度來治理台灣及台灣人，不僅使得行政效率非常低落，台灣的社會基礎也被破壞殆盡。詳情如後所述。

　　一、無效率：日治時期，曾有某位美國人訕笑當時台灣總督府官員人數與美國中央政府的人數相同之事。但支那的作為與日本這樣的無效率相比，更可以看出支那人在這個他們自以為征服了的島嶼上所做的一切。根據 1947 年上半年台灣蔣政權在台灣省參議會所提出的

1　行政長官公署內共有 12 個一級單位。分別是秘書處、民政處、教育處、財政處、農林處、工礦處、交通處、警務處、會計處、法制委員會、宣傳委員會與設計考核委員會等。其中教育處的副處長宋斐如為台籍人士。

報告，二級官員有 759 人，三級官員 8,069 人。日治時期同級官員的人數分別是 87 人與 862 人。也就是說，無論哪個層級，高級官員的人數都增加了十倍。來看一個最極端的例子，某所中學在日治時期時全校只需 24 名教師與 4 名職員即可維持學校之營運；到了國民政府時期，即便教員程度相對低落，教師卻增至 36 名，職員更增加為 24 名。如此無效率，除了顯示出人員能力不足，更是由於典型支那人思想模式所引發的結果。此種思想模式就是政府機關的主事者將政府機關視為是其養活身邊相關人士的機構。也因此，支那人完全無視於行政效率與適才適所的原則。

這種行政層面上的錯誤，加重了人民財政上的負擔。日治時期、戰前台灣總督府的預算，在建設及材料費上占了 70%，人事成本僅占 30%。但是陳儀接收台灣總督府後，兩者比例互換，1946 年的預算中，人事成本就占了 76.6%。

在人事層面上，不僅人事費用大幅增加，官員人選的安排上也十分離譜。例如，讓某醫生接任糖廠廠長、任命修鞋匠任法院書記官、讓從未見過馬達者擔任工業學校校長等等，零零總總讓民眾啞口無言。更有讓從無手術經驗的醫生擔任醫院外科部主任、製茶工廠的技師主管曾說出「以後我們不栽種烏龍茶，只生產紅茶」等話語，而台灣銀行的主管亦提出，台灣的通貨膨脹與濫發台灣銀行券 [2] 無關，是

2　台灣銀行券為台灣日治時期的流通貨幣。1899 年 6 月日本政府正式成立「株式會社台灣銀行」，9 月 26 日開始營業，並發行台灣銀行券。台灣銀行券依歷次改版，總計有七大類別：銀券、金券、改造券、甲券、乙券、台灣印刷券，台銀背書券。1945 年日本投降前後，物價飛漲，台灣通貨膨脹的情況十分嚴重。台銀持續加印無號碼鈔券，但最大面額僅有百元，已不敷使用。故將日本流通的大面額千圓券鈔，空運來台，並經台灣銀行背書，於 8 月 19 日流通上市。戰後為維持台灣金融秩序，國民政府准許台灣銀行券繼續流通；1946 年 5 月 20 日，「株式會社台灣銀行」改組為台灣銀行，於 5 月 22 日開始發行「台幣兌換券」，俗稱「舊台幣」，以取代台灣銀行券。台灣銀行券於 9 月 1 日起與舊台幣

無德商人囤積商品及投機所造成的等等。如此天方夜譚之事，不勝枚舉。

二、怠惰：支那人怠惰、不負責任的天性，在我們看來確實是一個謎。例如，官員自己訂定了工作時間，卻從不遵守。他們專撈油水，並將艱困的工作留給台灣人。此外，他們擁有特權，責任卻由台灣人承擔。支那人怠惰的特性，一直遭受到當時台灣各新聞媒體的批判。例如，1946 年 7 月 7 日，台灣某報紙做了如下的報導。「製糖會社的農場裡、在炎熱夏日中種植甘蔗時，若是在日治時期，即使是高級技師都會在現場指導如何栽種甘蔗。但接收後，看到的卻是支那人高級技師撐著洋傘、坐在大樹下，置身於芬芳的熱帶空氣，目空一切、呼呼大睡的情景……」。他們認為，以公費來支出因奢侈及享樂所產生的鉅額消費是官員的特權，更是他們理所應得的報酬。再舉另一個例子，當時農林局長為購買製材的機械而攜帶 12 兆法幣前往上海出差。但返台時，他只帶回一部價值 4 兆法幣的新汽車。他雖然完全忘記赴上海出差的目的，卻沒有忘記要侵吞鉅額回扣。像這樣奢侈又無效率的行為，源自於官員不認為自己是公僕，而是特權階級的思想。

三、獨裁：他們即使一再高呼用三民主義建設台灣這樣的口號，然而支那人的天性就是傳統的官僚獨裁主義。也就是說三民主義僅是他們的宣傳口號，旁人一看即知政府內部是絕對獨裁的機構。譬如，省參議會或其他立法與民意機關的議員，表面上雖由人民選出，但是候選人幾乎都是國民黨黨員。而且，這些民意機關完全沒有立法權與預算審議權，只是一個單純的諮詢機構，既不批評政府，也完全不代

同等價收兌，收回之銀行券，全數予以銷毀。參見袁穎生，《台灣光復前貨幣史述》（南投：國史館台灣文獻館，2001 年）。

表民意。這些民意機關，只是設立給外國人看的虛假民主形式。因此，當時台灣行政長官陳儀擁有遠大於前任日本總督的權力。

　　支那人施行中央集權的意圖，一方面是為了推卸責任，另一方面則與內心企圖貪汙舞弊密不可分。因此，想要鬆動中央集權的體制是不可能的。為何如此？舉例來說，一個局的局長可以藉由大至任命一個書記或工友，小至購買事務所用品的裁決權，巧妙地進行貪汙或收賄。由於嘴上一邊喊著三民主義，一邊又如上述般施行官僚獨裁，因而日益招致民眾的不滿，被認為只是掩飾其行為的權宜之計而已。

　　四、貪汙：拜金主義的思想在支那的現行社會中相當根深蒂固。也因此，對中國各方面都造成極大的影響。究其原因，是因為處於一個缺乏社會秩序的國家，且連個人安全也未受到任何保障之地，更增長了極端個人主義及喪失了公德心。在這樣的地方，若擁有相當的財富，即使是殺了人，也可能不被起訴就結案。因此，為了金錢而無視道德，並不違反支那人的道德觀念。支那人總認為當官是成為富翁的捷徑，並相信這樣的行為不僅正當且有道理。英國學者羅素（Bertrand Russell）認為，在孔子的儒家思想中，家族比社會更重要。因此，若為了養活家族而盜用公款，支那人不會因此而感到猶豫。當然也不會為了向國家社會盡忠而來犧牲對家族的愛。基於支那人對家族的愛優於對國家社會的忠誠這樣的理由，利己主義在每個支那人的心中獲得了正當性。

　　支那人在接收台灣政府後，官民間行賄、收賄之事時有所聞。各政府機構常以高於市價三成的價格購入，再以低於市價三成的價格售出，藉此做為取得高額回扣的慣用手段。乍看政府機構這種以高價購入、低價售出之事，似乎符合公眾利益，但只有在國府的政府機構才見得到這種獨特的經濟現象。支那人在台灣肆無忌憚地貪汙及進行經濟上之榨取，從未考慮過此舉將對生產造成何種影響。舉例來說，

為了取得少量的黃金粉末，而將金礦的馬達拆解，結果造成整座礦山失去動力來源。又或者，某間啤酒工廠，特意廉售新馬達，再以高價購入的舊馬達取代之。還有，某工廠賤賣原要配給給員工的稻米，造成該工廠因此發生罷工事件。像這樣的事天天上演，台灣人在忍無可忍之下，派遣代表團赴南京向國府陳情。以劉文島為團長的國府調查團，共發現了一千餘件的貪汙及受賄之事，最大宗都是來自專賣局與貿易局。但是，在金錢與面子之前，支那並不存在有法律。因此，案子在這群高官未受起訴的情況下結案了。

　　像上述那樣的行賄之事公然發生。日本時代，法庭與學校被視為是最神聖的地方，現在卻是公然徇私之處。與法院的法官、檢察署的檢察官有交情的律師生意興隆；事先購得入學試卷的學生，可以天才般的優異成績考取學校。

　　最大規模的收受賄賂，發生在台灣的中央銀行，亦即台灣銀行進行放款之時。一般民眾若循正常管道向銀行辦理貸款，總被拒於門外，但從大陸來的商人透過門路就可獲得無限制的貸款。例如，「中國聯合製茶公司」是一間沒有半點資金的幽靈公司。這間公司來到台灣後先向銀行貸款了二億圓，然後買斷台灣市場的茶葉、操控台灣全島的茶葉市場。這種沒有任何資金的公司，把茶葉銷往美國之後，發生了不可思議的情事。此公司在美國市場擊垮了美國各大公司。此事的參與者不只有官員而已，連與相關的大陸商人也參與其中，一同壓榨台灣人的血汗錢。因此，我們主張對於從大陸來的人，不論官民都應沒收其財產。這樣的主張是絕對具有正當性的。受到脅迫而被搶走的東西，也應該用相同方式奪回，亦即「以牙還牙，以眼還眼」。

　　五、詐欺：欺騙民眾對支那政府而言完全是稀鬆平常之事。其實面子是支那人的靈魂，嘴巴則是他們的政治資本——為了混口飯吃不得不撒點謊。他們來到台灣之後，不斷開出「空頭支票」。最大的

空頭支票是在二二八革命時開出的。最初，陳儀感覺事態對其不利，接受了台灣人提出的所有要求。然而援軍一抵台，他的態度丕變，斷然執行令全世界震驚的二二八大屠殺。之後為了安撫台灣人，派遣白崇禧赴台。白崇禧來台時承諾將於 1947 年 7 月在台灣各地實施地方縣市長選舉，最終卻在三年後才施行，還是一場政府操控的選舉。此外，當時他們也承諾要將各公營企業改為民營，但直至今日，台灣的政治及經濟仍受控於蔣介石一家。

　　再者，二二八革命的真相完全是因台灣原住民 3 不滿國府的統治所引爆的，是為了自由與獨立而奮戰的事件。但蔣介石為防此事國際化，而將之定調為受到共產黨煽動所引發的暴動。如果真是共產黨的陰謀，最先受到攻擊的應該是國民黨省黨部。可是黨部主委的報告顯示，黨部的建築物未受損害。享有地位及名聲、受到全世界尊敬的一國元首，竟公然對全世界與民眾說謊。因此，也就不難理解為何所有台灣人對他們的行為感到目瞪口呆了。而且，曾是此大騙局受害者的台灣人，再也不想重蹈覆轍也是理所當然之事。

　　承如前述，二戰結束後支那人在台施行的暴政，不曾出現在 20世紀任何一個文明社會。而且，這樣的暴行是在「青天白日」下公然發生的。從結果而論，在這種支那的軍政下，台灣社會將會墮落至最惡劣的處境。其中又以民眾道德與社會秩序之惡化，及一般大眾之窮困窘境最為嚴峻。

　　支那執政者使得台灣出現另一個特徵是，台灣社會從法治地區墮落至封建惡政社會。日治時期，雖然沒有言論及政治運動的自由，但生命財產受到法律保障。支那人一渡台，國府立即禁止台灣島內砂糖的交易。但實際上政府卻大量採購低價砂糖，並運往缺糖的上海市

3　此處所稱之台灣原住民是指原來居住在台灣者，以下皆同。

場。就算台灣是糖業王國，數量有限的砂糖如何能填滿廣大的揚子江河口呢？

　　所有的貪汙事件都是以政府機關之主管為中心進行。即使這個祕密被發現，只要憑著金錢與面子，一切都能抹除無事。殺人只要20萬圓就能輕鬆解決。某個台灣人公務員因拒絕收賄，反而被檢舉疑似收賄。某人因殺人被警察逮捕，在贈予警方巨款後，警察隨即逮捕另一位無辜之人為其頂罪。當這個無辜受害者主張自己無罪時，也被迫拿出巨款再去找個替死鬼。某台灣警官向警察局長報告某位分局長收賄50萬元後，他接到逮捕該分局長的命令。但隔日他自身遭到逮捕，前日被逮捕的分局長反而獲釋。此外，也發生法院與警察局長互毆的事件。理應具有獨立性的法院，經常受到行政機關的干涉。整個國府的組織系統，對台灣人而言簡直是一個謎，因此除非是重大案件，台灣人警官大多袖手旁觀不予取締。因為已經徹底覺悟，在支那的官場上金錢無所不能，所以不論怎麼做都無濟於事。對支那人而言，金錢會微笑也會說話，甚至還會吼叫。某支那人說，台灣人不懂支那的法律。確實，台灣人無法瞭解今天逮捕的嫌犯明日就可以釋放的支那法律。若從這點看來，是可以理解為何台灣人無法了解支那法律的。

　　最欠缺守法觀念及公德心的是支那的軍隊。他們坐霸王車、看霸王戲、吃霸王餐，且任意進入民宅取走喜歡的東西。在訓練支那兵新師團的台灣南部，某高級軍官拿著自己的銀行支票向珍貴金屬商購買黃金。事後商人發現支票無法兌現，因而向憲兵隊申訴，並與憲兵一起前往該師本部拜訪，但師本部聲稱沒有這個人並拒絕受理。軍隊與憲兵或警察的衝突也頻繁地發生。而且，這還是號稱以美國裝備進行訓練的新式模範師團。像這種支那同志間的「爆竹遊戲」，在四季如夏的美麗台灣島舞台上不斷上演。

這就是當時台灣真實的樣子。因此，安寧的台灣秩序嚴重惡化是個無庸置疑的事實。為了防止秩序再惡化，政府採取了警察行政政策。這也成為支那帶給台灣的另一個特色。由於惡政與通貨膨脹使得人民生活水準明顯低落，且有日益嚴重的傾向，強盜與小偷猖獗、社會治安益發混亂。與此同時，台灣的住宅區常能看到舊磚牆上堆疊新磚的景象。二戰結束後不只台灣人的生活、教育、文化水準嚴重倒退，更與高漲的物價和圍牆形成強烈的對比。

承如前述，民生的凋蔽及守法觀念的低落導致治安惡化。為了解決這一問題，政府強化警力，設置了許多仕日本時代聞所未聞的各種警察制度。除了常備軍、憲兵、普通一般行政警察外，還有法院警察、警察大隊、鐵路警察、銀行警察、礦山警察、工廠警察、住宅警察、私設警察等，更有其他莫名其妙，台灣人無法理解的各種警察。雖然設置了多種警察，但由於未建立橫向聯繫，因此相互間經常發生摩擦衝突。譬如說，從港口或有船要出航時，保安司令部的人員、憲兵、海關人員、水上警察及一般警察先後登船，彼此會為了一些瑣事發生激烈爭執，最後迫使船隻只能延後一日出航。再者，現今各大城市的街頭，都販賣著美國、英國、上海的香菸，但專賣局警察卻刻意射殺一位賣菸婦人，[4] 這就是二二八革命的導火線。

各政府所在的建築物裡雖都張貼著「嚴禁貪汙瀆職」的海報，然而他們卻專門做貪汙瀆職之事，尤其是軍隊與警察。支那人的眼裡，警察所做之事非但不是保護人民，反而是虐待人民。譬如說，台北近郊的某鐵橋上發生了列車起火、數百位乘客燒死的事件。此時，所謂的鐵路警察非但沒有保護乘客，反倒亮出刀槍搶劫乘客的隨身物品。當支那人警官聽說，某台灣人警官工作了 20 年，卻因沒拿到近兩個

4　實際上被射殺的是旁觀的路人。

月的薪水導致生活陷入困難,感到十分驚訝。

　　台灣的經濟在國府占領後所產生的變化,有共通的一面,也有複雜的一面。大體上可分兩大部分進行說明。一是生產停滯,另一則是通貨膨脹。當然兩者交互影響。

　　一、生產停滯:戰後生產量的減少對任何國家而言都是非常嚴峻的問題。當然,長期戰爭之下的減產,起因於破壞與疲勞。但在台灣,指導者是既貪婪又無能的支那人,才是這個問題最根本性的決定因素。因此,台灣人指導者,不會單純地將這現象視為經濟生產上的衰退。我們相信這不是「天災」所引起,而是「人禍」所造成。是故,這個問題只能透過政治性的革命解決之。

　　造成生產停滯最主要的原因是,陳儀把日本人所留下的所有公私營企業全部都歸為國有。他三番兩次強調,這是基於三民主義理論中節制資本與促進民眾福利之原則。但是,觀察歐美經濟發展史即可知,公營企業只是發展的其中一個階段,經濟後進國的東洋想一躍超過這個階段,不得不說是一件萬分危險且極其魯莽的事。為何要這樣做呢?因為支那人一直是利用「公共福利」的美名,行獨裁官僚主義統制台灣所有企業之實。

　　陳儀將日本官民留在台灣的所有企業,改組成 30 家左右的大公司。由於這些企業占據了台灣全部工商業,讓人看到支那人所暴露出的狡猾利己主義。為什麼這樣說呢?因為這些企業的人事制度也與前述政府的人事制度一樣,都是被有裙帶關係的人所操縱,因此完全無法期待效率。這群人靠著變賣庫存品與資材,以及從台灣銀行借來的融資,勉強維持營運。台灣人並非全然反對公營企業制度,但像這樣以支那人的利己主義及無效率方式來經營,相信企業必定會倒閉。因此必須在制度上進行根本性的徹底改革。

　　對此,支那人可能會有如下的反駁。第一,依照他們的說法,

由於經過八年對日抗戰獲得勝利，因此要如何處分日人財產是他們的自由。再者，他們也反問，難道他們沒有確實承認台灣人的私有財產嗎？

關於上述，台灣人也有話要說。第一，第二次世界大戰獲勝的不是支那。從日本人的角度來看，他們並沒有戰敗，只屈服於美國。因此，支那並沒有直接讓台灣從日本帝國分離出來。如果沒有美國陸海空軍的協助，拿著紙傘當降落傘、光著腳的支那兵，如何能和平地成功占領台灣？他們恐怕會被 20 萬毫髮無傷的日本精銳部隊驅逐至台灣海峽吧。

支那不但不應主張征服了台灣，亦無擁有台灣之權利與理由。當他們想強調對日八年抗戰的事實時，可曾想起過去數百年來台灣人曾有過更為慘烈的抗戰事實嗎？

別的先不談，只針對日本人留在台灣的財產的形成過程進行探討。清朝把台灣割讓給日本時，這個島嶼難道不是與數百年前的香港一樣，是一處荒涼之地？這座島嶼在短短的 50 年間轉變成寶島，難道不完全是憑我們的血汗？這完全是台灣人的勞力結晶。因此，如果說這些是日本人的財產，回溯其源頭，其實是台灣人的財產。

如上所述，儘管支那人在台灣的地位，雖然只是暫時性的占領者，他們卻展現出征服者的姿態，把台灣人視為被殖民者，更忘記自己曾犯下重大的國際罪行。國府的行政院（內閣）不僅從台灣盜賣 150 萬噸的砂糖，且在接收台灣的第一天，即從台灣銀行奪取龐大數量的貴重金屬及寶石，還利用在台濫發銀行兌換券[5] 進行採購的方

5　正式名稱為「台幣兌換券」。1946 年 5 月，國民政府財政部正式接收改組的台灣銀行成立，並發行了新版台幣，是為台幣兌換券。此幣僅流通於台灣，又稱舊台幣。剛發行時相對於日治時期的「台灣銀行券」被稱為新台幣。1948 年 8 月中央政府實施幣制改革，公布「金圓券發行辦法」，規定台幣以 1835 元兌換

式，將物資運往海外。從我們的角度看來，這些全部等同於強盜的贓物。這些就如同戰爭結束後蘇聯強奪滿洲機械設備一般，也將是我們向支那人提出損害賠償的根據。

造成生產停滯的另一個原因是，台灣銀行無限制濫發兌換券引起通貨膨脹所導致。政府因為有了這些兌換券，終於能夠勉強維持公營事業。從公營事業負責人的角度來看，通膨期間向銀行借款或許是有利的，但對民間企業而言卻是致命性的傷害。在此情況下，民間企業除了極少部分的基礎手工業外，都面臨因營運資金及資本不足而受挫的困境。結果，台灣人的整體財富減少，失業人數倍增。再者，灌溉工程或交通道路的整修等生產基礎建設完全被忽視，最後導致漸漸減產。

根據糧食局 1947 年發表的數據顯示，該年台灣稻米總產量為 1,000 萬石。這比起日本時期擁有最佳的肥料、金融狀況、氣候等條件而生產出的 960 萬石數量更多。但根據台灣專家的看法及推算，實際生產量應該只有 670 萬石。從上述事實看來，可了解那是他們在宣傳上為掩飾惡政而灌水的數字。台灣最重要產物是砂糖，在 1940 年的生產量是 140 萬噸，但 1947 年的產量卻僅剩 22%，即 30 萬噸。像台灣製糖公司那樣的經營方針，無法鼓勵農民種植甘蔗。因為他們對經營事業不夠用心。這樣的現象不只出現於台灣糖業，其他所有公營事業的發展上也無法有所期待，只有衰退一途。即便是台灣最主要的農作物稻米，以及準農業作物砂糖的生產都是如此，不難推測出其

金圓券 1 元。但在金圓券劇烈惡性貶值下，幾乎完全失去信用功能，也使台幣幾至完全崩潰。1949 年 6 月 15 日，台灣省政府實行第二次幣制改革，發行了「新台幣」，「台幣兌換券」也因此改稱為舊台幣。當時是以 4 萬元舊台幣收兌 1 元新台幣。黃亨俊，〈台灣銀行舊台幣發行史〉，收於《國家圖書館館刊》，91 年第 2 期（2002），頁 93-104。

他工礦業的發展。他們致力於水泥生產的宣傳，但這行業對於台灣整體經濟影響甚少，對其他的生產幾無貢獻。

也就是說，從上述可明顯看到台灣生產量的減少是支那人造成的。這也因此造成許多失業者的出現及民生水準的降低。一般民眾貧困化，等於激化階級鬥爭。如果沒有美國的援助，國府早已垮台。如果現在不立即給予強力的「治療政策」，當國府垮台時，台灣必定共產化。我們唯有建立一個獨立民主的台灣政府，才能防止此事發生。

二、通貨膨脹：戰後另外一個特徵是一般性通貨膨脹。雖然，這是在任何國家都會出現的趨勢，但台灣完全沒有引起如此嚴重通膨的潛在要素。台灣的金融狀態，既不像戰敗國那般糟，也不像支那由於內戰背負龐大的國債。生產力未曾遭受重大打擊的台灣，也未曾成為戰場。日本人所留下的官民財產及生產設備，幾乎毫髮未傷。事實上，戰後台灣的一般狀況對於國家復興而言是相當有利的。但由於支那人的榨取心態及商人一般之心理，認為不安定比安定更有利，所以採取通膨政策，藉此刺激一般物價上漲。支那人掠奪及壓榨台灣人的根本手段即為他們的金融政策。

1947 年紙鈔的發行數量約為 1945 年 8 月的 20 倍，一般物價的平均指數約漲了 1,000 倍。但若以實際經驗來計算則是 2,000 倍。必須特別注意的是，糧食以外的物價急速飆漲。再者台灣物資（特別是食糧類）與上海或是舶來品之間，出現了以顯著不均衡的單位，進行以物易物交易的奇妙現象。

雖說造成一般物價上漲的另外一個原因是政府的獨占貿易，不過前面所述的金融政策才是真正主因。台灣銀行在台灣金融界的地位，正如太陽系中的太陽一般。不僅是其他五家地方銀行的母行，同時也是貨幣發行的銀行，同時又握有其他五家銀行過半數的股份，因此執台灣金融之牛耳。

　　台灣銀行占全台總儲蓄額的 58.5%、及 82.2% 的放款總額。1947 年度的總貸款額中有 82% 流向公營事業，剩餘的 18% 則大多數貸給大陸人士。因此不爭的事實是，接收後的台灣銀行成為大陸人的、藉由大陸人、為大陸人所設的台灣銀行。

　　在公營企業之中，台灣製糖公司是台灣銀行的最大客戶。例如，根據 1947 年 5 月的統計數字，台灣製糖公司向台灣銀行貸了 171 億圓。這個金額占台灣銀行總貸款額的 27%、貨幣總發行量的 58%。換句話說，台灣製糖的營運資金，全數依賴從台灣銀行而來的借款。因此，一般物價上漲，有三分之一到一半的責任必須歸咎於製糖公司。日本人過去雖以官定低價收購農民的甘蔗以壓榨農民，支那人卻是利用無限度的濫發銀行兌換券，榨乾所有台灣原住民的民脂民膏。

　　另一個使台灣通貨膨脹及物價上漲的原因是，對外貿易的匯兌政策。支那人在接收台灣時，若以台灣與上海間的物價指數做比較，上海法幣與台幣的匯率應是 200：1，卻被政府固定為 20：1，因此從台灣運出了大量便宜的商品。像這樣短時間內將台灣物資出口到大陸，根本就是強盜行為。然而在看到已無法再從台灣獲取更多利益後，為將他們的獲利所得匯回大陸，又進行逆向操作匯率。從支那人接收台灣後，一直有種怪異的現象，那就是對外貿易不論何時都是出超，但匯率卻一直對台幣不利。更由於出口報告全使用公定價格計算，輸入則以市場價格計算，因而產生了更大落差。除了正式認可的物資，更有其他許多未經認可的物資從台灣運出。可想而知，在陳儀主政的兩年間，台灣流出海外的物資數量有多龐大。

　　經濟上，一方面是生產停滯，另一方面則是濫發鈔票及將物資無限量地運出，加上政治上支那人特有的無效率、怠惰、貪汙與奢侈，種種現象累積，導致台灣人對其產生憎惡與排斥。此種不滿終於演變成二二八大革命爆發出來。台灣人毅然挺身而起，要求自由與獨立。

第八章
台灣人對魏道明（1947年5月15日-
1949年1月5日）

　　舉世震驚的二二八大革命發生一週後，蔣介石開始鎮壓爭取獨立與自由的台灣原住民。這一週是自鄭成功的孫子投降清國以來，台灣人第一次靠自己贏得自由的期間。

　　從3月8日到3月13日，也就是蔣介石的援軍抵台後，支那軍隊在軍閥的指揮下，任意射殺、掠奪、逮補及拘禁為數眾多的無辜民眾，讓台北、基隆、高雄等大城市血流成河。諷刺的是，這是曾被稱為同胞的台灣人之鮮血。

　　在國際社會的輿論壓力下，為了宣撫台灣人，國府在3月18日派遣國防部長白崇禧來台，並於3月22日撤除陳儀的職位。但繼任人選卻延宕了一個月才好不容易宣佈由魏道明任之。如同宿命般，台灣人因為《開羅宣言》從一個枷鎖被禁錮至另一個枷鎖，為了爭取自由只能繼續奮鬥。

　　為了安撫台灣原住民不滿的情緒，魏道明所領導的台灣省政府15位委員中，起用了7位台灣人。然而，其中財政廳長嚴家淦、[1] 保

---

[1] 嚴家淦（1905-1993），字靜波，江蘇省吳縣（今蘇州市）人。中日戰爭期間的1939年任福建省政府財政廳廳長，展現其財政能力。戰後派任來台，擔任行政長官公署交通處處長。1947年5月台灣省政府成立，改任財政廳廳長，任內廢除惡性通膨的舊台幣，確立新台幣政策。1948年至1963年期間，出任省主席及財經各相關部門等重要職務。1963年任行政院長，1966年就任副總統，1975年蔣中正總統去世後繼任總統，1978年卸下總統一職，繼任者為蔣經國。參見林瓊華撰，〈嚴家淦〉，《台灣歷史辭典》（台北：遠流，2004年），頁1343。

安司令彭孟緝、商工銀行董事長黃朝琴及彰化銀行董事長林獻堂等人都是陳儀的親信，因此魏道明政府一開始就是一個無法期待的傀儡政府。

　　新任的台灣執政者相信，對二二八革命最合宜的報復方式，就是剝奪人民的自由，故高度箝制出版、言論、結社等自由。此政策持續至今日。對他們而言，此事是他們能夠控管台灣，在台灣生存的唯一條件。為了抹除前任領導者在二二八革命中應負的責任，國府透過高等法院以內亂罪之名，於 1947 年 6 月 5 日向 30 名台灣人領導者發出逮捕令。

　　魏道明任內唯一的工作是與人進行論戰。對象不只是台灣人的愛國人士，還針對來自外國與支那的批判。從 1947 年夏天一直到秋天，讓台灣從中國分離出來這個議題始終在中外新聞雜誌受到非常熱烈地討論。這些頗具影響力的新聞雜誌，屢屢論及琉球列島與台灣的歷史、地理、民族、文化等，並呼籲應該分別賦予這些區域的住民高度自治。連南京的國民參政會與台灣省參議會也都通過決議，應在舊金山和會上提案給予台灣高度自治。1947 年 12 月 2 日，菲律賓馬尼拉的《每日時報》提出，雖然菲國反對琉球群島成為中國的領土，但卻主張台灣將來的地位應由台灣住民投票決定。台灣島內所有的政府機關及新聞報紙都為此向菲國提出了抗議。

　　1947 年 11 月 15 日的《中國週報》上，一位署名 D. Y. REN 的人，發表了一篇題為「在台灣之國民黨」的評論性文章。文中將陳儀及魏道明各比喻為虎與狼。幾乎同一時間，毛子培在上海的《鐵報》以「今日的台灣」為題，發表了十數篇評論性文章，指責魏道明是「怠惰者」、其夫人鄭毓秀是「愛出風頭者」。毛子培與台灣人或外國人同樣，對於這兩個人在台灣的惡政提出了嚴厲的批判。

　　從此時起，在魏道明主政下，國府對於台灣的壓搾日益嚴苛。在

魏道明就任剛滿一個月之時，就立即強行要求台灣省參議會通過低價收購稻米的法案，政府可以 18 圓收購市價一斤 50 圓的稻米。同時，要求擁有 2.5 甲以上的地主，必須將所有的稻米以上述的公定價格售出。就像這樣，至 1947 年為止，國府至少運出了 44 萬噸的便宜稻米至支那大陸。

　　魏道明為了隱瞞他在政治上的缺失及經濟上的破綻，屢屢提及日本人遺留下的龐大財產清冊。根據 1946 年 1 月國府接收人員的報告估算，在台灣的敵產 [2] 推估約有 156 億 6,535 萬 1,008.37 圓。但承如前章所述，終戰後台灣通貨膨脹加速，1947 年 4 月陳儀即將離台時，出現了高達十倍的通膨。即使如此，發表的金額仍與上述金額相同。

　　1945 年 8 月台灣銀行兌換卷的發行額度為 15 億 2 萬 6,715 圓，同年 9 月升為 20 億 2,790 萬 4,765 圓。同年 10 月陳儀接收台灣時，達 26 億 6,188 萬 9,739 圓。在一個月後的 11 月，增加到 28 億 1,301 萬 24 圓。一年後國府表示將把發行額度控制在 60 億圓以下，但當時台幣幣值已經從二戰結束時，15 圓台幣能兌換 1 美元貶值到 150 圓台幣兌換 1 美元。

　　從那時候算起一年後（1947 年底），台灣銀行券的發行量增至 150 億，對美元的匯率貶至 1 美元兌 1,500 圓台幣。1948 年底，銀行券的發行量達 1,800 億，對美元匯率貶值至 3,000 以上。1948 年 8 月 19 日，支那大陸的法定貨幣從法幣換成金圓券，[3] 並將金圓券對台幣

2　日產之意。

3　1948 年 8 月 19 日蔣中正總統根據《動員戡亂時期臨時條款》體制，第一次發布緊急處分令，發行金圓券，藉此取代原本惡性通貨膨脹的法幣。蔣中正更派出經濟督導員到各大城市監督金圓券的發行。作為當時全國金融中樞的上海由蔣經國任副督導，正督導員則是中央銀行總裁俞鴻鈞。但隨著國民政府在內戰失利，金圓券以極快速度崩潰。1949 年 7 月，政府再行幣制改革，發行銀元

的匯率訂為 1 元兌換 1,835 圓台幣。但是金圓券貶值速度十分驚人，僅六個月的時間，幣值已經較台幣更低。而且在此期間，台幣雖是緩步，但也是走向通貨膨脹之路。

在山東濟南落入共軍手中後，從支那大陸逃亡到台灣的官員、軍隊急速增加，為了支付這些公務員的薪水，只能再大量發行台灣銀行券。台灣銀行券的印刷，成為國府在台唯一的生產，因為這比生產稻米更快、更容易。再者，逃亡來台的支那人富裕階層，並沒有把帶來台灣的黃金投入生產事業，反而投機地將其換成金條及美元。進而造成台灣物價瞬息萬變陷入不穩定的狀態，住宅權利金也跳昇為買賣價格的數倍。

正如上述，台灣銀行運用銀行兌換券的印刷機，即使犧牲台灣人的利益，也必須發給從大陸湧入的大批支那人的薪水。1948 年的初期，台灣銀行放款總額為 290 億圓，其中 25% 是貸給政府機關，67% 貸給國營事業，剩餘雖貸予民間，但是融資給台灣人經營之事業體者僅占 0.2%。由於銀行的貸款利息非常低，國府的政府機關、事業團體藉由通貨膨脹的推波助瀾，獲取了龐大利益。但幾乎所有的台灣人都無法從台灣銀行取得融資，只能轉向高利的民間金融，因而無法與他們競爭，最終導致破產與失業。

金圓券如同法幣一般暴跌，支那的台幣也像日本的台幣一樣暴跌。又加上就像金圓券必須更換為銀圓券一般，舊的支那台幣也必須兌換成新的支那台幣。1949 年的春天，日圓以 360 圓兌換 1 美元，舊的支那台幣跌至 20 萬元兌換 1 美元，剛好只剩下日圓幣值的五百分之一。此完全植因於這四年來支那公務員對台灣人的壓榨，凍結生產事業、浪費資源，甚至濫發銀行券。不只如此，他們先是巧妙地提

券，限期收兌金圓券。

高台幣兌換法幣的匯率，再者為兌換金圓券，最後是提高銀圓券的兌換匯率，藉以向台灣人粉飾通貨膨脹的速度。

承如上述，魏道明統治下的台灣狀況，不僅以急轉直下地速度墜落到谷底，他還洋洋得意地，使用支那人特有的花言巧語，打出「安定中求繁榮」的口號。恐怕包括他本人在內，沒有任何人相信可以在這樣的政治、經濟、社會狀態下追求到安定或繁榮吧。

前駐美大使魏道明的另一個花言巧語是，「台灣人每年平均繳納不到美元50分的稅額」。如此的說法聽起來好像台灣人是全世界最幸福的人民，但是即便納稅的實情如他所言，但仍然比不上濫發紙鈔所造成的傷害。我們必須指出的是，在國府短短三年的軍事占領後，台灣人的生活水準完全後退至與一直持續內戰的大陸支那人相同水準。

國府對台灣的經濟榨取，隨著軍事占領的刺激日益嚴重時，大陸內戰也一刻刻轉向對國府不利的局勢。終於在1948年12月30日，因為國府計畫將台灣做為最後的防衛要塞，蔣介石任命陳誠取代魏道明擔任台灣省主席。

第九章
台灣人對陳誠（1949 年 1 月 5 日 -1949 年 12 月 21 日）

　　當華北與滿州地區整個陷入烽火連天、中共軍隊以南京為目標揮軍南下時，國府及反共分子對自己的反攻基地台灣的新任省主席陳誠寄予厚望。陳誠上任後為了提前吹噓自己，立即在施政前把第一代陳儀的政治說成「日本極權主義」，第二代魏道明的施政稱為「美國自由主義」，而把自己將要施行的政治宣傳為「費邊社會主義」，[1] 但從結果來看，非常不幸地變成了「中國的馬基維利主義」。[2]

　　台灣省政府為了安頓從大陸來的眾多逃難者（官、民），因而增設了許多新職位。一些有錢的逃難者，馬上開始從事投機（Speculation）生意。便衣警察或憲兵成為這些人的打手，開始進行恐嚇、勒索、搶劫、綁架等。

1　Fabian Socialism。費邊社會主義主要是指英國「費邊社」（Fabian Society）中一群中產階級知識分子，在 19 世紀末英國特殊思想環境孕育下，為當時勞工階級貧窮困苦現象激發起社會意識，對於社會制度改革所形之見解。這種見解是結合民主政治與社會主義的觀念，並將自由主義帶進社會主義思想中，除去馬克思主義階級鬥爭的與暴力革命的刺，主張以「憲政民主、和平漸進、點滴改革」的方式來實現社會主義的理想。張明貴，《費邊社會主義思想》（台北：聯經，1983 年）。

2　馬基維利（Niccolo Machiavelli，1469-1527），是文藝復興期間義大利的政治學家、哲學家、政治家及外交官。被稱為近代政治學之父，其著作《君王論》一書，提出現實主義的政治理論，主張「政治無道德」的著重權術的政治思想，被後世稱為「馬基維利主義」。蔡百銓譯，《狐狸·獅子·劍——馬基維利》（臺北：時報，1983 年），頁 28-29。

　　陳誠為了穩定日益崩潰的經濟，嘗試進行貨幣改革及降低佃農地租。1949 年 6 月，他以舊台幣 20 萬圓、新台幣 5 圓兌換 1 美元的匯率進行貨幣改革，但結果只是刺激物價更為高漲而已。全面檢舉非法放款者，並給予舉發的便衣所查扣之美元、金塊的 2 成。另一方面，地主由於地租的調降及稅金的增加瀕臨破產。再者對佃農而言，雖表面收益從土地收成的 50% 提升到 62.5%，但實際上卻被迫以公定價的稻米換購高於國際市場 4 倍價格的肥料，結果反而更為貧困。陳誠最初的目標是，將台灣民眾的憎惡焦點從國府官員身上轉移到台灣人地主與資本家身上，但結果與期待完全相反。

　　1949 年 5 月上海淪陷之後，蔣介石正式將台灣島作為他的反攻基地。同時 30 萬的殘兵敗將、便衣特務及眾多的警察湧入台灣。當年 6 月底宣布封鎖台灣海峽。

　　同年 7 月初，蔣介石親自飛往菲律賓，向菲國提議締結同盟。一個月後又飛往南韓，做出相同的提議。在那不久，因為美國國務院的對華白皮書，[3] 使得國府的國際地位一落千丈。

　　非常奇怪的是，每次蔣介石出訪返台後，一定會發生全島性的取締舉發，對象為反對國府的愛國台灣人及支那自由主義者。但是，便衣特務又因收賄而喪失判斷能力，因此被檢舉、逮捕的人之中，受到

3　正式名稱為《美國與中國的關係：特別著重一九四四年至一九四九年的階段》，又稱《中美關係白皮書》（The China White Paper）。由美國國務院於 1949 年 8 月 5 日發表。1949 年春，中國大陸情勢逆轉。當時美國國務卿艾奇遜徵得杜魯門總統的同意，就中美關係發表白皮書。白皮書的內容主要是有關中美關係的外交文件，或為全文，或為摘要，在過去多被列為最高機密，從未公開發表。艾奇遜在書前的說明文中明示，杜魯門政府之所以發表此一文書，目的在讓外交紀錄顯示美國曾竭盡所能協助中國，其基本政策並無任何錯誤，中國之落入共黨之手，完全是中國內部形勢演變的結果，非美國力量所能挽回。參見張忠棟撰，《中國現代史辭典—史事部分—（一）》（台北：近代中國，1987 年），頁 169。

冤枉的多於真正犯罪的。

　　正如前述曾提及的，陳誠在施行貨幣改革後，開始取締非法放款者並沒收其財產。然而因為這些非法放款者的破產，導致與他們有生意往來的台灣民眾又蒙受了巨額的損失。因此，即使從上海、南京運了約三兆美元 [4] 來到台灣，但由於這個貨幣改革，使得台灣在面對戰後空前的通貨膨脹時，情勢不僅沒有改善，反而更迅速惡化。

　　貨幣改革就如同上述，被利用成為國府壓榨台灣人的新手段。相同地，降低佃農地租的政策，也是壓榨台灣大眾的工具。如前所述，表面上規定佃農可以獲得 62.5% 的收成，但是透過肥料與稻米的交換比例、「現貨繳稅」[5] 制等陰險手段，800 萬台灣民眾被迫供養全中華民國的官員及軍隊。

　　國府透過以稻米換肥料的方式，在 1949 年這一年之中從台灣農民那榨取了多少稻米呢？仔細分析，當年國際市場上一噸化學肥料的價格是 70 美元，一噸稻米則是 170 美元，因此一噸的稻米應可以換到 2.43 噸的肥料。但實際上台灣卻是 1.5 到 1.8 噸的稻米只能換到一噸的肥料。亦即換算時，一噸稻米的價格被壓低到僅剩 40 美元（時價的 25%），一噸肥料價格則被提高到 300 美元（時價的 400% 以上）。1949 年，國府向美國 ECA[6] 購買了 6 萬噸的肥料，亦從其他管道購得 6 萬噸。當年以 12 萬噸的肥料向台灣農民換取了 18 萬噸的

4　原文如此。據研究顯示，1951 至 1964 年美國經濟援助合計約十五億美元，故三「兆」美元應為原文誤植，實際數額不明。經濟援助數額引自陶涵著，《蔣介石與現代中國的奮鬥》（台北：時報，2010 年），頁 608。

5　指不以「貨幣」而以「現貨（尤其是農作物）」做為繳稅的方式。

6　經濟合作總署（Economic Cooperation Administration，簡稱 ECA）。此機構負責執行美國國會所通過的馬歇爾計畫〈1948 年通過之援外法案〉。此單位負責人位階等同於各會部長，可直接向總統報告。王綱領，《抗戰前後中美外交的幾個側面》（台北：樂學，2008 年），頁 132。

稻米。1949 年台灣稻米的總產量為 120 萬噸，地租從原來總收成的
50% 下降為 37.5%，因此農民的收入應該增加 1,200,000×（50-37.5）
＝ 150,000 噸。然而這增加的稻米量仍不足於換取國府 12 萬噸的肥
料。可知政府從中獲取了暴利。

　　也因此，化學肥料的進口與販賣成為政府的獨占事業。而原本要
救濟台灣農村的 ECA 肥料，反而變成壓榨台灣農民的工具。這真是
非常諷刺的事。

　　另一方面，地主農地租金減收外，稅金又激增，導致許多地主破
產。而部分農民，也因為被要求以稻米交換肥料或被迫以稻米繳稅，
陷入自家食用米不足的窘境。從結果來看，陳誠的「費邊社會主義」
的兩大政策，貨幣改革與農地租金改訂，都是用來迫使台灣民眾供養
國府的計畫。

　　如同在支那大陸一樣，國府的領導集團又開始宣傳：國府在台灣
所有軍事上與經濟上的問題，都是美國援助不足所造成。但是，如果
國府不對貪汙、浪費、獨裁、技術上的無效率及讓台灣原住民覺得反
感等事進行改善的話，無論美國再如何增加金援，也無法填補國府自
掘的「黑洞」。

　　那年的 12 月 21 日，吳國楨被任命為第四任「台灣總督」，[7] 成為
陳誠的後繼者。但在此之前，省參議會已通過次年，也就是 1950 年
的預算案，總額為台幣 1 億 7,891 萬 3,556 圓。幾乎同時，國府駐美
大使顧維鈞也不斷向美國政府要求美國在軍事、政治及經濟上給予援
助及派遣顧問團。只是，美國的回應非常消極，僅答應維持原有的
ECA 援助。

7　這裡應為諷刺之意。表示即使在「光復」之後、受中華民國統治之時，台灣仍
　如日治時期一般，受到如殖民地般的統治。

　　前面稍有提及，由於 800 萬台灣人背負著全「中華民國」，因此平均每十位台灣人要養活一個國府的敗戰兵。即使只養國府三千名國民代表、立法委員、監察委員（相當於國府三院的國會議員），一個月就必須要負擔 30 萬美元以上。再者，身為五大強國之一，國府還必須負擔龐大駐外公館的外交費用、及以聯合國安全理事會常務理事的身分支付給聯合國的會費。這些費用全都從榨取台灣民眾的民脂民膏而來。

　　以上都是國府最初正式流亡台灣時的狀態。國府深知軍事上須以台灣人作為補充兵員，經濟上若沒有美國的積極援助則無法維持，因此啟用了親美派的吳國楨，並表示將於 1950 年間，培訓 4,500 名台灣人的儲備軍隊幹部，及 3 萬 5,000 名台灣兵。政府以新的省政府 23 名省政府委員當中，給予台灣人 17 個席次，做為對新增台灣人負擔的補償。

　　陳誠僅一年的台灣統治，漸漸顯現出其對台灣人經濟榨取的猙獰本性。國府正式流亡台灣後，更徹底地以便衣憲兵壓制台灣，穩固了「蔣介石父子的台灣」之基礎。只是在此之前如同轉場般，出現了兩年的吳國楨時代。

第十章
台灣人對吳國楨（1949 年 12 月 21 日 -
1953 年 3 月 9 日）

　　吳國楨主持的台灣省政府，雖然說是一個「向美國請求援助的政府」，但 23 名省府委員當中，除了吳國楨和陳雪屏之外，其他皆是連英語的 A、B、C，或是美國政府重要官員名字都毫無認識之人。甚至，在二二八大革命時擔任高雄要塞司令，殺殘許多高雄市台灣愛國人士的彭孟緝還兼任台灣保安副司令，參與省政。彭孟緝是現役陸軍中將、蔣經國手下的「武士大將」，也是蔣經國的眼線，負責監視吳國楨的。這也是兩年後吳國楨被撤換掉最主要的原因。

　　再者，雖然表面上省府委員半數以上是台灣人，但治安、財政等重要職位仍全數掌握在大陸人手裡。台灣人除了對內為「流亡來台的國府」提供住宅與糧食、對外提供軍需與兵源外，17 名省府委員，手中並未握有任何實權。

　　吳國楨所領導的省政府，表面上看似自由與民主，實質上卻是獨裁政權。在假扮成「親美」的民主政府後不久，國府的駐美大使顧維鈞即於 1949 年 12 月 23 日拜訪了美國國務院助理國務卿白德華（William W. Butterworth），並遞交了備忘錄，懇請美國為國府提供包括軍事、政治及經濟顧問團的積極援助。然而，1950 年 1 月 5 日美國總統杜魯門先生發表聲明，表示為了避免美國捲入中國內戰，無法再對逃難至台灣的國府提供任何援助及諮詢。

　　支那大陸崩潰的同時，台灣的負擔也急劇增加。再加上沒有美國

迅速提供積極的援助，台灣無疑面臨著前所未有的危機。國府對於在台灣所有支出，唯一的殺手鐧就是濫發台灣銀行券。因此，僅在吳國楨執政兩個月後，新台幣兌換美元的價值隨即減少了一半，從半年前貨幣改革時的 5 圓兌換 1 美元，變成 10 圓兌 1 美元。

　　為了防止通貨膨脹繼續惡化、試圖增加生產，填補擴張的軍事、行政各項費用，吳國楨開始提倡節約物資，並發表了下述七項「新政策」。

（1）所有軍事費用、政府機構及公營事業團體的各項存款，不得存放於台灣銀行以外的其他地方銀行。

（2）「幽靈部隊」消除後，定期、確實地支付軍隊薪資。

（3）扶植民間工業及合法企業，嚴格取締非法走私。

（4）強制要求富裕階層購買「救國公債」，對欲前往台灣島外旅行者徵收高額的「國防獻金」。

（5）開放民間購買公有土地及住宅（以日人留下的為主）。

（6）為獎勵生產，擴大灌溉工程的維修及電力的供給。

（7）適用激進式累進稅率。

　　這些新政策雖是為了增加政府收入而設，但從結果來看，卻只是肥了政府官員與便衣特務的荷包。一般大眾特別是台灣人，收入未增反減，對國家全體經濟而言完全是弊大於利。

　　無論如何，第一，台灣銀行獨占了所有大筆交易，亦即獨占了政府機構與公營事業團體的存款，這對在各鄉鎮設置分行的地方銀行造成極大的打擊。再者，台灣銀行的分行只設置在大都市，因此鄉鎮的政府機關與公營事業團體為了存款，不得不浪費無謂的時間與費用。

　　第二，若上級軍官非真正正直之人，絕對無法根除「幽靈部隊」。因為，究竟誰能來追究是否有「幽靈部隊」呢？即使是電力公

司的收款人員，都不敢到兵營抄電錶。誰都知道，若為了調查「幽靈部隊」而進入兵營，將會被揍的半死。

第三，援助民間工業與合法企業這件事，結果卻演變成與國府有深厚關係的「官僚資本家」相互勾結，一般台灣大眾完全沒有因此受益。而且，眾所皆知的事實是，海關及海軍的高級軍官才是最大的非法走私者。

第四，誰必須購買「救國公債」呢？國府所謂的「有錢人」指的是擁有土地、住宅等不動產持有者，他們全部是台灣人。這樣一來，那些從大陸攜帶大量金塊與美元逃難來台的「大陸超級富翁」，就無需購買了？針對要收取從台灣前往海外旅行之人「獻金」這件事，因大多數的支那人都會以「公出」的名義到海外出差，結果「支付獻金者」，只有與國府官員沒有私交的台灣人。

第五，公有財產的釋出成為國府官員收受賄賂的額外管道。不論何種標案，若事前沒將「銀彈」送到相關負責官員手上，就絕對沒有得標的可能性。關於這些貪汙收賄的技巧，全世界無人能出其右。

第六，若政府規定以極低廉的公定價格收購生產品的話，無論如何獎勵增產，一定不會出現任何效果。

第七，最後，針對吳國楨所提的七項施政方針一一予以反駁。稅率的修正看似一般大眾因此獲益，但是實際上課稅的焦點聚焦於台灣人身上，加上「救國公債」的分配、「臨時救國捐」等等各式各樣的方法，就像大東亞戰爭末期，日本東條政權[1] 壓榨國民所採取的手

1　東條英機內閣成立於 1941 年 10 月。在當年 11 月上旬的御前會議決定於 12 月初對美英開戰，於對美交涉時突襲珍珠港而掀起太平洋戰爭。此後積極推動戰爭並控制人民，嗣設翼贊政治會使政黨服從政府，復創設大東亞省以統管殖民地及占領地區。又新設軍需省並召集大東亞會議等事，但自 1942 年夏，日軍節節敗退，內閣面臨難局，1944 年 2 月東條兼參謀總長，嶋田海長兼軍令部長意圖加強軍部獨裁，但隨著日本敗象愈濃，國內開始批評內閣，並展開倒閣運

段。這種最新的「課稅」方法，一條條連續展開直至今天。

　　僅過了二、三個月，不知道吳國楨是否已發現上述的「七條施政方針」對內對外都窒礙難行。1950 年 3 月 1 日，蔣介石從「退位」到「復行視事」，以「中華民國大總統」的身分正式「君臨」台灣。從那時算起的一週後，「費邊社會主義者」陳誠被任命為行政院長。同年 3 月 9 日開始的 50 日內，雖然吳國楨兩度提出辭呈，但基於最初即被設定為「請求美援」的角色，吳國楨獲得慰留，並被授予行政院政務委員的新職銜。吳國楨政權從就任開始就困難重重的內幕原因是，以吳國楨與王世杰為首的「親美派」，和以陳誠與蔣經國為首的獨裁軍閥，兩者間的衝突日益檯面化。四年後雙方爆發嚴重衝突，進而導致吳國楨逃亡美國與王世杰失勢。

　　因受美國教育，而看似深受西歐文化薰陶的吳國楨，每與外國人見面時，總愛吹噓沒有任何台灣人對於他的施政感到不公或不滿。其實自由與民主的思想對於吳國楨而言，僅是一種偽裝，他身上流淌的血，仍是典型普遍支那政客所持有的貪汙、陰謀、誘拐及暗殺的血液原型。

　　正好在吳國楨上任後僅十天的聖誕節前夕，在台北由大陸人經營的公園飯店（Park Hotel）舉辦了一場每位參加者必須支付 40 圓（美元 7 美元）入場費的舞蹈派對。派對舉行的當下發生原因不明的火災，飯店完全被燒毀。從這場派對逃出的參加者幾乎全是大陸人，只有極少數的外國人。圍觀的台灣人雖對外國人伸出了援手，但對大陸人卻採旁觀的態度。

　　為了防止火勢漫延，台北市近郊的消防隊、甚至軍隊都出動了。

動，致使內閣於 1944 年 7 月垮台。參見沈覲鼎撰，《日本簡明百科全書》（台北：華岡，1973 年），頁 303。

滅火的過程中竟然發生台灣人所組成的消防隊與國府軍隊衝突的情況。最後，台灣的消防隊留下一名死亡的國府軍官及數名受傷者，在暗夜中帶著一名受傷的同伴逃離了現場。

之後吳國楨一網打盡了全島反國府的台灣人及國府的批評者，做為對上述事件的報復手段。這些受害者幾乎全是參加二二八革命者的親戚，或是獨立運動的地下工作人員。其中某些人當日即被槍決，更有上千人被流放到火燒島。[2] 這個帶著「民主學者」模樣的「政治家」，竟有如虐待狂般的殘暴個性，令台灣人不敢置信。然而，經過兩年，吳國楨流亡美國時，他對美國大眾表示，施行如此暴政並非自己的責任，而是他的政敵蔣經國一手策劃的。

在那之後的 1950 年 1 月 15 日，受徵召的 4,500 名首批台灣人儲備幹部，在他們的親朋好友舉辦歡送宴會、準備入營時，身上披掛著紅色彩帶，前導旗幟則為「祝○○○君入營」，在街頭遊行。這樣歡樂的氣氛對大陸人而言，宛如台灣人在一夜之間變成願為國府「盡忠報國」的模樣。但他們沒有注意到的是，這一群即將入伍之人所唱出的軍歌裡最初的兩行歌詞為：

替天行道、打倒不義

我們的士兵忠勇無雙

2　綠島的舊名。關於火燒島舊名眾說紛紜，有一說為清嘉慶年間大火焚燒島嶼，又有說是黃昏時分，從外海遠眺這座島嶼時，有如火燒。台灣日治時期，日本人已經在該島上設置「火燒島浮浪者收容所」。所謂浮浪者，其實大多為黑道分子。選擇此島的原因是四面環海，犯人脫逃困難。戰後台灣進入戒嚴時期，火燒島成為羈押軍事、政治、治安案件犯人的場所。1951 年至 1970 年間為新生訓導處時期，1972 年至 1987 年間為綠洲山莊時期（正式名稱是國防部綠島感訓監獄時期），其中綠洲山莊乃因應 1970 年泰源事件而興建之高牆封閉式監獄，與新生訓導處時期之空間型態差異大。後來轉型為重刑犯和幫派分子的收容所。目前綠島中寮村「矯正署綠島監獄」依舊持續收容全台各監獄難以管教之罪犯。

　　諷刺的是，這首軍歌曾經是為了與國府作戰，而從日本人那習來的。今日卻變成為國府出征中共而高唱的歌。台灣人想到只要穿上國府的軍服，從此再也不會受到大陸人的歧視，因而充滿歡喜並認為值得慶賀。何況他們內心有著「其他真正的目的」這層深遠的謀略。

　　1950 年 1 月 15 日，在 4,500 位台灣人儲備幹部的入伍式上，吳國楨致詞時以激勵的口吻說道：「各位將成為反攻大陸的指揮官！」。這些儲備幹部因忍受不了來自大陸的教官素質低劣，當晚在淡水的兵舍就因瑣事起了爭執，並演變成相互鬥毆。台灣人儲備幹部更因對衣、食、住感到忿忿不平，毅然於同年 1 月 21 日在屏東軍營裡發起罷工、要求改善生活。第一，由於軍營中沒有餐廳，導致他們不得不在竹蔭下或樹下吃飯。第二，因為沒有廁所，他們只能在草地上方便。第三，由於容納數千人的屏東軍營裡連一個浴桶或浴池都沒有，所以入伍一週完全沒有清潔全身的機會。台北國府一聽到此消息，立即謀求暗中壓制的對策，但是由於外電頻頻報導此事，國府撥了二萬元作為興建餐廳、浴室及廁所的費用，以為善後的方法，也是一種應急的處置。而國府評論員稱這些儲備幹部為「百萬富翁的紈絝子弟」。然而實際上在台灣人之間，如果以舊台幣計算應有無數的「百萬富翁」，但若以新台幣計算的話，堪稱富翁的寥寥無幾。

　　另外，原來預訂於同年 3 月 15 日徵召 35,000 名台灣兵一事，由於營舍及其他設備的問題，不得不延後半年實施。但是對國府而言，要讓台灣青年接受支那式的訓練、接受低能指揮官的領導、教導他們像是近乎絕望夢想般的反攻大陸思想，實在是非常困難的事。（至1956 年止，18 萬台灣青年組織成的 12 個師，是在美國的台灣防衛司令部成立之後開始進行訓練的。）

　　吳國楨擔任台灣省府主席後，立刻任命沒有半點學歷與經歷的

蔣渭川[3]為民政廳長。為此吳國楨所領導的 20 位省府委員集體提出抗議。然而吳國楨以蔣渭川是知名人士，且不管怎麼說在美國的對華白皮書中出現了蔣渭川的名字……做為辯解的理由。但因為一般台灣人也拼命反對此任命案，使得民政廳廳長一職不得不由楊肇嘉[4]取代。

　　吳國楨流亡美國後，向美國民眾宣稱他統治台灣兩年半的期間，

3　蔣渭川（1896-1975），宜蘭人，1912 年畢業於宜蘭公學校。日治時期，長年協助其兄蔣渭水籌措政治活動所需之財務，並曾擔任台灣文化協會的財務、台灣民眾黨本部的執行委員及台灣工友總聯盟的指導顧問等。1939 年，當選台北市第二屆民選市議會議員。戰後努力學習中文，加入國民黨，並發起三民主義宣傳大會，協助國民政府接收工作。之後組織「台灣省政治建設協會」，並參加 1946 年省參政員選舉，但僅成為台北市選區遞補首位。二二八事件爆發後，曾出面調解，因感到生命受到威脅逃亡一年之久，並寫有《228 事變始末記》一書。1948 年，遞補了在二二八事件喪生的王添灯省參議員的職務。1949 年，被任命為省府委員兼民政廳長。但「半山」派主導的省參議會，以罷黜作為抗議手段，拒絕蔣渭川的出任。蔣渭川因此辭省政府民政廳長一職。任期只有 42 天。之後出任內政部常務次長、行政院顧問等職。台灣省諮議會，《台灣省參議會、臨時省議會暨省議會時期史料彙編計畫：蔣渭川先生史料彙編》（台中：台灣省參議會，2009 年），頁 1-15。

4　楊肇嘉（1892-1976），台中縣清水人，是日治時代台灣自治運動史上的重量級人物。1925 年，被推選為台灣議會設置請願代表，與林獻堂等人赴東京請願，從此積極投入台灣人政治運動，後進入早稻田大學政治經濟學系。就讀期間，提攜後進不遺餘力，資助江文也、陳夏雨、李石樵、郭雪湖、張星賢等進入各校求學。1927 年，並被推舉為台灣民眾黨駐日代表發動輿論，向日本要求台灣人的參政權，故有「台灣獅子」之稱。1930 年，返台擔任台灣地方自治聯盟常務理事，提出「完全地方自治制」的主張。1935 年赴日反對有損台灣農民利益的「米穀統制法案」。19 年之後，戰爭氣氛日益濃厚，楊氏舉家移居東京。1943 年，赴中國上海經商。1945 年，日本戰敗，被推舉為「台灣旅滬同鄉會」理事長，並擔任台灣重建協會」分會理事長，向中國政府交涉台灣人的權益以及回台遣送問題。1946 年，提出「撤廢行政長官公署，改設省政府，另任賢明廉潔之士主持省政」，而得罪陳儀。同年，國民參政員選舉，乃因故落選。1947 年，二二八事件爆發，赴南京提出和平解決之建議，並返台調查，但被隔離監視，旋坐原機返南京。1950 年，出任台灣省政府民政廳長，負責辦理戰後首屆地方自治選舉。1962 年，應聘為總統府國策顧問。〈清水六然居：楊肇嘉留真集〉，「吳三連台灣史料基金會」：http://www.twcenter.org.tw/publications/a02_08/a02_08_03（點閱日期：2021 年 7 月 15 日）。

致力於協助美國對台灣的經濟援助,及在台施行美式民主主義。但實際情形是,他只是不斷陷入與蔣經國間權力與金錢爭奪的泥沼之中。在權力上,他一舉被蔣經國與陳誠的聯合軍擊潰;在金錢的爭奪中,他的重要心腹、財政廳廳長嚴家淦,投向蔣陳兩人的聯合陣營,導致吳國楨最終失勢並流亡美國。嚴家淦卻因此受到庇護,繼續在俞鴻鈞[5]的省府擔任財政廳廳長,並在俞升任行政院院長時,被任命成為現在的台灣省省主席。

承如前章所述,若將陳誠譬喻為「虎」,魏道明是「狼」,則第三任台灣省主席陳誠就是「獅」,而第四代的吳國楨應比擬為「狐」。回顧到吳國楨時代為止,國府四年的台灣統治,最初的陳儀時代連一位台灣籍的省府委員也沒有;到魏道明與陳誠時代,台灣人則在 15 位省府委員中占了 7 位。到了吳國楨時代,23 位省府委員中台灣人占了 17 位,及一位行政院政務委員。[6]這些也只是因為全體台灣人負擔著國府的一切,國府對於台灣人在「反攻大陸」的戰時體制下被強迫負擔「人」、「財」、「物」等一切所做出的些微報酬。而且這些好處僅由極少數的特權階級所享受。此時有台灣人堂堂地站出來,成為總統選舉的候選人。然而,並非是中華民國的總統候選人,而是台灣共和國的總統候選人。1956 年 2 月 28 日,流亡在日本東京,由 24 個台灣縣市代表所組成的台灣共和國臨時國民議會,推選我廖

5　俞鴻鈞(1898-1960),1936 年任上海市長,1944 年繼孔祥熙之後任財政部長,1945 年兼任中央銀行總裁。1948 年,辭去財政部長職,專任中央銀行總裁。時國共內戰,舉國不安,俞鴻鈞密將中央銀行庫存黃金以海關艦艇悉數運台。蔣介石在台復職後,復任財政部長、中央銀行總裁,並兼任交通銀行及農民銀行董事長。1953 年受任台灣省政府主席,任內首先解決日趨嚴重的糧荒問題。1954 年,被提名為行政院長。1958 年 7 月辭職,專任中央銀行總裁,任內病歿於寓所。劉紹唐編,《民國人物小傳第二冊》(台北:傳記文學,1977 年),頁111-112。

6　是為蔡培火。

文毅成為台灣共和國臨時政府的總統。希望在聯合國中立的監視督導下，在台灣島內以自由選舉的方式，藉以挑戰蔣介石；讓台灣住民選擇是要支持逃亡到台灣的國府，亦或是台灣共和國。這即是從「現在的台灣」──國府占領統治下的台灣──演變而來台灣人的台灣政治觀。在政治面，顯現出來的是台灣民本主義。這是第二章的結論，也將在「台灣人的台灣」到「台灣獨立」等章節做詳細的說明。

　　蔣介石現在每天在草山行館中做著白日夢，期待第三次世界大戰早日爆發，聯合國軍隊消滅中共後，美國的軍機與軍艦，再一次將他的臣子家眷送回大陸。然而，這美夢有百萬分之一的可能性嗎？何時會爆發第三次世界大戰呢？今年嗎？絕對不可能！明年的 1958 年嗎？也根本完全沒有這個可能性！

第十一章
台灣人對蔣介石父子（1950年3月9日-）

　　如前章所述，1950年3月9日蔣介石從「退位」到「復行視事」，在台灣以「大中華民國」大總統的身分統治台灣。他深信華盛頓的美國當局絕對不會放棄他，而且第三次世界大戰在「不久的將來」也一定會發生，美國的軍機與軍艦將會再一次，朝反方向橫渡台灣海峽，將他國民黨的「勝利者」與「征服者」送返大陸。人都會以自己的動機來推理思考。1949年夏天，一位從大陸來台避難的道教道士，在台北市街頭公開預言，六個月後世界大戰必定會爆發。又有一位中國青年黨[1]的幹部，對筆者明確表示1950年底爆發世界大戰的可能性超過90%。因為他斷定1950年以後，無論如何，全世界的民主國家陣營再也無法擊敗共產國家陣營。

　　1950年3月9日，陳誠擔任行政院長後，為了取得思鄉情切的多數立法委員的信任，立即承諾「二個月後將反攻大陸」。即使蔣介

---

[1] 1923年12月2日成立於巴黎郊外。當日推曾琦為委員長，通過黨章黨綱，發表創黨宣言。此後，在巴黎發行「先聲週報」，與共產黨出版之「赤光半月刊」進行言論上的鬥爭。展現出其反共之立場。1924年7月曾琦、李璜等自法返上海，與左舜生等人發刊「醒獅週報」，鼓吹國家主義，反對聯俄容共。1929年於第四次全國代表大會時，公開黨名。1938年得到國民黨的承認。1946年基於反共的信念，率先表示支持國民黨，在中國共產黨及民主同盟的反對下，進行制憲工作。1949年中央黨部遷台，並於1950年發行「民主潮」月刊。青年黨由於參與制憲，成為黨禁之下台灣少數合法的在野黨之一。參見薛化元撰，《台灣歷史辭典》（台北：遠流，2004年），頁132。參見沈雲龍撰，《中國現代史辭典—史事部分—（一）》（台北：近代中國，1987年），頁202-203。

石及國民黨把陳誠當作最後的王牌，對於如此機密的軍事行動，陳誠怎能在國會殿堂上公開宣揚，而且也不該輕率地承諾在政治上如此孤注一擲的政策。尤有甚者，陳誠曾因未能履行「收復滿洲的承諾」而一度失勢……。

再者，就算在蔣介石有生之年真的發生「反共世界大戰」，台灣兵真的會為他而戰嗎？大陸民眾會像 1945 年時把他視為民族英雄迎接他嗎？又民主陣營裡的各國，是否會再次接納他成為其中一員？這一切都是未知數。因此，蔣介石「反攻大陸」的可能性幾乎為零，也沒有再進一步深入探討的必要。

然而，這一切一直以來都是政客蔣介石故弄玄虛，也是欺騙美國人的手段，如同前章談及的讓「吳國楨劇團」的演員上場，試圖懇求美國積極援助。因為當時杜魯門政權已完全放棄蔣介石了。更令蔣介石吃驚的是，韓戰爆發之後，亦即杜魯門宣布台灣中立化政策四個月後的 1950 年 9 月中旬，美國國務卿艾奇遜（Dean Gooderham Acheson）在聯合國大會中提出「討論台灣將來地位」之議案。宛如大陸以占卜為生的道士所預言的一般，韓戰爆發當下，對國府而言就像是爆發了世界大戰一般，似乎早晚可以返回大陸了。但令他們失望的是，杜魯門竟然發表台灣中立化政策。接著，聯合國大會以高於三分之二再多二票的 42 票，通過艾奇遜所提出關於台灣的美國議案一事，對國府來說更是致命的大事件。

如前所述，1945 年到 52 年間的四位國府台灣省省主席，雖都是蔣介石任命的，但在辭職後有兩人流亡海外，首任的陳儀在日後任浙江省省主席的任內，被以與中共私通的罪嫌逮捕，送至台北槍斃。陳誠被拔擢為行政院院長，今已高升至副總統之職。也如前章所述及的，吳國楨辭職後，國府在台灣的實權完全掌握在蔣經國與陳誠聯盟手中，其他派系全然被忽視。蔣介石也不過是這個聯盟的象徵，因此

吳國楨的後繼者俞鴻鈞，以及現職的嚴家淦，雖然都擔任省主席，但實際上台灣正是「蔣介石父子的台灣」。

如同俞鴻鈞取代吳國楨擔任省府主席一般，行政院院長陳誠將孫立人調離陸軍總司令一職、轉任蔣介石總統幕僚長[2] 這個閒缺。再讓自己直系親信黃杰[3] 接任陸軍總司令。另一方面，惡名昭彰、在二二八革命中殺害許多台灣人的彭孟緝，[4] 只因為是蔣經國的重要親信，而被任命為台灣保安司令，三年後更被拔擢為三軍參謀總長直到今日。蔣經國本人，則始終擔任「國防部政治部部長」一職，並派遣其親信的政治委員，深入陸、海、空各中隊，指揮數以萬計的便衣特務，就連憲兵與警察都聽從其命。一言以蔽之，他在台灣實施了蘇聯的 GPU[5] 制度。

---

2 應為參軍長。

3 黃杰（1902-1995），字達雲，湖南長沙人。黃埔陸軍官校第一期畢業。先後參加東征、北伐及抗日戰爭。抗戰勝利後於當（1945）年 12 月，出任中央訓練團教育長。1949 年奉命擔任湖南省主席兼第一兵團司令官。年底率兵撤退從廣西至越南，擬繞道回台，卻在越遭法國拘留，直至 1953 年中始返台。1954 年調任陸軍總司令兼台灣防衛總司令，與美軍顧問團全面配合。1957 年，奉調總統府參軍長。次年出任陸軍總司令兼台灣防衛總司令，任滿調任總統府參軍長。1958 年擔任台灣警備總司令，1960 年晉升陸軍一級上將。1962 年出任台灣省主席。1969 年調任行政院政務委員兼國防部長。《國史館現藏民國人物傳記史料彙編第二十輯》（台北：國史館，2000 年），頁 368-371。

4 彭孟緝（1908-1997）字明熙，湖北武昌人。黃埔軍校畢業後，參與東征北伐，後奉派至日本野戰砲兵學校深造。抗日戰爭爆發後，因淞滬保衛戰役中重創日軍，當時被譽為抗日戰爭英雄。戰爭結束後，於 1946 年奉命調台灣高雄要塞中將司令。二二八事件發生後，被擢升為台灣警備司令，並於 1949 年出任台灣保安副司令。1950 年，革命實踐研究院軍官訓練團成立，彭孟緝奉命出任主任，之後成立高級班及石牌等訓練機構，均由其負責主訓。1954 年，擢升為參謀總長。1957 年，改調陸軍總司令兼台灣防衛總司令。1960 年，再擢升為陸軍一級上將參謀總長。1965 年調總統府參軍長。1967 年，調離軍職，先後出任泰國及日本大使。《國史館現藏民國人物傳記史料彙編第二十輯》（台北：國史館，2000 年），頁 361-363。

5 格別烏，前蘇聯的特務組織，為俄語 G. P. U. 的中文譯名。全稱為「俄羅斯聯邦內務人民委員會國家政治保衛局」是蘇俄在 1922 至 1934 年的祕密警察機

　　蔣經國統治下的台灣，完全沒有集會、結社、出版的自由，就連些微的言論自由也沒有。以前日本警察拿棍棒毆打台灣人政治犯還可以理解，今日台灣卻對政治犯施以「石刑」。也就是將雙手綑綁於背後，載到台北市郊區或某個廣場上，以亂石砸死。附近居民無法忍受那種痛苦悲鳴的聲音，又被禁止對他人述說，只能懇求政府將刑場移往別處。這是 1955 年夏天從當地傳給筆者的報告。

　　1953 年之後，台灣曾發生過三次小動亂。（1）台灣北部的桃園縣大溪地區，原住民暗殺蔣介石的事件。（2）台北松山機場附近，為爭取獨立所進行的示威抗議活動。（3）活躍在台南與高雄地區的地下獨立運動等。對於台灣人的反抗運動，蔣介石一直都是以虐待附近民眾，作為報復手段。1955 年台南地區某三個部落的住民與蔣介石的軍隊發生了武力衝突。為了鎮壓反蔣部落，政府出動了大批部隊及大炮炮擊部落，令其焦土化。居民無論男女老幼一個也不留，全部槍斃。有些人則是在行道樹旁，或鄉鎮公所的廣場被勒死。

　　正因如此，台灣直到今日仍在戒嚴令中保持著沈默。但這並沒有任何效果。台灣人早在十年前的二二八大革命時，就已對國府宣戰、展開鬥爭。一項值得關注的事實是，蔣介石不輕易讓台灣青年從軍。蔣介石勉強讓台灣青年成為軍伕或接受美國的指揮，都是迫於美國的壓力。蔣介石壓根不信任台灣民眾，更何況是台灣人組成的軍隊⋯⋯。

構，簡稱「國家政治保衛局」。此組織最早的名稱是「契卡」（Cheka，全俄肅反委員會），在列寧的指示下於 1917 年成立。成立目的為保衛新生的蘇維埃政權，維護社會治安。隨著蘇維埃政權的演變，此機構多次易名。1954 年，改稱「國家安全委員會」（KGB）。冷戰期間 KGB 職能極大，凌駕於蘇聯黨、政府和法律之上。工作內容涉及國內所有領域，也同時負責監管國家意識形態安全，剷除國內反對蘇聯社會主義制度的人士（蘇聯政府稱為反動分子），在國際上也成為紅色恐怖的代名詞。

在金門馬祖前線的國軍，約有三分之二為台灣兵。對岸大陸的共軍在炮擊前，會以台語通知台灣兵即將進行炮擊，希望其進入防空洞躲避。蔣介石從大陸帶來的軍隊，早已經厭煩十數年的軍隊生活，雖不會做著反攻大陸的白日夢，但期待能返回故里、經營和諧的家庭生活；從台灣兵的角度來看，雖然樂於保衛台灣與澎湖，但卻認為反攻大陸只是無稽之談。

幾乎各個國軍單位，都彌漫著反戰思想及人心動搖等的氛圍。每晚都能逮捕到數十名從西海岸一帶兵營出逃的逃兵。由於監獄不足以收容這些犯人，因而在高雄與台南附近建立了多間臨時收容所，也把在東南海面上的火燒島，整個作為 N-22 特別收容所。此島上監禁了一千多名台灣獨立運動的政治犯。吳國楨在與蔣介石父子決裂、逃亡美國後，將此事實告知美國民眾。

大約兩年多前，美國軍事顧問團團長蔡斯（William C. Chase）提議視察台灣監獄時，國府迅速地將為數眾多的犯人移往不會被視察之處。並將超收的監獄宿舍打掃乾淨，迎接他的參訪。就這樣，美國將軍又被他們的偽民主政治所欺騙。在他的印象中，台灣監獄未如外電記者報導的那般糟糕。這也是前述所謂支那特有的「榮譽欺騙」的超級騙術。美國從艾森豪政權開始，就積極地以 MSA 援助台灣，[6] 為台灣鋪設道路及建設橋樑，並以經濟援助的方式提供台灣農民化學肥料。國府卻寡廉鮮恥地告訴台灣人，能受惠於這些善政是因為他們。

6　所謂「美援」，指二戰後美國對國外的援助。對於戰後的中華民國及台灣而言，美國的援助源起於 1948 年簽定的《中美經濟協助協定》。1949 年，國共內戰激烈，美援一度暫停。1950 年 6 月韓戰爆發，美國參戰，並派兵協防台灣。1951 年美援恢復來台，美國設置「美國共同安全總署中國分署」（Mutual Security Mission to China，簡稱 MSA），著重軍事與經濟之援助。范燕秋，〈美援、農復會與 1950 年代台灣的飲食營養措施──以美援相關檔案為中心〉，收入《國史館館刊》，第 55 期（2018 年 3 月），頁 89。

美國為防止此種誤解，今日台灣隨處可見「MSA」這樣的記號或署名。

　　從上海及南京運來台灣的黃金與美元，蔣介石一直沒運用。總是假裝財政困難，企圖強索更多美援。美國從艾森豪政權開始，投入了大量美國援助資金與物資。這些援助就用於填補如前述一般之「黑洞」。因此，台灣的通貨膨脹雖然緩慢發生，卻仍逐步上升。新台幣，在1949年陳誠時代，設定可用五圓兌換一美元；吳國楨時代貶值到十圓兌一美元，到了1954年蔣介石時代更貶到20圓兌1美元，今日已經是40圓兌1美元。若以舊台幣計算，則是160萬圓兌換1美元。（二戰剛結束時約是15圓兌換1美元）

　　今日台灣另一個不可思議的現象是，各國營企業的管理者在製作年度決算表及營業報告書時，特別注意的事是一定要在決算表的損益部分列上「小額」的盈餘。因為，如果決算表上出現虧損的話，會因為業績不佳被降級調職，但若列出的獲利太高，則可能被視為是「前途有望」的事業體，其職位將受許多人之矚目並想取而代之。如此的現象，大大增加了公款被盜領的機會。這時代最有名的國府貪汙事件，當屬楊子企業公司與經濟部長尹仲容之間發生的造船貪汙疑案。楊子企業是個資本額僅六萬美元的企業，卻從經濟部承包了建造百艘登陸艇的工程。在簽約之前，楊子公司花了15萬美元，收買以尹仲容為首的相關官員。一年後，這個公司僅交付了十數艘的船隻，並在此後分兩次向台灣銀行貸了共25萬美元的款。（當然這是在經濟部長尹仲容的批准與許可之下）然而，當尹仲容被檢舉收賄與徇私借貸款時，他以「若業者擁有熱情及誠意，為支援他的事業，政府有為其融資的『義務』……」為了自己辯護。這件事僅僅是浮上水面的冰山一角，現在蔣介石父子的台灣，秘而不宣地收受賂賄的例子不勝枚舉。

　　現在的台灣，還流行著另外一種聰明的貪汙方式。這必須告知

全世界，特別是美國人，尤其是美國的納稅者。近來美國 MSA 援助的一個方針是，以民間製造為其對象。但從那個時候開始，在台北要獲得 1 美元的 MSA，必須支付 25 分美元用以賄賂相關公務員。這變成目前台灣最流行的事。台灣的一般大眾不知從什麼時候開始被蔣介石教導成詐騙 MSA 既非非法，也非不道德的行為。不論如何，這個錢是「從華盛頓來的錢」，而且是與錢幣相同具有完全信用價值的美元。

在土地改革方面，蔣介石比陳誠更為深入。限定了土地所有權人每個人所能擁有的土地面積，其餘的土地全部處分轉賣給農民。政府以時價的十分之一銷售，且銷售價的三分之一以稻米付給、三分之一以現金、三分之一以股票，分十年期償還。國府得意於此為對抗中共最重要的政策，並以此向美國宣傳。但是，對台灣農民而言，中共的存在只是與國民黨一般，都是傲慢的、官僚的、帝國主義的一個支那政黨而已。農民的經濟狀況，正好與國府發表的結果完全相反。他們的負擔加重到以前的十倍。農民在支付地價之餘，還被課以繁雜的稅金。再加上稻米以便宜的價格、使用以物易物的方式與國府交換較市價高出數倍金額的化學肥料。國府如何利用取巧的手段來壓榨農民，在前面已運用詳細的數字做過說明了。再加上這些稅金全部是以稻米現物繳納，因此往往造成農民自家用的稻米不足之情況。

接下來，調查一下蔣介石軍隊的實際情況。號稱 40 萬大軍的軍隊，平均年齡是 32 歲，但若扣除十數萬年輕台灣兵，平均年齡則變為 36 歲。他們月薪是 50 分美元，副食品的費用為每日 3 分。因此，當看到士兵們為了要賺取微薄收入而賣血時，應該不難想像他們對國府的情感如何。

前面也曾提及，蔣介石完全不信任台灣人。因此，他絕對不會讓台灣兵持有武器。前年終於在美國的壓力下，在台灣兵要被派遣至

金門與馬祖時，才將武器交給他們。對此，我們在海外提出嚴正的抗議。然而，台灣兵一有機會就攜帶武器逃至對岸，這並非因為他們支持共產主義，只是厭倦了受國府打壓的軍旅部隊生活。

　　1955 年 1 月，海外各報大幅報導了蔣緯國（蔣介石的次子，國府軍隊的裝甲兵師團長，[7] 陸軍少將）的私人飛機被 CAT [8] 的機師開往中共，並投降一事。在台灣這種事情幾乎每日都會發生，是極為稀鬆平常的事。只是恰巧這架飛機是「蔣介石哲嗣」蔣緯國的愛機，因而成為全世界報導的新聞。國府空軍的飛行員一直伺機而動，總想著若加入足夠的油，在訓練飛行時稍微偏西，越過台灣海峽就能輕易地在廈門或汕頭機場著陸。這不單只是逃離台灣，還可以從中共處獲得優渥的獎賞。或許有些人會認為這只是一個偶發事件，但其實這完全是一面倒的情形。我們從未聽說有任何從大陸向國府倒戈的事件。今天高達 90% 逃亡至台的大陸人（包含軍隊與公務員），都期待著能在和平的狀態下重回故土。不論是台灣人或支那的一般大眾，皆認為這場

7　當時蔣緯國應是國防部第三廳副廳長，但不可否認的是蔣緯國與陸軍裝甲兵有十分深厚的關係。蔣緯國於 1945 年參與中國裝甲兵建軍和建制工作，出任裝甲兵司令部教導總隊第三處處長，後轉任戰車第四團團附。1947 年，調昇戰車第一團上校團長。大陸軍事逆轉後，負責整訓從戰場上撤出的裝甲部隊。同時出任裝甲兵副司令。1949 年冬轉進台灣，並於 1950 年奉派接任裝甲兵司令。1951 成立裝甲兵訓練中心，仍擔任裝甲兵司令。1952 年完成裝甲部隊整編工作。1953 年元配過世，蔣中正怕他在台北觸景傷情，送他入美國陸軍指揮參謀學院正規班及防空學校飛彈班受訓。因而離開裝甲兵司令部。美國受訓完回國後，於 1955 年 1 月 1 日調國防部第三廳副廳長。1958 年 9 月復回任裝甲兵司令。高仕隱，《蔣緯國進乎？退乎？》（台北：國史館，2000 年），頁 133-134。

8　CAT 民航公司（Civil Air Transport），1946 年 10 月成立於上海，結束於 1959 年。此公司是由飛虎隊指揮官、美籍將領陳納德（Claire L. Chennault）所創。最初業務是為聯合國善後救濟總署運送物資至中國內陸。中國內戰期間，民航公司成為中華民國空軍非正式的輔助運輸部門。在國民政府撤退台灣時擔起協助撤退之工作，並與美國中央情報局合作，運送補給給內陸的反共游擊隊。在韓戰及越戰爆發時，做為中情局空中武力的一支。張淑雅撰，〈CAT 民航公司〉，《台灣歷史辭典》（台北：遠流，2004 年），頁 1370。

橫跨台灣海峽兩岸的戰爭，源自於蔣介石個人的利害關係。因此從前年底，國共之間開始認真地透過各種管道進行和平談判。

這次的國共內戰中，軍事上首先從國府叛逃至中共的是北京的傅作儀，[9]再者是湖南長沙的守將陳明仁。這段時間，國府內部從爭執演變成分裂歷經了如下事件。最初也是最大的事件是，南京失守後蔣介石與李宗仁間的鬥爭；其次是蔣介石與吳國楨、王世杰一派的爭鬥；最後也是最有煽動性的是，孫立人直系將領未成功的政變。

承如前章所述，吳國楨失勢潛在的原因完全是因受到蔣經國與陳誠聯盟的打壓。他辭去省府主席後，還擔任了一年的行政院政務委員。這段期間吳國楨秘密地把美金送往美國。1953年秋，他突然前往美國。在美國，吳國楨保持沈默約半年後，次（1954）年5月突然在電視節目中出現，同時也召開記者會，接著在《LIFE》雜誌中發表評論性文章，讚揚自己的政治理論及如何努力地把美式民主介紹給台灣人，並揭露國府的內鬨，特別對於他的政敵蔣經國進行猛烈的人身攻擊。

幾乎同時，吳國楨也向正在台北召開舉行的國民代表大會（選舉總統與副總統的人會）提出國府改革意見書。國民代表大會與立法院在蔣介石的操控下，忿恨地通過了對吳國楨的彈劾案，[10]揭露了他在省

---

9 作者誤將傅作義寫為傅作儀。傅作義（1894-1974），字宜生，山西榮河人。為中華民國及中華人民共和國政治人物與軍事人物。辛亥革命時，參加太原起義，任學生軍排長，響應革命。九一八事變，率部眾參加長城戰役。1936年，國府授予革命十週年紀念勳章。抗戰勝利後，中共圍攻包綏，傅作義率部將擊退之。1946年11月，任察哈爾省主席。華北剿匪總司令成立後，任總司令，全權指揮華北軍事。1949年冬，華北軍事逆轉，共軍緊逼平津，傅作義降共，且協助解放軍和平進入北京城。參見胡璞玉撰，《中國現代史辭典—人物部分—》（台北：近代中國，1985年），頁442。

10 吳國楨（1903-1984）。1950年3月1日蔣中正復行視事，12日吳國楨除擔任台灣省政府主席一職外，被任命兼行政政府委員。但因深感與當時行政院長陳誠相處不易，故提出辭職，卻未被批准。1952年2月堅請辭職，仍被忍留，

府主席任內的貪汙事情、免除了他政務委員的職務。隨即在兩週後，
突然發佈逮捕王世杰與任顯群的消息。王世杰當時是總統府祕書長、
吳國楨政治上的朋友；任顯群曾經是吳國楨任省府主席時的省府財政
廳長、吳國楨的部屬。接著又公佈這群人曾在過去兩年間祕密地將
500 萬左右的美元送往美國的消息。這些事雖成為海內外新聞記者的
獨家報導，輿論亦沸騰了好幾個月，但最後王世杰與任顯群只受到免
職的處分。目前只知在審查中，完全不知道事件的結果。這又是典型
支那特有的「高級政治」。

　　國府中，在政治上叛逃至中共最著名的人，最為人所熟知的當屬
中共尚未渡過黃河[11]前，被國府以和平使者身分派至北京的邵力子與

<hr />

其後復請辭多次，終於 4 月 10 日，獲准辭去台灣省政府主席職務，由俞鴻鈞
繼任，仍留任陳誠內閣政務委員。5 月請假奉准，離台飛美。12 月盛傳吳國楨
嘗套取巨額外匯，並謂與王世杰去職有關。立法院、國民大會聯誼會中有人提
議，將之查辦。1954 年 1 月 2 日，吳國楨以黨員身分請蔣總裁轉知政府對所傳
徹底查明，公布真相。在苦無下文之下，擬「闢謠啟事」欲刊載在台灣諸報，
但卻被黨部祕書長張其昀所阻。不料 2 月 7 日，「闢謠啟事」突在台灣各報登
出，並由「美聯社」、「合眾社」駐台特派員搶先向外報導，但吳國楨卻不知
情。26 日吳國楨接受「合眾社」訪問時，提到「我深信目前政府過於專權」。
27 日吳國楨正式分別呈請國民大會及總統蔣中止，批評台灣當時政治的六大
問題：一黨專政、軍政之內有黨組織及政治部、特務橫行、人權無保障、言論
不自由、思想控制。立法院長張道藩先是在 3 月 4 日招待記者，列舉吳國楨之
違法亂紀情事，再於 12 日向行政院質詢「吳國楨違法亂紀案」。17 日，國民
大會通過臨時動議，要求政府明令撤免吳國楨現任行政院政務委員職務，並飭
令吳國楨即日回國聽候查辦。蔣中正據報，同日明令：吳國楨背叛國家，誣蔑
政府，撤免行政院政務委員職，在台灣省主席任內違法瀆職，應徹查究辦。當
日，中國國民黨中央改造委員會議決開除吳國楨黨籍。《民國人物小傳》第八
冊，頁 100-108；薛化元撰，《台灣歷史辭典》(台北：遠流，2004 年)，頁 352-
353。

11 原文如此，應為長江。邵力子曾於 1949 年 2 月與 4 月前往北京談判，第一次於
2 月 27 日返南京，第二次方投共。張治中則於 1949 年 4 月才與邵力子一同赴
北京與中共和談，在和談破裂，共軍發動渡江戰役 (1949 年 4 月 21 日) 後投
共。上述內容大部分引自蔣經國著，《風雨中的寧靜》(台北：正中書局，1988
年)，及李守孔著，《中國現代史》(台北：三民書局，1973 年)。〈邵力子〉、

張治中兩人。和平談判雖未成功，但這兩位政客卻直接滯留在北京未再返回國府。其次著名的是衛立煌事件。他在國府逃至台灣後找個理由前往香港。在香港停留一年多後，透過在北京的張治中直接向毛澤東確認可以保障其個人安全後，即刻飛往北京。衛立煌曾是國府在華中指揮國軍大軍團的「猛將」，現在中共利用張治中、傅作儀及衛立煌作為對台灣之國府和平解放委員會的中心人物。其他，還有目前在台北悠閒過日子的前廣西省將領白崇禧、李品仙等人，若有機會隨時都想返回大陸。只是他們被嚴密地監視著……。他們的夥伴，舊廣西的將領，現在散居各處。就如李宗仁在紐約、李濟琛在北京、黃旭初在日本這樣各自東西了。何應欽與湯恩伯也早就想流亡日本，然而何應欽礙於有重要人質留於台灣，不得不返台。湯恩伯則是前年在東京接受胃部手術，因失敗而逝世。

再者，說明一下曾造成世界新聞界轟動一時的事件。此事件是由孫立人直系將領所策劃，最後以失敗收場，但絕對是非常具有戲劇性的政變。事件發生在 1955 年春、某美軍將領來台訪問時。由於蔣介石準備與之一起去巡視在台灣南部的部隊，因此當然要挑選最優秀的師。被選上的師長是孫立人的老部屬郭廷亮。在巡視的前天晚上，派遣到此師的蔣經國直屬政治工作員得到了情資。說是這個部隊發給士兵實彈，將在次日閱兵時暗殺蔣介石與美國將領，並在台灣南部地區發動政變。政治工作員因此急速向蔣經國通報。蔣經國向蔣介石報告後，次日的巡視突然被取消，郭廷亮以下二百數十名軍官受到逮補，在他們招認了有政變計畫後，翌日全數被槍斃。

幾個月後的 1955 年 5 月，突然出現了與郭廷亮有私人關係、前

〈張治中〉、〈國共和談〉，收錄於「維基百科」：http://zh.wikipedia.org/（點閱日期：2023 年 2 月 8 日）。

陸軍總司令，當時擔任總統府幕僚長的孫立人將軍被逮補的報導。由於事情頗為嚴重，蔣介石下令組成一個以副總統陳誠為首、成員十位的調查委員會。數個月後又有報導提到，孫立人被以在任職期間監督下屬不力被判有罪。然而，委員會表示有鑑於孫立人在對日戰爭的功績，及想再給予他將來為國盡忠的機會，因此決定予以緩刑，爾後孫立人實際上究竟如何，完全沒有任何消息。只是在此之後根據某外國記者的報導，孫立人主張「台灣應由台灣人治理」，但是次日又傳出否認的消息。

政治上，孫立人與吳國楨、王世杰同屬一個派系，只是孫立人與王世杰都不像吳國楨徹底且幸運地，從曾是天堂寶島轉身變為「鬼島」的台灣逃脫出來。

第十二章
台灣民眾之聲

　　《大西洋憲章》的第二條與第三條，聲明不得在違反住民意志下，決定其現居土地的歸屬。第二次世界大戰後，我們相信每次聯合國在處理國際問題時，都遵循此《大憲章》的原則。同時根據相同原則，我們主張應該讓台灣獨立。800萬的台灣人有獨立的決心與意志，每當機會來臨，不論何時為了實現台灣獨立，都進行了抗爭。絕大多數的台灣人相信，憑著聯合國的監督、舉行自由選舉，是讓台灣成為獨立國家最合法，也是解決台灣問題最正確的方式。

　　但是，由於支那人認為台灣人與支那人同屬一個民族，所以台灣必須是支那的一部分。關於此點，國府與中共異口同聲提出一致的主張。然而就算是民族上相近，在沒有相同意志、政治理念及經濟條件的情況下，僅僅根據過去的血緣關係，就讓一個國家併吞另一國家，在法源上是沒有任何依據的。台灣人方面，也看不出基於哪些微細的相似性，必須與支那人統一成為一個國家。正如第一部「過去的台灣」已用歷史證明台灣民族主義已存在，可以打造出一個新的民族。本來一個新民族的構成要素有生物性與文化性兩個要素。這也正是民本主義中民族篇的基本原理。再者，一個國家的獨立，或是兩個國家的合併，不該只單純依著民族的異同這樣的理由做出決定。特別是在今日已經進步發達的人類社會中，我們認為此種民族論已不太受重視，決定獨立或合併最重要的關鍵，應該是根據政治論及經濟論。

因此，台灣民本主義論及的第二部「現在的台灣」也就是台灣現行的政治，並非台灣人理想的政治，且國府在台執行的經濟政策，也根本就不是為了台灣大眾的福利。今日，台灣民族所期望的政治是自主與獨立。而在自由、民主中，理想的經濟政策是以民為本的國家經濟建設。自主獨立與自由民主，是從第二部「現在的台灣」所演變出來的台灣民本主義的政治篇；國家經濟建設則是由第三部「將來的台灣」為中心所構成的。

法國的亞爾薩斯、洛林[1]兩州雖然在二戰結束後再次併入法蘭西共和國，但這兩州的住民未如台灣人一樣主張獨立。為何如此？這其中也許有許多複雜的原因，但其中最重要的是，法國中央政府不只是標榜自由、平等、博愛，實際上在法律、政治、經濟上都對這兩州的人民採取真正一視同仁的政策。可是台灣與中華民國之間，則完全不是如此，就像前文詳敘的一般，台灣人為了台灣民族的幸福與繁榮，及基於想為世界和平做出貢獻這樣的理念，因而爭取自主獨立，並為此進行爭鬥。一國的獨立，除了決定於上述原則外，我們也沒有忘記實際上的客觀條件，也就是國際情勢。國際情勢也扮演了非常關鍵的角色。

接下來，他們應該會這樣反駁吧。台灣人當初不是曾對陳儀及其所帶領的國府官員表達熱烈歡迎嗎？確實，我們是曾經歡迎過他們，但我們是因為視其為麥克阿瑟將軍所領導的盟軍之代表而歡迎之；再者，我們誤以為他們是來解放我們的特使。台灣人過去半世紀受到日本帝國主義者的壓迫，第二次世界大戰結束後、日本投降時，期待實

1　阿爾薩斯、洛林（Alsace-Lorraine）位於法國東部地區。1871 年，也就是普法戰爭結束後的一年，法國於將阿爾薩斯的大部分地區和洛林的小部分地區割讓給德國。1919 年第一次世界大戰後，德國將這塊土地歸還法國，但第二次世界大戰期間德國又占領之，直到第二次世界大戰結束後才又歸還給了法國。

現多年的夙願──民族解放。另外由於台灣人的思考方式，根本上就與支那人存在相當的差異，因此我們根本完全不瞭解支那民族的本質。

　　陳儀初抵台灣時所做的聲明，強調他是以一個公僕的身分來到台灣，而非來統治台灣。[2]我們也全然相信他的說法。但是，當我們發現他是一個比過去日本總督更為惡劣的帝國主義者、獨裁官僚時，我們視他為暴君、惡魔頭並唾棄之。二二八大革命發生時，他殘殺了數萬無辜、善良的台灣民眾，就是最明確的展現。此後台灣人就永遠留卜對支那人的怨恨與同仇敵愾之心了吧。光我們視他們為救世主迎之，而後發現原來他們是封建的征服者時，我們的失望與憎惡就已難以言喻了。

　　再者，他們也許會反駁說，所謂台灣省議會及縣市議會的台灣議員們，不是歌頌著蔣介石的高尚品德及善政嗎？只要想到這是個完全沒有言論自由的地方，如何能期待他們做為真正的人民代表呢？只有流亡海外的自由台灣人，才是台灣的真正代言人。特別是這一群議員，不是官選的御用紳士，就是與官僚資本家勾結的御用商人，他們的意見是如何地與台灣民眾的脫節就非常容易了解之事。因此，國府利用這些「扶持議員」對政府歌功頌德是當然之事。從結果而說，在

2　1945 年 10 月 24 日上午，時任台灣省行政長官兼台灣警備總司令的陳儀從上海江灣機場起飛，下午抵達台北。除日方安藤利吉大將等數十人到場歡迎接外，台灣民眾代表林獻堂、杜聰明等人亦在。陳儀在機場休息室前發表演講說，由廣播事業務處專員林忠譯成台語，並用麥克風廣播全省。陳儀表示：「本人來台，承各界熱烈歡迎，非常榮幸。本人此次非為做官而來，而是為台灣服務而來。一方為人民謀福利，一方為國家求建設。本人做事及勗勉部屬，素來奉引六大信條，即（一）不撒謊、（二）不偷懶，（三）不揩油，（四）激發榮譽心，（五）愛國心，（六）責任心，今後仍當秉此信念，努力建設新台灣。希望台灣同胞協助。上述六語，即為本人自重慶帶來之禮物。」〈陳長官昨日飛抵台北〉，《台灣新生報》，台北，1945 年 10 月 25 日，第 2 版。

這種沒有言論自由的地方，暴君說話越大聲，人民離政府也就越遠。

　　另外，他們也許又會說台灣人只是攻擊政府的腐敗與惡政，並沒有要求根本上與支那分離。也許支那人會提出許多的謬論來支持自己的論點，但事實總與他們所說的相違。台灣人除了曾在 1895 年宣布台灣獨立之外，也有許多事實支持「台灣人的台灣」這個主張的正當性。也因此根據這些事實，被軍事壓制的溫順台灣人在二二八大革命時，為了維護自己的信念及維護人權，毅然地站起來。從那個時點開始，這已成為我台灣民族的傳統，又於 1956 年 2 月 28 日由流亡在日本東京的自由台灣人，提出了第三次台灣獨立宣言，此精神承襲自令人無法忘記的、十年前的 2 月 28 日。

　　雖說台灣人有如此明確的構想是確切不移的事實，但像這樣不存在言論自由與法律的台灣，台灣人沒有自由表達自我意志的機會。關於台灣未來的地位，必須將台灣環境調整成台灣人可以自由表達自我意志的狀態，做為尊重台灣人意志的準備工作。這即是我們要求聯合國警察軍 3 占領台灣的理由，這不僅能將台灣人從國府的惡政及壓制中解救出來，也是創造出台灣人可以自由表達自我意志的必要法理依據。在這樣的情勢下進行公民投票的話，　定會有 90% 的台灣人會支持台灣獨立，亦會支持於 1956 年 2 月 28 日宣布成立的台灣共和國臨時政府。

　　我們主張，在自由情勢下舉行的公民投票，才是決定台灣地位最具正當性的法理根據。相反地，簽署像《開羅宣言》般無視住民意志的國際協定之人，將永遠被認定為歷史上最殘暴之人。亦即，唯有透過公民投票的結果決定台灣的命運，才有國際性的根據。因此，不採行此手段則不論什麼根據都是無效的，亦完全違反國際道義與世界民

3　應是指聯合國維持和平部隊（United Nations Peacekeeping Force）。

主。

　　台灣的國際地位仍處於未定的狀態。對日和平條約的結論，最後僅止於台灣從日本切割出來。但支那主張台灣是其收復的失地，否定了台灣人的民族自決權與獨立。這是因為，對蔣介石而言，台灣是一個捨不得放棄的寶地；對毛澤東而言，那是莫斯科老大要在西太平洋拉開紅色帷幕非常重要的立足點。

　　不只我們主張台灣地位未定，恐怕除了毛澤東與極左共產國家、或是蔣介石與極右國家之外，全世界的民主國家都是如此認同與主張。首先，美國在 1950 年韓戰爆發之際，杜魯門即發表將派遣第七艦隊防守台灣的聲明。直至今日美國朝野每在適當時機都會引用此聲明。

　　此外，1954 年 7 月 14 日英國的艾德里與邱吉爾共同於英國下議院做出，「我們一直向美國提議，應將台灣置於聯合國的託管之下」的發言。

　　澳洲的孟席斯首相於 1955 年 2 月 2 日明確提出，台灣地位應由聯合國機構決定的看法。加拿大的皮爾遜外交部長於 1955 年 1 月 29 日指出，台灣問題不論在政治上或法律上都是未定的。

　　1955 年 4 月 22 日，斯里蘭卡[4]的科特拉瓦拉[5]總理在萬隆會議[6]上明言，台灣應由聯合國託管，並舉行住民投票以決定台灣歸屬。印度

4　1972 年之前稱錫蘭，位於南亞－印度次大陸東南方外海。為一島國。

5　約翰・萊昂內爾・科特拉瓦拉爵士（Sir John Lionel Kotelawala）（1895-1980）為錫蘭軍人和政治家。於 1953 年到 1956 年擔任錫蘭第三屆總理。

6　又稱亞非會議。1955 年 4 月 18 日至 24 日在印尼的萬隆召開。參加會議的有 29 個亞非國家和地區的政府代表團，他們共同向世界表明，不願意捲入美蘇間的冷戰、反對殖民主義、致力於爭取民族獨立自主、並以消除貧窮和經濟發展作為自己的目標。萬隆會議被視為是不結盟運動的重要里程碑。

的尼赫魯首相於 1957 年初訪美，[7] 在結束與艾森豪總統的會談後，對記者說「在座各位或許有人持有兩個中國的想法，但是我認為中國是中國，台灣是台灣。」接著又說：「我贊成台灣獨立。」

　　日本外務省，針對 1957 年 4 月 22 日日本社會黨使節團與中國人民外交學會在北京共同發表的公報，於次日做出如下聲明：公報中提及日本與中國（中共）已到了應該恢復邦交的時候，但政府不僅受到承認國民政府台灣是中國的正式政府的限制，而且公報所提的「台灣是中國內政問題」之見解，與政府見解相異。我們認為台灣問題不單是中國內政問題，更是國際問題。

　　民族方面，支那人主張由於台灣人與支那人有血緣關係，因此台灣不該脫離中國。但事實上，完全沒有漢族血統的原住民，也被計算在被同化的人口之中，且占了總和的十分之一。其餘繼承漢族血液的人，久遠前就經由與荷蘭、西班牙、滿族等融合，近代又與日本人混血，明顯地不斷地吸收這些要素。再者，如同常有數個民族結合成一個國家一般，同個民族分割成不同國家也是可以的，不是嗎？承如前述，既然持著高尚的理想主義，主張因舊血緣關係不應分離，依相同標準他們應該提倡建立世界國家。畢竟，所有的國民、所有的人類在人類學上同屬一個祖先。

　　無論如何，我們的民族擁有約 800 萬的人口，在亞洲無論是文化或產業的發達程度，皆僅次於日本居第二位。90% 的人可以讀書寫字，是組織良好、富有守法精神的民族。

　　歷史方面，如第一部所述，蔣介石與毛澤東皆聲稱，台灣曾是中國的一部分，所以現在與將來都應是支那的一部分。然而事實上，在

7　尼赫魯首相應是於 1956 年 12 月 16 日抵達美國，並在接下來的幾天內於華盛頓 D.C. 與美國艾森豪總統舉行了祕密會談。〈尼赫魯的失敗〉，《中央日報》，台北，1956 年 12 月 21 日，第 2 版。

1624 年荷蘭占領台灣之前，支那從未主張過對台灣擁有宗主權或統治權。1661 年至 1683 年間鄭成功率領明朝的忠臣義民集體移民到台灣，當時的台灣即是一個主權獨立的國家。同一時期的大陸，則是受滿族統治的清王朝。

台灣於 1683 年到 1895 年間，由清國統治，之後至 1945 年止則由日本統治。這段時間我們民族為了追求自由與繁榮，不斷進行獨立抗爭，也就是所謂的「三年一小反，五年一大亂」。1895 年發出獨立宣言，挑戰了清國的賣台行為，反抗了日本的占領台灣。就這樣，台灣從未曾是支那的一部分。

地理方面，他們堅決主張由於台灣是鄰近中國大陸一個島嶼，因此不能從大陸分離，因而使得台灣自然必須是中國的一部分。但仔細思考，台灣海峽有 80 到 100 浬寬，不要說比萬里長城，即便是與庇里牛斯山脈、萊茵河做比較，台灣海峽都更適合成為自然的國境線。

再說，中國遠征軍至今從未曾平安橫渡台灣海峽、登陸台灣。讓駐紮在台灣的日軍投降，完全是托美軍之福。所謂以武力收復失土，是憑著美國的同情。最初難道不是靠美軍的軍艦與軍機，才得以把接收人員與占領軍運送至台灣的嗎？

經濟方面，如果說台灣與中國互補還說得通，但他們宣稱台灣的經濟高度依賴中國，並以此觀點認定台灣無法獨立。但實際情形是，台灣的產業復興與經濟建設，並非他們所能計畫及管理的事業。

總之，第一，他們是個貧困國家，別說是要復興台灣的產業，連振興自己國家的產業也無能為力。第二，他們沒有可以復興台灣產業的人才。第三，農產品與工業原料等，除了極少數的例外之外，台灣與支那之間沒有互補，反而各方面經常是處於互相競爭的狀態。最後，台灣的產業組織是與日本攜手合作建立的。現在若將合作對象從東京換成北京，不論在技術上或財務上都會產生相當大的問題，絕對

不是現在的他們可以承接。

　　現在的台灣人期待自己治理自己，直接開拓自己的命運。我們的群體意識已逐漸發展成民族主義。這與支那沒有關係，也不是從日本輸入進來的。這是受惠於台灣的土地、台灣的水以及台灣的空氣與陽光等結晶物，是上天賜予的禮物。

第十三章
從「台灣人的台灣」到「台灣獨立」

　　如同在第一部「過去的台灣」所述，已形成穩固台灣民族的台灣人，就像從四百年來的歷史也可看山一般，每當有機會，就會興起想要擺脫外族統治、以亟欲獨立的思想，持續進行抗爭。因此，此次台灣獨立運動的構想，起始於 1943 年美、英及蔣介石三巨頭的開羅宣言。

　　早在 1920 年，已故的美國總統威爾遜就提出了民族自決原則。在此前提下，台灣人對於 1941 年已故美國總統羅斯福與英國前首相邱吉爾兩人，在《大西洋憲章》發表後所發布的《開羅宣言》，抱持著極大的疑問。亦即「不尊重住民意志，更改他們正在居住的領土權」一事，是完全違反前述民族自決原則與大西洋憲章的。此宣言純粹僅僅是大國之間的交易，在 20 世紀的今日絕對無法受到世人的支持。然而，當時的台灣知識分子在不知道開羅宣言、身處於日本戰時體制下的台灣島內與日本勢力範圍的情況下，無法對此表示任何意見。

　　太平洋地區的盟軍在次（1944）年 10 月終於攻抵菲島。在開始登陸雷伊泰島[1]的同時，也持續不分晝夜般地對台灣全島進行轟炸。

1　雷伊泰島（Leyte）是菲律賓群島中的米沙鄢群島的島嶼之一。第二次世界大戰時麥克阿瑟在 1944 年 10 月 20 日從此地涉水登陸，並說「我回來了」。之後與島上日軍激戰，以此島收復菲律賓。雷伊泰灣海戰於 1944 年末發生在菲律賓雷

另外，次年的 1945 年初春，盟軍的海軍機動部隊一而再再而三地接近台灣東海岸。在感受到盟軍登陸台灣島迫在眉睫的同時，台灣中南部住民的領導者間，開始在私底下極隱密地推敲著台灣治安維持政府組織的構想，以迎接盟軍在西海岸的登陸。意即，當時駐紮在台灣的日軍所擬定的迎擊美軍的作戰準備是，捨棄海岸及平地，預定在中央山脈的山區對抗盟軍。因此，居住在中南部平原的台灣人領導者，想在這將來臨的風暴之後，實現以自己的力量治理自己的鄉里這個數百年來的夙願。同時意欲證明，與盟軍合作的台灣人不應該背負太平洋戰爭的責任。

但是，盟軍中途改變作戰計畫，跳過台灣島，毅然登陸沖繩島進行作戰。若當時盟軍登陸台灣，也許今天台灣問題就不會如此複雜，而會比較簡單一些吧。

在日以繼夜的轟炸與緊張之下，台灣人迎來了二戰的結束。在台灣中南部，地下過渡期中的自治政府建立運動浮上檯面，搖身一變成為台灣民族精神振興會。此組織的主張是「反殖民地主義」與「台灣人的台灣」等。以此為中心的思想，隨即大規模地在台灣的政治中心台北展開。此時，台灣民眾懷抱著極熱烈的渴望，準備迎接從大陸來台的接收官員與盟軍。但是，大部分無條件迎接大陸人士的台灣民眾，對於實際情形的認識確實是不夠充足的。

結果就如前述一般，在看到重慶來的官僚們的接收政策，七十九[2]軍的士氣、行動及他們的裝備時，台灣民眾立刻打消戰爭已

伊泰島附近，是第二次世界大戰中規模最大的海戰，也是日本海軍最後一場投入大規模戰力的戰事。這場戰役由 4 場海戰組成，耗時 4 天，有將近 400 艘艦艇投入，堪稱是歷史上規模最大的海戰。美國的勝利不僅打擊了日本的海軍實力，也為後來美軍成功攻下菲律賓群島打下基礎。〈雷伊泰島〉，「維基百科」：https://zh.wikipedia.org/（點閱日期：2021 年 8 月 1 日）。

2　原文如此，應為七十軍。

結束的這個想法。亦即,暴露了高智商、已受過相當程度公民訓練的民眾,接受低智力,未受過公民訓練的人們統治的矛盾性。

另一方面,台灣經過日本 50 年的統治,無論在產業、經濟、文化等各層面來看,都呈現出與支那非常不同的特色。就如同第一部「過去的台灣」,與第二部「現在的台灣」的各章節所詳敘的一般。由於是一個「特殊區域」,所以當時的台灣人認為應該讓台灣成為一個高度自治區。針對台灣內部,極力主張起用台灣人,亦即應該是「台灣人的台灣」這個思想瀰漫全島。然而國府不僅一點都不考慮台灣人的主張與要求,另一方面,在經濟上更如前述一般開始進行掠奪與榨取。結果在接收後不到一年半的時間,就爆發了 1947 年的二二八革命。國府大屠殺的結果,他們把事件的責任歸咎於台灣人的領導者,對他們發佈逮捕令,試圖做為處理此事件的方式。

這些台灣人領導者大多在事變中遭國府暗殺,倖存者或流亡海外,或留在島內。留在島內者最後屈服在政治下,經自首後被釋放。

飽嚐此大革命的痛苦經驗後,台灣人對「聯邦自治」的幻想完全破滅,「台灣人的台灣」這個構想則迅速發展,轉變成為完全的「台灣獨立」。可以看到的是,台灣人領導者間對這新舊兩個潮流,即「聯邦自治」與「台灣獨立」的思想,在二二八革命的抗爭中有著對立的主張。但大屠殺發生後,存在於中間的思想已完全消失,亦即意志薄弱的伙伴與「半山」(一半支那人的意思)聯手,成為國府的御用紳士。然而,真心為了台灣民族之幸福,決心繼續抗爭的領導者們,在所有熱血愛國的台灣青年及絕大多數民眾的支持下流亡海外。左、中、右三派的領導者們逐步集結在香港。這些人最初在意見上分成兩派,即「獨立派」與「託管派」(聯合國信託管理派)。經過多日的辯論,雙方調整了各自主張後,做成決定以聯合國託管是為手段,獨立是為最後目標。雙方也一致認可運用武力製造島內被部分占領的

既成事實，以此手段促使聯合國出面干涉、仲裁。

這段時間不提意識型態的差異，因此一樣流亡於海外的少數台灣人國際共產黨員也公開支持台灣獨立。就這樣結合成台灣再解放聯盟。這個聯盟代表 700 萬（當時）台灣人全部的民意，於 1948 年 9 月 1 日對聯合國提出最初的請願書。之後，至 1950 年 5 月改組為台灣民主獨立黨為止，每六個月就以該聯盟的名義向聯合國提出請願書或備忘錄。此期間我們的主張都是一貫的，持續建議處理在台的蔣政權、台灣由聯合國臨時託管、應在三年後以公民投票的方式決定台灣的獨立。

但 1949 年中共席捲整個支那大陸後、新政治協商會議在北京召開時，除了流亡在香港的中國民社黨左派（右派與國民黨合作）外，在中共的勸誘下所有支那各黨派的流亡政客都前往北京赴會。

此時，舊台灣共產黨員也脫離台灣再解放聯盟北上。這是由於台灣共產黨員們意志薄弱，沒有自信可憑著台灣人自己的手來實現台灣的獨立與自由，而成為看似強大、新興中共的傀儡，並想藉此解放台灣。他們一躍成為中共「新貴」或「新要人」，恣意地享受物質生活，頗為得意洋洋。對他們而言，光想到沒有強國庇護、前途茫茫流亡革命者的困苦，早就無法忍受了吧。

因此，台灣再解放聯盟強化了忠實的台灣民族愛國同志的團結，對內在台灣島內發展全島性的地下組織，對外則向台灣四周的鄰近國家表達台灣民族的願望以獲得同情。然而由於中共勢力南下，置於香港與九龍，提倡反共反蔣的台灣再解放聯盟本部活動漸感受限。與此同時，兩年前開始，在先行前往日本進行地下工作的盟員的努力下，聯盟在日本的基礎已逐漸穩固。因此，1950 年的春天將已經設立在香港三年的本部移至日本東京，並統合了在日的台灣愛國各團體，於同年 5 月成立了台灣民主獨立黨。作者也於 1949 年秋天訪問馬尼

拉,向菲國的朝野提出台灣人的願望後,於 1950 年 2 月抵達日本東京。於此,自由台灣人代表全民族清楚明確地向中外宣示,台灣民族期望的是民族的民主獨立,這種獨立與蔣介石占領統治下台灣的獨裁獨立,以及在北京的台灣共產黨一派未來極有可能提倡的共產獨立是完全不相同。我們與左右這兩者畫下明確的界線,台灣民族要的是反共反蔣、永久中立。就這樣,台灣民族第三次獨立建國的理論與實踐都已穩固,行動也逐步地向前邁進。

但是,好事總是多磨,此時台灣民主獨立黨受到一大打擊。盟軍司令部在國民黨政府駐日代表團[3]的壓力下逮捕身為黨主席的筆者。而宣傳部長莊要傳[4]或許中了第五縱隊的圈套,不明原因猝死。以台灣島內的地下工作委員會主任委員黃比得、[5]副主任委員廖史豪[6]等及

---

3 正式名稱為中華民國駐日代表團。中華民國駐日代表團,為 1947 年 4 月 19 日成立之中華民國政府派駐日本的外交代表團。屬於盟國管制日本委員會體系的該代表團,負責協助美國與盟軍占領日本總司令部單位之中國駐日軍事與外交事務,最早名為盟國對日委員會中國代表團,後使用中國駐日代表團之名至 1948 年。

4 莊要傳(1915-1950),台北萬華人。1939 年通過日本外交官考試,是日本統治台灣五十年中僅有的三位通過日本外交官考試的台灣人。但因身為殖民地台灣人民,而無法在外交部獲得職位。1940 年自日本中央大學法科畢業,1941 年進入東京朝日新聞社,1944 年成為該社香港特派通信員。二戰結束後,莊要傳在 1946 年回到台灣,任職於台灣銀行,並在二二八事件後投入台灣獨立運動,1948 年 10 月流亡香港,11 月成為再解放聯盟在東京的代表。關於莊要傳之死,有多種說法。根據黃紀男的說法是,在與一群來路不明的台灣人一起吃飯時被毒殺;台灣省警務處刑警總隊則認為是廖文毅被盟軍總部逮捕時,莊要傳意志動搖,而被台灣民主獨立黨藍家精所「制裁」。陳翠蓮,〈冷戰與去殖民:美國政府對戰後初期台灣獨立運動的試探與評估〉,《台灣史研究》,第 26 卷第 3 期(2019 年 9 月),頁 105-106。

5 本名黃紀南。1947 年,二二八事件爆發前的二個星期,因出席了一場廖家兄弟批評陳儀政府的演講會,而與廖文毅相識。1948 年 1 月赴香港投靠廖文毅,並在「台灣再解放聯盟」成立時,擔任祕書長。

6 廖文毅的姪子。廖史豪父親為廖文毅的大哥廖溫仁。母親為廖蔡綉鸞。

中央基層幹部為首的多名獨立黨員被逮捕。筆者被監禁 7 個月 [7] 後獲得假釋，但此後兩年左右的期間只能潛伏在被占領下的日本，幕後指揮台灣獨立運動。黃比得與廖史豪在台北受到國府的審判，被以反國府罪各判八年與七年的有期徒刑，其他黨員亦因相同罪名被判四到五年的刑期，並移至火燒島監禁。如前所述般，由於獨立黨完全劃清與台共的界線，因此我們的黨員完全沒有被台北國府視為共產主義者並因此被處死者。

受到內外嚴重打擊的台灣民主獨立黨，要重新站起並非易事。在左右兩獨裁政權的壓力、利誘及騷擾工作下，出現了數名意志薄弱的黨員或信念動搖者脫離本黨。令人覺得十分遺憾。又在此期間，黨的顧問、也是筆者的兄長、亦是黨的思想理論家廖文奎，在擔任香港大學教職期間，由於操勞過度而客死他鄉。失去了獨立運動的理論指導者，不論在抗爭的過程中，或是將來建國之際，喪失如此有為的人才，只能說是我們民族的大不幸。

於 1952 年，台灣民主獨立黨浮出檯面，並再次迎接黨主席時，鑑於當時的內外情勢，為了謀求將來能有大幅飛躍性的發展，毅然實行「以退為進」的改組。開始逐步再建台灣島內的現地工作委員會，強化島內的地下組織與運動。只是，即便是日本東京本部與台灣島內的現地工作委員會之間的連絡工作，也飽嚐費盡心血的艱辛。回顧兩年前各幹部與工作人員飽嚐那苦澀的經驗後，已經都快速地成長，也確實完成個人的任務。進度雖然緩慢，但世界各國也漸漸開始認識到台灣民族為了獲得自主獨立而進行的抗爭。這段期間，本黨派遣代表參加世界各大國際會議，並進行陳情或提出請願書，以表達台灣人的

7　監禁地為東京的巢鴨監獄。巢鴨監獄（日語：巢鴨刑務所，在日本盟軍占領時期稱「スガモプリズン」，Sugamo Prison），位於東京都豐島區東池袋地區，因羈押過第二次世界大戰甲級戰犯而聞名。已於 1971 年拆除。

總民意。不說自明的是，與聯合國及自由陣營的各國政府，或各國政府的駐外使節、世界著名人士間的接觸及書信往來，不但未曾中斷且更加緊密。

1954 年的年底，台灣民主獨立黨經過兩年的忍辱負重，在朝鮮半島停戰與處理了法屬印度支那[8]的南北分治後，世界情勢突然聚點於台灣。西方的德國與東方的台灣是維持世界和平的關鍵地區，因而引起全世界的注意。1955 年春，大英國協各成員國明確地發表了台灣處理方案。接著在萬隆會議前後，可倫坡諸國[9]也發表了其腹案。美國的民主黨也提出台灣問題解決方案用以建議政府。總括來說上述方案的重要共通點是，將台灣置於聯合國的信託管理下使其中立化，至於要決定台灣的最終法律地位，應尊重台灣住民的意志。這原本就是 1950 年聯合國大會在開幕式時，由當時的美國國務卿艾奇遜所提出的「在聯合國大會討論台灣的未來」之方案。之後，由於中共參與了韓戰，此案被聯合國擱置至今。

於是，吾黨於 1954 年年底開始積極培育新幹部、擴大黨的組織規模。同時在 1955 年二二八大革命八週年紀念日進行了大改組。大改組的內容為，任命在日本的吳振南為副黨主席，期以輔佐黨主席，台灣島內選出黃比得為副黨主席，象徵其在獄中所進行抗爭運動。台

8　法屬印度支那，是法蘭西殖民帝國在東南亞的領土，其轄境大致位於今日印度支那半島的越南、寮國、柬埔寨，以及中國廣東省的湛江市。法屬印度支那的建立始於 1862 年越南割讓交趾支那地區（南圻）予法國，1867 年柬埔寨淪為法國保護國，1885 年中法戰爭後越南正式成為法國保護國，並成為日後法屬印度支那的主要部分。1949 年，法國賦予了以保大帝為首的君主立憲國家，奉行反共；維持越南國獨立地位。日內瓦會議結束之後，越盟在越南北部建立了越南民主共和國，而越南南部的越南國則繼續維持獨立地位，之後越南一直處於戰爭狀態，至 1975 年戰爭才得以結束。〈法屬印度支那〉，「維基百科」：https://zh.wikipedia.org/（點閱日期：2021 年 7 月 9 日）。
9　指印度、巴基斯坦、印尼、緬甸和錫蘭等五國。

灣島內外亦選出 35 名中央委員。另外，也在海外各據點設立分部，並設立了祕書處、組織部、宣傳部、資訊檔案部及財務委員會等部會做為中央黨部的執行機關，開始進行活動。

　　此時，台灣現地工作委員強力主張應該進入活躍的獨立運動新階段。由於內部組織已漸充實，客觀環境也漸好轉，為了給予外界更鮮明的印象，確實也是到了應該有所行動的階段。而島內一般民眾暗地裡發出越來越大聲的呼叫也是理由之一。為了反映這些意見，在結束二二八革命八週年紀念會後，召開了黨中央執行委員會，會中決定成立台灣臨時國民議會的準備委員會。

　　我們在台灣島內之地下活動，克服了許多困難、迅速推展我們運動的同時，逐步推動成立臨時國民議會的籌備工作。議員選拔及協助其逃離台灣，都是極為困難之事。在那段期間，在日黨中央本部，與美國、香港、新加坡、雅加達各分部取得聯繫。代表台灣 24 個縣市的 24 名議員於 8 月下旬齊聚東京，黨本部也發佈了臨時國民議會將於 1955 年 9 月 1 日成立之消息。

　　1955 年 9 月 1 日下午兩點臨時議會的成立大典，在東京都目黑區平町 36 番地的古賀宅舉行。日本各大主要城市張貼了數萬張海報，完成宣傳之任務。

　　開會前夕，蔣介石一派之手下、近百名的滋事者企圖闖入會場。就在半數議員與這些滋事者在入口處相互爭論下，典禮莊嚴肅穆地進行，無視於場外的叫罵聲台灣臨時國民議會宣告成立。

　　9 月 2 日臨時議會成立的消息透過各大通訊社傳播至世界各地，引起極大的轟動。歐美各報對此事做了大幅報導，中共、國府兩體系的報紙則同聲嚴厲譴責。其中最為激烈的是香港的《新晚報》（中共報紙），以「廖文毅與其流亡政府」為題，從 9 月 7 日起連載了一週。每天以 2,000 字，用讓人覺得非常誇張的虛構內容來描述筆者及

台灣獨立運動。

　　我臨時國民議會受到世界矚目之際，從華盛頓傳來的消息指出，本議會的成立將成為現行美國政府「放任國府在台不管」政策的潛在問題。

　　由於世界認為台灣共和國臨時政府極可能於不久的將來成立，因此視我們臨時國民議會為流亡政府。

　　1955 年 9 月 17 日，路透社報導來自印度國會的一則消息。此消息表示尼赫魯[10]首相談到如果台灣人希望的話，他認為台灣問題應該遵從民族自決的原則來解決。這可視為印度對台政策的轉變。

　　議會每個月召開一次會議，討論內外諸般事宜，特別是建立與聯合國及各友好國家間的緊密聯繫。另外，臨時憲法起草委員會雖亦致力於憲法的起草，但有鑑於當時情勢上臨時政府應盡速成立之故，急忙起草了《台灣共和國臨時政府組織條例》。同年 11 月 27 日於日本 YMCA 同盟[11]召開第一屆第三次中心會議，會中取得全場一致同意通過。條例如下：

---

10 賈瓦哈拉爾・尼赫魯（Jawaharlal Nehru，1889-1964）為印度共和國第一任總理（1947-1964）。被稱為印度的國父。早年投身於印度民族解放運動，參加過甘地領導的反對英國殖民者的「非暴力不合作」運動。1954 年以印度總理的身分在斯里蘭卡發表的一場演說中提出「不結盟」一辭。同年訪問中國時，與周恩來總理共同提出著名的「和平共處五項原則」，不僅為中印兩國建立友好的外交關係，且成為「不結盟運動」的基礎。

11 應為「日本 YMCA 同盟本部」。YMCA（Young Men's Christian Association），即基督教青年會，最早於西元 1844 年在英國倫敦創立。而後逐漸擴展至全世界各地。1880 年於東京成立了第一所日本的 YMCA，並發行了機關報《六合雜誌》。現在日本許多城市，如京都、福岡、山梨、北海道等等都設有 YMCA。日本 YMCA 同盟本部現設於東京都新宿區。「公益財団法人日本 YMCA 同盟」：https://www.ymcajapan.org（點閱日期：2021 年 9 月 17 日）。

台灣共和國臨時政府組織條例

第 1 條　本條例是台灣共和國臨時憲法制定前，為成立台灣共和國臨時政府而制定的。

第 2 條　台灣共和國臨時政府（以下稱臨時政府）之總統及副總統，由台灣臨時國民議會（以下稱臨時議會）選舉產生。

第 3 條　總統之下設置政務委員會，由若干名政務委員組成。

第 4 條　政務委員之任免，在臨時議會過半數同意後，由總統行之。但超過三分之二以上的成員必須由臨時議會之議員任之。

第 5 條　臨時政府除總統府之外，設置外交、財務、內政、僑務、文化資訊五部。總統府秘書長、副秘書長暨各部部長由政務委員兼任。

第 6 條　本條例於臨時議會通過成立臨時政府之動議後生效。

第 7 條　在確定台灣的自由選舉已獲得國際保證、總統獲得臨時議會同意後，臨時議會與臨時政府解散。

第 8 條　本條例經五位以上議員提案、在臨時議會獲得三分之二以上議員同意後，始得以修正。但，第五條之前項得經總統發動，於過半數同意後始得以修正。

第 9 條　臨時政府的不信任案，須經五名以上的議員提案，三分之二以上議員同意始得成立。

第 10 條　本條例不受日後制定的臨時憲法拘束。

　　1955 年 12 月 18 日，在東京 YWCA 同盟本部 [12] 舉行，召開第一屆第四次中心會議中，上述條例第六條經過緊急動議獲得全場一致同意而通過。在此基礎下，緊接著也根據第二條例進行正副總統之選舉。由筆者及吳振南博士獲選。

　　於是，開啟我台灣歷史嶄新一頁、戲劇性的第四次會議畫下句點閉幕。接著，1956 年 1 月 15 日召開的第二屆第一次會議，我提出了政務委員及各部部長名單，並獲得同意。之後，在二二八革命的九週年紀念日舉辦總統、副總統及各部部長的就職典禮。亦即，我們在 1956 年 2 月 28 日向全世界發表了台灣民族的第二次獨立宣言。不過這是在東京舉辦，而非在台北。我們相信在不久的將來，定可以在台北舉辦慶祝獨立紀念的活動。

　　如此一來，台灣的獨立只是時間的問題。現已到了為我們理想中的桃花源、東方的瑞士、台灣共和國的建國建立整體計畫的時刻。流亡海外十年的筆者，參酌台灣過去的歷史、個人的經驗與研究、及參酌台灣各愛國志士之意見後，我們不僅僅是單純地想建立台灣共和國，更是偉大的台灣共和國。在這層意義下，雖然接下來第三部「未來的台灣」，是未來台灣共和國的建國大綱，但主要是原則性的內容，其他技術性詳細的部分再分別另作專論。

---

12 位於東京千代田区，御茶ノ水車站附近。現稱為東京 YWCA（Young Women's Christian Association）會館。YWCA 最早設立於英國，並於 1905 年在日本設立支部。現在已是在 120 多個國家，擁有 2,500 萬女性會員、活躍於全球的女性組織。「東京 YWCA」：https://www.tokyo.ywca.or.jp/（點閱日期：2023 年 2 月 16 日）。

第三部

將來的台灣

　　在前面第一部及第二部中，我們藉由「過去」的台灣論述台灣民族主義，並概略地敘述了「現在的台灣」。現在台灣民族期望的政治，既非極右的國府，亦非極左的中共政治，而是台灣民主主義的政治。亦即，最初鄭成功建立了台灣王國；其次於 1895 年在日軍占領前，台灣民主國向世界宣告獨立。然後第三次是，此次我們面對世界，向以聯合國為首的各國極力主張建立台灣共和國的必要性。

　　亦即，整個台灣史的變遷過程中，台灣人始終都朝著自主獨立的方向前進。第一次正值明朝滅亡時期，鄭成功懷抱著建立一個海洋大國的建國方針，建立了台灣王國、攻占了南洋群島。遺憾的是，由於他的早逝導致計畫夭折了。

　　第二次是在清朝末期的前一刻。日清戰爭的結果造成台灣被割讓給日本。此時，台灣民族成立台灣民主共和國，與日軍進行了數年的對抗，且建立了東亞最早的共和國。在接下來的半世紀，台灣人反覆進行了數十次的武裝革命，為獲得自由獨立而進行抗爭。

　　這次的台灣獨立運動，是在二戰後的大變動時期，為了反抗國民黨政府的獨裁專制及對抗支那大陸官僚的腐敗與無能，和掙脫暫時性軍事占領下的枷鎖，所進行的台灣民族之民主獨立抗爭。承如上

述，我800萬台灣人，承襲了過去300年來台灣人一直想要自主獨立的傳統，因此現今有多期盼自主獨立，再清楚不過了。為此，我們在1947年2月28日大革命之後，對聯合國提出了請願書。請願書的要點為，無論立基於法律上、歷史上、政治上、經濟上或社會面，台灣民族都適用民族自決原則，且唯有如此才能決定尚未確定的台灣地位。亦即以下四點。一、聯合國必須聲明，我台灣處於「台灣民族獨立之狀態」；二、聯合國應解除國民政府對於台灣的不法占領與非法統治；三、聯合國應譴責及阻止中共公然宣示侵略台灣的意圖，使其斷念；四、聯合國應該讓台灣海峽中的特定海域中立化，以保障台灣之獨立。

正如以代表800萬台灣民族全部民意，向聯合國提出的請願書所明確表達的一般，祖國台灣的獨立本是理所當然之事，更是確保世界和平必要且不可欠缺之事。

台灣的現況，就如同懷裡抱著炸彈般，正處於戰火一觸即發的狀態。而美國絕對不會把台灣交給「敵國」、欲讓台灣中立化的決心，是任誰都承認之事吧！

美國甚早就派遣蔡斯少將（William C. Chase）率領美軍顧問團駐紮台灣。他們的任務是監視國府與中共，確保雙方不會相互挑釁引發戰爭、擾亂世界和平。1955年11月1日，此駐台連絡中心改稱為台灣防衛司令部，並於1956年10月將台灣防衛司令官與第七艦隊司令官分立。美國不但強化了在台防衛組織，亦補充了裝備與設施。

美國強化對台灣防衛所得到的反應之一是，1955年中共立即改變其對台政策。在此之前中共一直宣稱要以武力解放台灣，但在看到無法以武力侵略台灣後，改以「談判」，亦即利誘的方式來攏絡國府，企圖竊取我們800萬台灣民族賴以為生的台灣。最早的聲明是，除了匪首蔣介石之外，無條件保障其他人生命、地位、財產的安全。

而在 1956 年 10 月發表的新聲明中，更進一步修改為不僅保障蔣介石的安全，且給予他相當崇高的地位。在此情形下，中共與國府之間的妥協在暗地裡持續進行著。

從他們的角度來看，不但是「血濃於水」，中共與國民政府皆認為「台灣問題是內政問題」。但我們台灣人及西歐諸國，則強調台灣問題為國際問題。中共如果對台灣行使武力，必然會與美軍發生戰爭。即使不用武力、拉攏國府，仍然無法避免與美軍發生衝突，因為台灣民族居住在地位未定的台灣，有權發出求助訊號，請求外國軍隊保護台灣。

在美軍的援助之下，即使中共用盡一切方法侵略台灣都會受到阻止，但台灣卻會因此陷入戰亂之中，進而演變成大戰，並導致人類危機。若台灣民族與非法占領台灣的國民政府之間發生武力衝突的話，事態將會更為混亂。因此，讓事情和平解決的最佳方案就是，聯合國決定讓台灣儘速獨立並予以保障之。台灣的獨立若有了聯合國保障，任何國家都失去了侵略台灣的藉口。因此，台灣的獨立不僅僅是台灣民族的夙願，也是世界和平的關鍵。換言之，沒有獨立的台灣，就沒有和平的世界。

生來愛好和平、一直標榜自由民主的台灣民族，在此情勢下要建立獨立國家的基本原則，正如前面已多次述及的一般，是立基於「以台灣的人民為本」的建國大綱，及與全人類共同擁護和平與繁榮之上。這亦即為第三部「將來的台灣」要論述的重點。

第十四章
外交與國防

　　台灣的歷史，一言以蔽之，即列強的台灣爭奪史。現在圍繞在台灣的國際情勢，歸根究底亦是美中之間爭奪台灣的冷戰。若以武力來解決的話，即是依戰爭的結果決定、由戰勝國支配；若以和平的方法，亦即以「談判」方式解決的話，則是雙方各退一步，讓台灣在台灣人手裡中立、獨立。

　　1955 年 5 月，美、英、法、蘇簽定對奧條約，[1] 以此為基礎確立了奧地利的中立地位。這是一個嶄新的中立國。雖然在第二次世界大戰之後的十年間，奧地利成為美蘇間爭奪的標的國，但最後由於蘇聯的讓步下、在四大強國的保障中，確立了其中立性的獨立。

　　眾所皆知，瑞士是世界上歷史最悠久的中立國。約 400 年前的瑞士，由三、四個不同的民族在相互利害關係一致的情況下，組成一支具有數千名精悍槍兵的槍兵隊，為瑞士的獨立勇敢戰鬥。自此，瑞士以小國寡民之姿，堅持其中立國的特質，在爭戰不斷的歐洲建立了理

---

1 《奧地利國家條約》（Austrian State Treaty），又稱《奧地利獨立條約》（Austrian Independence Treaty），全稱為《重建獨立民主奧地利國家條約》（Treaty for the re-establishment of an independent and democratic Austria），旨在結束二戰期間的納粹統治及戰後盟軍占領時期，在奧地利重建一個主權獨立的民主國。該條約於 1955 年 5 月 15 日在維也納的貝維蒂宮簽署，並於 1955 年 7 月 27 日生效。條約簽署國除了奧地利外還有二戰後占領奧地利的四個同盟國，分別為美國、英國、法國、蘇聯。〈奧地利國家條約〉，「維基百科」：https://zh.wikipedia.org/（點閱日期：2021 年 8 月 9 日）。

想的天地。由於是秀麗的山嶽國家，人民富有愛國心，又經歷了無數次的試煉，再怎麼強大的國家都不敢侵略瑞士，瑞士也一直運用少數的精銳部隊鎮守險要的國境線。再者，由於瑞士國內長期保持和平狀況，因此也提高了學術文化的水準。與其國家特質相符、獲得世界級榮譽的中立法及國際法學者輩出。

此後的歐洲，雖然比利時成為中立國，在德法兩強間形成一緩衝地帶。但從第一次世界大戰初期開始，德國踐踏其中立性，迫使他們奮勇抵抗。此舉造成德國陸軍在作戰時出現整體戰略不順的問題，而發揮了明顯的阻擋效果。這也讓英軍有了參戰的藉口、給予法國更多時間進行總動員，最終影響了整個大戰的結果。如前所述，即使是中立國，皆擁有相當程度的國防能力。

台灣的中立性與上述諸國家的情況有些許差異。這些國家都是扼守山嶽要塞、位於大陸的中立國家，台灣則是位居海洋要衝的國家。不過，如同奧地利是美、蘇兩大陣營間的緩衝中立地帶一樣，台灣亦是緩和西太平洋美、中對峙的中立區域。

因此，台灣必須在能力範圍內設立陸海空軍，維持自身的國防能力。這武力完全是為了自衛，而非攻擊。由於台灣是強國環伺夾縫中的一個小中立國，當受到大國侵略時，當然不可能只憑一己之力進行防衛。從這層意義上來看，我認為現今能夠「完全獨立防衛」的國家，除了美蘇兩大強國外應該沒有了。因此，現在世界上大多數的國家都與四周鄰國締結多邊友好條約，或運用以聯合國為中心的「國防外交」政策，維持集體安全保障。在這層意義上，我相信「小國的國防在外交」絕非言過其詞。

目前，台灣問題在日內瓦的中美會談中，遲遲沒有進展的最根本原因是，還未決定要如何解決目前美國掌握台灣軍事基地這個問題。從中共的立場來看，美國在台灣擁有強大的軍事基地，對其而言是個

軍事威脅，絕對是極不樂見之事。中共想的應該是，若有機會希望讓基地為其所用。但對美國而言，把台灣交至「敵人」之手，等於破壞了西太平洋的防衛線，是絕對無法容忍之事。因此，如同本章開頭所述一般，美中兩國如果真的要以「對話」的方式解決台灣問題，除了雙方妥協，承認台灣中立性的獨立，別無其他良方。

　　具體來說，台灣陸海空的國防軍力，合計約五萬人就已足夠。五萬是現役的人數。另外採用全民皆兵制，能維持 3、40 萬的預備軍隊。現在蔣介石所擁有的兵力「號稱六十萬」，這完全是一時性的畸形現象，擁有這些沒有戰力的敗戰部隊，僅是成為台灣人沈重的負擔而已。這些敗戰兵，應自然淘汰或解除其武裝、遣返回大陸。9,000 萬的日本國民，負擔著約 20 萬自衛隊的開銷，當得知自衛隊可能增員時，輿論沸騰且嚴厲抨擊之。因為，要支付一個自衛隊員的費用，國家一年約需支出 2,000 美元以上。這相當於雇用兩位大學教授的金額。依此比例推算，維持 5 萬台灣常備國防軍人的經費，一年約需一億美元。此金額在現階段約占台灣總歲出的三至四成。

　　韓戰爆發前，韓國約有 10 萬軍力。戰爭時被擁有 60 萬大軍的北韓一舉擊破。因此戰時緊急增加到 65 萬名常備軍，及維拉超過 10 萬名的預備軍。由於成為陸軍大國，導致國民生活水準明顯下降。對於 2,000 萬人口的南韓而言，擁有 80 萬左右的大軍，使其一躍成為世界排名第六的陸軍大國。相對於同樣是新興獨立國的菲律賓共和國，人口約 2,000 萬，只常備了 5、6 萬的國防軍。參照這些國家的國情、人口比例，擁有 800 萬人口的台灣，維持約五萬名的常備軍應是合適的。

　　瑞士、奧地利等中立國，不但是山嶽之國也是大陸國家，當然只需建立陸空軍就足夠，台灣的情況則是四面環海，因此應致力於建立海空軍。特別是在與日本及東南亞各國進行通商、促進遠洋漁業之

發展上，或從大力獎勵國民具備航海技術之政策等方面，都有必要訓練相當優秀的海軍。幸而台灣自古以來即擁有基隆、高雄、左營、馬公、蘇澳及未完成的台中港等海軍基地，這些基地只要進行補強、修建即可善加利用。

空軍在現代國家的國防上，重要性與日俱增，特別是地處遠東交通要衝的台灣，更應順應時代潮流，致力發展軍事及商用航空。空軍基地有原來日治時期已建造的許多基地，及近來美軍的新設基地。至於兵源方面，從台灣人的教育程度，及過去日本時代開始所受過的軍事訓練之經驗來看，要建立優秀的國防軍不需太費心力。倒是軍官幹部必須儘早進行培育。

最後陸軍的常備軍應由兩個師組成，約 4 萬人。至於武器之補充、海軍艦艇的總噸數、或空軍機之機種與數量，或者是其他各軍種的詳細組織，屬於專門性問題，故不在此論述範圍內。

如前所述般，由於「小國的國防在外交」，因此台灣的外交必須是以維持世界和平、與各國保持友好睦鄰關係的聯合國中心主義的外交。台灣的建國使命，從最初到最終都應以和平外交為目標。

第二次世界大戰後，蘇聯展開其「新帝國主義」的侵略行動，一夕之間席捲中歐各國後，將矛頭轉向遠東與東南亞。受到此共產主義的世界革命運動之刺激，美國少數極右派政治家開始提倡反共論，主張以嚴厲手段「獵紅」，造成輿論沸騰。美蘇對立的「冷戰」，也時而營造出危險的「熱戰」氛圍。但透過聯合國或各種國際會議，仍能持續朝著和平的方向努力前進。

面對東西對立，印度的尼赫魯總理最初就標榜「中立外交」，亦即所謂中立性的第三勢力，或致力於擴張「和平區域」。這 7、8 年間雖然步調緩慢，但終已形成一大潮流。在印度所屬的可倫坡五國的提倡下，亞非各國逐步支持此方向。1955 年舉辦萬隆會議時，此中

立性第三勢力陣營的發展達到頂峰。與此相繼發表的中印和平五原則，[2]事後也受到萬隆會議的追認。和平五原則與聯合國憲章的精神異曲同工。不僅標榜中立的印度與侵略朝鮮的中共共同宣示了和平五原則，在共計有亞非 29 個國家參加的萬隆會議中亦被強調，因此更加成為世界矚目的焦點。

讓世界震驚的是，1955 年初，蘇聯在《奧地利和平條約》簽署後，提議與西德及日本進行和平談判。這是蘇聯學習奧地利的先例，企圖讓西德與日本也中立化。以此為契機，為了緩和美蘇對立，各國的政治家、學者、媒體人紛紛提出計畫設置大型中立地帶的中立學說或方案。也就是從瑞典、丹麥、德國、奧地利、瑞士、南斯拉夫[3]開始，一直延伸到印度、緬甸、馬來、越南、台灣、日本、朝鮮等地，建構一個一連串的大型中立區域。

第二次世界大戰後，共產國家的擴張引起恐慌。以韓戰爆發為契機，西歐民主陣營，基於集體安全保障原則，組成了 NATO、SEATO 等，試圖防堵共產主義的蔓延。由於以美國為首的這些組織實力強大，因此影響力大到能促使蘇聯改採和平外交的攻勢。之後甚至發展到 1955 年 7 月在日內瓦舉行四巨頭會議。[4]世界逐步從戰爭危機中走

2　此五原則為「互相尊重主權和領土完整」、「互不侵犯」、「互不干涉內政」、「平等互利」、「和平共處」。

3　南斯拉夫，是 1918 年至 2003 年存在於南歐巴爾幹半島上的國家。以從鄂圖曼土耳其帝國獨立的塞爾維亞族所建立的塞爾維亞王國為基礎，經兩次巴爾幹戰爭及第一次世界大戰，隨著鄂圖曼土耳其帝國、奧匈帝國的戰敗，塞爾維亞和附近的各南斯拉夫人地區合併，創建了君主制的南斯拉夫王國。1941 年，軸心國入侵，占領並分裂了南斯拉夫。第二次世界大戰結束後，南斯拉夫王國改組為聯邦制的社會主義國家，稱為南斯拉夫聯邦人民共和國。冷戰期間，約瑟普・布羅茲・狄托領導下的南斯拉夫並不投靠美國或蘇聯任何一方，參與組建了不結盟運動。

4　1955 年日內瓦高峰會（Geneva Summit）是一個冷戰時期在瑞士日內瓦舉行的會議。會議在 1955 年 7 月 18 日舉行，是「四大國家」首腦之間的會議，包括

向和平，就如天秤取得了平衡。和平當然是人類的夙願，也是我們台灣人的師友。但是從支那大陸被趕出的國府，即使不斷慘敗卻仍不覺醒，他們期待世界大戰的發生，說著反攻大陸、「夢想再現！」。因此當然受到亞洲各國的唾棄，也讓愛好和平的 800 萬台灣人感到厭惡。

以上，綜觀目前世界情勢與動向，可以越來越清晰地看出三大陣營都朝著和平的方向前進。先擱置現況，從各種角度或客觀情勢來探究，歸根究底，台灣在上述三大陣營中，當然應與瑞士、奧地利或可倫坡五國相同，循著中立和平外交方針前進。將來，我們台灣會以島嶼中立國的身分，與西方山城的瑞士並列，我相信台灣有著以東方海洋福爾摩沙之姿，向世界示範海洋性中立模範的使命。與這個遠大理想一致的是，在萬隆會議中，錫蘭的柯特拉瓦拉首相提議在台灣海峽中線設置 50 公里的中立公海，及在獲得以美中為首與遠東有深厚關係的國家保障和聯合國的認可下，承認中立性的獨立國家台灣。這是維持遠東永久和平的唯一方法。是一個極富創意的提案。

台灣外交的基本原則是睦鄰與和平，但必須特別警戒的是，蘇聯與中共經常利用常規的外交機關作為後盾，派遣特務人員潛入他國攪亂內政、陰謀顛覆。

其次，由於在東南亞新興國家中約有 1,000 萬名的華僑，與我們有著相似的語言、思想及生活方式。是故，今後必然會與台灣國民，在貿易、文化、技術等各方面，進行密切合作。因此，今後台灣人有機會到海外發展及參與南洋群島的開發。

美國總統德懷特・大衛・艾森豪（Dwight D. Eisenhower）、英國首相安東尼・艾登（Anthony Eden）、蘇聯部長會議主席尼古拉・亞歷山德羅維奇・布爾加寧（Nikolai Bulganin）及法國總理埃德加・富爾（Edgar Faure）。會議的目的是匯集世界領袖，並開始討論和平問題。談判過程圍繞著國際安全這一個共同目標。〈日內瓦高峰會（1955 年）〉，「維基百科」：http://zh.wikipedia.org/（點閱日期：2023 年 2 月 6 日）。

　　現在日本與國府之間雖有日華條約，但今日的台日關係卻說不上圓滿。國府為了去除台灣人民的親日感情，採取非常極端的政策。現在的台日關係與日韓關係相似，並非台日原來的樣貌。將來的台日關係，必須在政治及外交上，相互尊重各自獨立的主權，經濟上互通有無，建構緊密的文化交流與技術合作。同時，實現獨立的台灣共和國，應如歐洲的比荷盧三國聯盟一般，推動台灣、日本與韓國三國聯盟，組成 JAKOFO 聯盟。這是由於台日韓三國在經濟、文化、技術的相互依存性，與前述的歐洲比荷盧三國有十分相似之處。譬如，若能簽訂貿易協定、簡化護照查驗、郵政特別協定等的話，往許多方面就可比照國內政策施行，相信這能為台日雙方國民帶來最大的利益。

　　再者，將來以台灣作為日本技術與商品的中繼地，或讓台灣人擔任日本人與南洋華僑間的媒介橋樑，這樣就可以逐漸把香港的繁榮轉移至台灣。

　　如上所述，台灣的基本外交方針是立基於台灣特殊立場而規劃出來的。同樣的，下一章關於國家及政治機構，還有其他建國方略，也運用了台灣及台灣人的特色建構而成。這即是民本主義「以民為本」的基本精神。印度的尼赫魯稱之為「新社會主義」，印尼的蘇卡諾則稱之為「指導型民主主義」。換言之，民本主義是我們共同的原則性理論，將之具體地運用在稱為台灣的這個地區，或台灣人這個民族時，即稱之為台灣民本主義，運用在印度即稱為印度民本主義，運用於印尼則稱之為印尼民本主義。

第十五章
國家及政治機構

　　第二次世界大戰結束後，世界上出現了許多新獨立國家，同時亦訂定各自的新憲法。這些憲法展現出人所構成的國家社會組織的一種形態，依著欲展現出之特性制定完成。每部憲法各有千秋，皆尚未能達到理想的狀態。國家及政治機構的構想，為各國憲法最重要的部分。我們把臨時憲法置於全文最後結論那章，並做了詳細論述。此處先探究在這部憲法中所展現出來關於國家元首、立法院、行政院、司法院[1]等組織構想的基本原理。

　　德國威瑪憲法的合理性及理論性，至今仍被許多憲法學者做為引用的範例。但由於實際上並未被好好運用，使得今日唯一的功能只有被當成一份文獻存放在圖書館裡。與之相反的是英國的不成文憲法。三百年來保守與革新兩大黨不斷政黨輪替，國會甚為巧妙地運作至今。他們採用小選舉區制，雖有著非常詳細的選舉法規，對於國家基本法規的憲法則不以明文表現。即便如此，在立憲議會政治上，任何一個國家的政治家與國民都無法與英國受過的良好訓練的政治家與國民相比擬。正如以上兩個例子所示，憲法明文化雖然重要，但運用此法的國民及政治家的政治訓練、道德或守法精神更為重要。

　　此外，法國與日本也擁有出色的民主憲法，但兩國的政局卻未必

1　作者原文為「立法府」、「行政府」、「司法府」。本文皆把「府」譯為「院」。

安定。戰後日本，放棄了戰爭，制訂了所謂「和平憲法」，把重心從天皇中心主義轉變為內閣中心主義。與舊憲法相較新憲法雖然甚為進步，但在運用上卻談不上順暢。因此，政治家貪汙事件及國會亂鬥事件頻繁發生，這些事被視為是日本憲法史上的汙點。

法國的憲法與日本的稍微不同，在國會議員方面由於屬於所謂的「小黨分裂」，因此政局經常不穩。這雖然也是起因於憲法的基本精神而引發的，但國民性與政治道德等的種種複雜原因相互作用，進而造成這樣的政治情勢。

國府（中華民國）雖然也制定了憲法，但蔣政權完全視此憲法為無物。應該為法治者，卻施行「人治」政治，使這部憲法變得有名無實。中共（中華人民共和國）也制定了憲法，但卻將對蘇聯「一邊倒」的外交政策予以明文化。這不僅讓世界輿論為之譁然，就連「一邊倒」這個新詞也成為各國流行語。中蘇兩國的憲法，在文字上都呈現出美麗的詞藻，但唯一的功能只有用於對外宣傳。

根據美國憲法，總統是一國元首，同時也掌握一切的行政權，亦即兼負了國家元首與總理的雙重身分與職權，政務甚為繁重。反之，雖然副總統兼任參議院議長，但在行政方面卻是一個幾乎沒有職務的閒缺，只有在總統逝世或事故發生時，才會成為代理總統至任期結束。

法式的總統僅為國家元首，行政權則掌握在內閣總理手上。只是，當政變發生時，總統可提名繼任總理，在獲得國會信任投票後任命之。故美式的國家機構稱之為「總統制」，法式的稱為「責任內閣制」。

如同結論所記載的台灣共和國臨時憲法及其詳細解說般，台灣的情況是針對「總統制」及「責任內閣制」的優缺點截長補短。總統擔任國家元首的同時也獨攬對外行政，意即兼任國防軍的統帥，獨攬

國防與外交的施政。因此，外交主管是總統的外交幕僚長，國防主管則是軍事幕僚長，在台灣稱之為外交部部長及國防部部長。但他們也是政務委員，與後述其他政務委員一樣，各自都對國民議會負直接責任。

與美式總統制不同之處為，在台灣臨時憲法中副總統職權肩負了總理的職務，總攬除了國防與外交之外所有對內內政事務。總統在任期中逝世或發生事故時，由副總統代理之，參議院議長則代理副總統職務。意即，副總統總理財政、經濟、法務、內政、教育、農林、交通、總務、文化資訊等內政行政中各部長之職權，並兼任政務委員會議（閣員會議）之議長，這等同於肩負部分總理的職務。換言之，這綜合了總統制與內閣制的優點，讓國家最高領導者們得以藉由分工合作、共同執政。

其次在行政院方面，與他國各部的排序有所不同。美國以從事外交的國務院為首位，英國則以財政部為龍頭，至於戰前的日本與國府是以內政部為首。台灣把外交部設為首要，其他依序為國防、財政、經濟、內政、法務、僑務、教育、文化資訊、農林、交通等，約設置十部。總統提名的政務委員，經國民議會過半數承認後擔任各部部長，掌理所管部會運作。因為各自對國民議會負責，故在總統任內不會有政務委員會（內閣）總辭之情事發生。

再者，綜觀各國國會及其議員選舉的發展過程，英國約經過了750 年的憲政，經歷了長期的選舉訓練。在不斷重劃選區及修正選舉法之下逐漸步入軌道，終於確立了現今兩大黨的模範議會政治制度。但回顧過去，在克倫威爾大革命 2 之前的英國國會有名無實，完全沒

2　克倫威爾大革命係指 1642 年至 1651 年發生在英格蘭議會派（圓顱黨）與保皇派（騎士黨）之間的內戰，最終議會派取得勝利，議會派領袖克倫威爾（Oliver Cromwell，1599-1658）處死英王查理一世，廢除英格蘭的君主制，建立共和體

有立法權，僅是國王的一個諮詢機關。因此，譬如約 450 年前，議會對於極為殘暴的亨利八世、或殘殺 7 萬名異教徒的瑪麗女王，都沒有任何制衡之權力。又如，約 330 年前，由於查理一世專制獨裁，因此與議會爆發衝突。在克倫威爾率領的革命軍大勝後，國王被處死。

此後的 300 年間，英國再也沒有發生過內亂或革命。但其實 100 年以前的英國，在舉行總選舉時，仍有買票、行賄等的違法情事，之後這些不法行為才逐漸減少。由於選舉法規的修正及選民的自覺，始能見到如今日般如此理想的選舉。

美國從獨立初始，即由民選總統統治。但南方的農業區與北方的工業區利益相衝突，偶然發生了長達四年、以解放黑人為中心的南北戰爭。這也是在民主國家中是極為罕見的大內亂。但後來經由國民訓練、數度針對憲法及選舉法規的修訂，逐漸回歸正常發展，並賦予了婦女與黑人參政權，終於成為今日繼英國之後，得以實現民主議會政治的國家。

第二次世界大戰爆發前，德、蘇、義、日、西等五個左右派獨裁國家，並沒有舉行所謂的自由選舉。人民在一黨專政下雖然被迫前往投票，但也僅是形式上投票給執政黨，無法自由選擇。總之，人民若要能自由判斷、自由選擇，就必須要有兩個以上的政黨存在。

違反此原則的一黨專政，就如同以前專制皇帝一般，人民被迫絕對服從、不允許反對黨存在，或選舉時被干涉不得投票給反對黨。因此，在左右派一黨獨裁的政治型態下投票，對人民而言是一種欺瞞，也是強姦民意之事。

在中共或國府政權下，雖存在著若干所謂的少數黨，但簡單來

制，成為英格蘭事實上的最高政治領袖。1658 年克倫威爾死後，保皇派在 1660 年迎回查理一世長子復辟，是為查理二世。賈士蘅譯，《英國史》，上冊（台北：五南，1989 年），頁 479-486。

說，這些只是為了強行實施一黨專政，用來欺騙民主國家或世界各國的宣傳工具。因此，一黨獨裁政治是反動的，是不合時宜的。綜觀人類古今中外的歷史，一元的帝政與獨裁制度勢必朝向腐敗、崩壞的命運。最後都會反覆分裂成為二元、內部不斷抗爭的狀態。譬如，蘇聯的史達林與托洛斯基、其後的馬林科夫與貝利亞間，都發生了你死我活、血淋淋的政權爭奪。在中共也有毛澤東與陳獨秀，近來則是毛澤東、高崗及饒漱石的鬥爭。

對民主國家而言，允許反對黨存在是符合期待的。反對黨能發揮批評執政黨及促進反省的作用，進而達到防止腐敗及自以為是的結果。

即使在野黨在議會中不停地批判、制衡、攻擊執政黨，若執政黨執政過久，在政治上仍會不斷發生腐敗貪汙的失敗政治。譬如，美國前總統胡佛氏所率領的共和黨引起了 1929 年經濟大恐慌，就是因為連續執政了 16 年。而從 1932 年至 1952 年為止，連續執政 20 年的美國民主黨，後半期貪汙事件層出不窮，遠東政策也多歸失敗。

東西德是用來比較左翼獨裁與自由民主政治二者競爭的好例子。另外，民主政治能藉由訓練而進步。正如前述，日本民主政治雖較英國落後，但台灣更落後於日本。不過台灣又較菲律賓或東南亞各國進步。這與國民教育的普及及國家工業化之發展程度有關。

英美政治學者提倡「解決不同的政治意見，應透過投票而非槍劍。」然而現階段的中國，毛、蔣就如 300 年前的英國一樣，使用槍劍奪取政權。40 年來蔣介石不斷地使用暴力，暗殺、誘拐政治反對者。因此，毛澤東也利用相同手段回報，持續進行著血淋淋的政治鬥爭。對於人民而言完全是困擾。這兩個左右絕對主義者，都是跟不上時代的落伍者。台灣的住民，多數親眼目睹陳儀、陳誠及蔣介石父子的大屠殺，因此了解他們有多殘忍、貪婪，且是一個反動政治家集

團。

由於我們的基本政治理念，最初即是標榜民主主義，因此不會阻礙反對黨的成長。因為不管怎麼說，組織反對黨的人們也是台灣同胞，台灣是屬於全體台灣人民所有。不能陷入像蔣介石一般，「家即天下」的謬思。我們台灣同胞在日治時期後半期，僅經歷過極受限的選舉訓練，及半民意機構的政治訓練。戰後國府占領下的選舉，各方面也受到扭曲，與日治時期相比，並沒有接受過真正的政治訓練。與英美的選舉相較，是甚為落後的。因此，我們同胞必須謹慎地思考、謙虛地努力，致力於盡快追上先進國家的腳步。

再者，將來台灣國民議會（下議會）的議員席次將訂在 200 名以內。這些議員的選舉，依現有的 24 個縣市、四萬人選一人的比例，以政黨比例代表制選出。四年任期中不會解散議會。另外，參議院議員席次設定在 30 名以下，從全國各職業團體選出各界專業人士。其職權與作用為覆議及修正國民議會通過的法案。參議院議員選出的方法為，由各職業團體推舉出應選人數的三倍，再由總統從中選任。

總而言之，這個國家的政治機構期望達到以下三點目標：一、政局安定、防止政黨分裂為小黨林立。二、分擔國家元首及行政首長之職權與職務。三、簡化機關組織及提高行政效率。針對第一點，由於政局安定對新興國家建設，特別是對政治水準低落的東亞各國人民而言是必要的，這也是本構想不採「責任內閣制」而採修正型總統制的理由。第二點分擔國家元首及行政首長之職權與職務，也就是修正式總統制。美、菲式的總統制，總統職權過大，職務分配比例過重，副總統則處於閒賦的地位。因此，由正副總統共同分擔此大權、大任。第三點，簡化國家政治機構組織與提升行政效率這部分，只要符合以下兩點，即可簡單達成。其一，立法院的國民議會議員席次在 200 名以內、經由直接選舉選出。其二，參議院為國民議會的諮詢機關兼

總統府的顧問機關，參議院議員可由全國性職業團體推薦，經總統提名。

　　最後，這個國家政治機構的構想，其出發點與現在各民主國家的民主政治基本精神相同，採行政、立法、司法三權分立的原則。因此，司法院如同各民主國家所採用的一般，特別強調司法權的完全獨立。但是，司法院大法官，是由總統提名經國民投票同意後選出。各政務委員（閣員）也是由總統提名，經國民議會過半數以上承認即可任命。另外，任何情況下的不信任案亦相同，大法官要經國民議會三分之二以上同意、各政務委員要過半數以上才能成立。官員們所負的政治責任並非包裹式，而是單獨向國民議會負責任。因此如前所述，不會解散國民議會，亦不會發生內閣總辭。

第十六章
財政金融政策

　　台灣的財政金融從 1895 年到 1957 年為止、受到日本與國府統治的 60 幾年間，其消長變化原非本書能夠說明清楚的。但由於在第一部與第二部已針對部分內容做過敘述，故本章將針對如何維持將來的財政金融做一些綱要性的探討。由於台灣是一個農業社會，所以日本領台初期所施行的財政政策，幾乎無法增加稅收，因此是由日本本國提供資金與援助。明治 30（1897）年，日本工業基礎頗為脆弱，台灣開發亦無進展，統治台灣遂成為日本本國的財政負擔。當時甚至有以一億元把台灣賣給他國的說法產生。爾後數十年，經孜孜不倦的經營，特別在奠定了糖業基礎後，台灣終於發揮了「蓬萊寶島」的實力，一躍成為世界屈指可數的砂糖王國。此事將在下章論述。伴隨著米、糖的增產，工礦業也開始發展，人民生活水準隨之提升，進而使得稅收也逐漸增加，特別是從香菸、酒、樟腦等專賣上獲得大量財源。因此，在日本時代後半期，可以看到約 1 億 5,000 萬圓到 2 億 5,000 萬圓的歲入與歲出；其他如砂糖消費稅約上繳了 1 億圓給中央政府，且持續了十數年。

　　國府統治的 12 年間，台灣遭受到最悲慘的壓榨，造成生產停頓與萎縮，更因經濟上的壓迫導致社會混亂等現象。這就如同第一部所詳述的一般。因此，曾是政府財源的專賣事業及國營企業面臨經營困難的窘境，稅收也因人民的經濟受到壓迫而銳減。

台灣省 1950 年度地方歲入、歲出總概算表 *　　　　　　　　　　（單位：新台幣）

歲　入		
科　目	預 算 金 額	百 分 比
公賣利潤收入	96,000,000	31.92
財產售價收入	64,777,634	21.54
課稅收入	58,683,312	19.51
營業盈餘及事業收入	51,121,262	16.99
捐獻及贈與收入	18,000,000	5.98
信託管理收入	6,000,000	1.99
財產孳息收入	5,140,000	1.71
補助收入	606,680	0.20
規費收入	360,000	0.12
其他收入	80,000	0.03
罰款及賠償收入	60,000	0.01
合計	300,825,888	100

歲　出		
科　目	預 算 金 額	百 分 比
教育及文化支出	71,333,193	23.70
補助支出	70,390,332	23.40
建設基金支出	64,022,079	21.18
經濟及建設支出	23,019,497	7.65
保安及警察支出	18,249,580	6.60
財務支出	12,352,696	4.11
行政支出	10,914,649	3.63
衛生支出	10,637,084	3.53
其他事業基金支出	9,648,443	3.21
預備金	5,292,493	1.76
社會及救濟支出	4,593,913	1.53
政權行使支出	266,929	0.09
公務員撫卹退休支出	55,000	0.02
信託管理支出	50,000	0.02
合計	300,825,888	100

備註：本表包含第一次歲入、歲出追加減之金額

---

*　歲入合計多新台幣 3,000 圓，原書照錄。

　　1950 年是台灣歲入歲出稍微理想的年度，國府發表的數字詳見前表。但這單為省政府地方歲入歲出的概算金額。省政府以外、國府流亡政權的數字則被列為極機密。

　　根據上表，台灣的歲入歲出都約為 3 億圓。以 5 圓兌換 1 美元來算，約為 6,000 萬美元。這數字不包括蔣介石帶來的 40 萬軍隊、龐大的國府機構及外交所花費的金額。上述的歲出約為省府的 4 倍，2 億 4,000 萬美元。據聞這些財源來自於販賣國有財產及處分中央銀行的金銀外幣等。即便如此也有一定的限度。另一方面，從 1950 年到 1954 年為止政府所公布的美國經濟援助金額，合計為 3 億 9,680 萬美元。這個補助財源，才是真正讓國府免於整個垮台的最大支柱。此外，美國純粹對整個東南亞諸國，包括台灣的軍事援助金額，從中南半島停戰（1954 年）後總計 2 億 5,000 萬美元。預估國府約分配到一半的金額，即為 1 億 2,000 萬美元。

　　國府在台灣省的稅收分為三大類，第一類是直接稅，如所得稅、遺產稅、營業稅、特別營業稅。第二類為間接稅，包含物品稅、印花稅、礦產稅。第三類為土地稅，包括田賦（地租）及地價稅。此外，台灣人民還需負擔其他，如軍隊慰勞金、軍隊器具材料及分擔兵營建築費用、反共保民委員會負擔金等種種臨時稅目及捐獻金。

日本統治末期台灣州廳市街庄地方稅制體系表

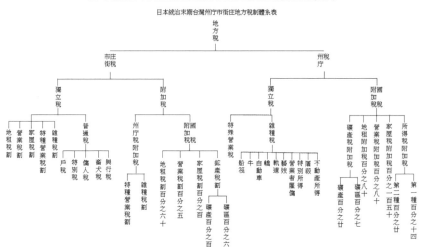

台灣省現行縣市賦稅體系表

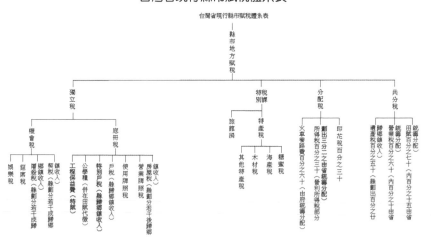

日本時代台灣省的國稅體系

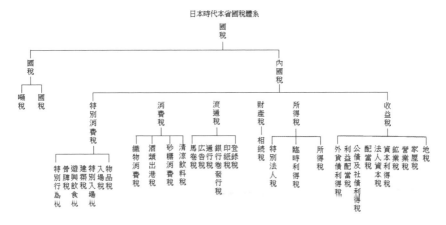

現行台灣省的國省稅體系表

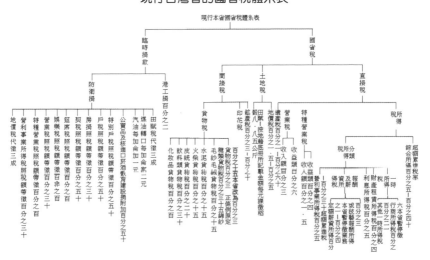

　　為了維持太平洋戰爭的戰時財政支出，日本統治下的台灣，從二戰結束的 4、5 年前就開始增加各種雜項稅目，課以平時 3、4 倍以上的稅金。

　　上圖為戰爭結束當時稅目及 1950 年國府設立稅目的一覽表。從這些稅目，可判斷國府所課之稅較日本時代更為嚴苛，人民負擔更為

吃重。這恐怕是由於日本投降時，駐台日軍僅有 20 萬人，但蔣介石軍則有倍數之多的緣故。再加上，國府是一封建、落後的政權，因此還徵收其他的私稅。譬如，特務人員在各地縣市鄉鎮飲酒作樂，再以各種名義勒索、敲詐人民。這些沒有理由及名稱的私稅高達數十種，令人民厭惡到極點。像這樣的私稅在日本時代，由於法治觀念普及，因此幾乎看不到這樣的現象。

　　從前揭示的兩表格，可大略了解過去台灣人民負擔中央及地方稅金的概況。戶稅就是人頭稅，日治時期及國府都持續徵收。

　　根據公佈的數字，1950 年縣市歲收歲入為 2 億 1,521 萬元，這金額只達日治時期歲收歲入的三分之一左右。

　　將來台灣歲出最重要的項目為國防與外交。承如前述，維持五萬名國防軍所需的經常性經費，若以戰後日本自衛隊取代美軍之經費支出做為比較之基準（由於是民軍，可多少節約經費），年約一億美元以下。關於各駐外外交機構的經費，全世界約有半數國家承認國府這個流亡政權，但由於國府從未公開支出金額，因此無參考依據。不過將來台灣會把目前 20 多個國府的大、公使館減少為 4、5 個。也就是說將來台灣共和國的駐外使節將分別於北亞洲、南亞洲、歐洲、美洲及聯合國各設一位，所需經費將降至目前的五分之一左右。

　　若國防與外交的歲出為 1 億 5,000 萬美元，則內外合計的歲出約為 3 億美元。對照過去日本時代歲出歲入的實際數字，再加上台灣生產及貿易的潛在能力，應可保持平衡。

　　二、三十年前日本總督府平時最高的歲出歲入，曾超過 2 億 5,000 萬圓。這僅僅是島內的歲出歲入，若再加上每年約 1 億圓的砂糖消費稅，則約有 3 億 5,000 萬圓。當時台灣銀行券兌換美元的匯率為 3（圓）比 1（美元），現在的美元與那時相比約貶值了一半。若是如此，20 年前台灣全島歲入，就與現在 3 億美元相差不遠。

　　在考量這些歲出歲入的預算時，當然必須與農工礦的生產量、及從國際貿易賺取的外匯相互參照。譬如，台灣砂糖的最高產量，歷年約有 140 萬噸，將來若以 100 萬噸上下來算，即為目前國府產量的二倍，應可藉此賺取更多外匯。稻米年產量要增至 140 萬噸也是可能的。如能維持此目標，每年約可多出 4、50 萬噸的稻米出口量。加上其他外銷，如茶葉、鹽、水果、樟腦、檜木等特產品，估計每年可有 5,000 萬到 1 億美元的出超。這並非無稽之談。

　　以上歲出歲入的預算，當然是以下記情況為前提：解除國府 40 萬大軍的全部武裝、解散約 10 萬名特務組織、遣送百餘萬大陸人中過半想返回大陸之人。留在台灣的人們，於兩年內依特別審查，可取得台灣國籍，准許其在各行業中自由謀生。

　　戰後日本即使失去一半以上的領土，每年的國家預算仍有約 1 兆圓。這相當於 28 億美元，國民每人平均年納稅額為 26、27 美元。中共的預算約為 8 億美元，雖然較之前南京國府大增了十倍，但每位國民的平均納稅額只有 12、13 元。

　　800 萬台灣人民，若將來編列 3 億美元預算的話，國民每人的納稅額將比日本稍微多一點，但這是因台灣自產的稻米、砂糖、茶葉、鹽、檜木等的產量，遠高於國內所需的消費量，而超額部分即可外銷之故。另外，如前所述，每位台灣農民的年生產力，較日本、中國都要高出許多。過去 60 年來，身為殖民地子民的台灣人，無論在什麼時代，皆需要供養外國統治者。換言之，台灣國民所付出的心血結晶，大多被非台灣住民侵占。

　　從台灣銀行的報告可以看出，1950 年台灣的貿易，進口額為 7,082 萬 8,659 美元，出口額是 8,062 萬 455 美元。僅約有 1 千萬美元的出超。這是由於砂糖及其他一般產品減產所造成的，若讓住民利用日本所打下之基礎自己經營，每年想賺取 1 億美元的出超，是可能

之事。

1937 年，日本時代下的和平時期，進口額為 9,274 萬 3,000 美元，其中 8,000 萬美元來自對日進口。而同年出口額為 1 億 2,673 萬 1,000 美元，約 1 億 2,000 萬美元是對日出口。雖然這已是 20 年前的數字，但由於當時美元大約是現值的二倍以上，因此當時出超金額為 4,000 萬美元左右，相當於現在的 1 億美元。故台灣每年出超金額 1 億美元的預算，早在 20 年前就已是既成事實。再者，上述金額並未包含日本時代每年 1 億圓的砂糖消費稅。

將來台灣的金融，必定要發行新的台灣銀行券。兌換外幣的匯率訂為 1 圓兌換美元 50 分，發行量不超過 4 億圓。其餘細節由於是金融專業領域，此處予以省略。

菸、酒、樟腦及鹽等的專賣收入，約占過去台灣財政的 45% 到 50%。因此，這些間接稅或奢侈稅，將來也應予以重視。1950 年香煙的銷售量約為 30 億支，酒約 26 萬 8,000 公升。將來，若能提升人民的生產量水準，這些奢侈品的消費量也能因此順勢增加。

承如上述所論及的，將來台灣的財政金融政策，總括來說應該是重視貨幣安定，及維持國家預算的收支平衡。這兩個問題雖會受到政局穩定及其他各種面向的影響，但本章將論述範圍聚焦點於國家的收支上。支出部分，雖然前已述及，但也會如下章「人事制度」討論的一般，強調簡化機關組織、節約非生產性人事費用，至於建設經費應占預算的三分之一以上。

國家收入的主要來源如同前述，有專賣事業的收益、國營企業的紅利，其次是直接稅（所得稅、獲利稅、繼承稅）、地租及奢侈稅等。直接稅應全數採用高級距的累進稅率。

第十七章
產業政策

　　台灣基礎產業可分為生產稻米、茶葉、地瓜等的農業、製造砂糖的農產品加工業、製鹽業、林業、工礦業、電力業及交通業等不同領域。以下於各節將分述上列各產業將來應如何發展的基本政策。

　　首先，提出 1937 年到 1941 年，即太平洋戰爭前的和平時期，台灣主要產業的產量。（單位為 1000 圓）

	1937 年	1938 年	1939 年	1940 年	1941 年
農業生產總值	402,995	460,212	551,826	541,446	568,904
木材生產總值	16,664	17,292	24,812	27,694	40,063
海產生產總值	21,382	23,554	35,088	52,285	54,035
工業生產總值	363,810	394,147	570,763	629,137	646,767

　　以上主要產物的生產總額，再加上 1941 年礦業生產總值 9,200 萬 1,000 圓，共約有 14 億圓。以當時美元匯率換算約為 4 億美元，若以現在美元計算約為 10 億美元。這個生產總額，依人口及土地的比例來看，遠不及英、美、德等先進工業國家。但若直接以數字來看，當時台灣總人口為 600 萬，每人年平均的消費量是一石以下稻米。因此年產量 1,200 萬石的稻米中，約可出口 600 萬石至日本。另外，島內砂糖的年消費量約 5 萬噸，剩餘的一百數十萬噸輸出至日本及其他國家。以此基準來看，台灣的產量其實是相當豐富的。與英國 80% 的食品原物料需仰賴進口、日本的進口食品占 30% 這樣的國家相比，在國家基本生產面上，是比這些國家富饒許多的。當然背後隱

藏著，台灣每年必須要進口 45 萬噸到 60 萬噸的化學肥料及 500 萬人份以上的棉布類物品。

在半工業化的台灣，一位農夫的勞動收穫，平均可供給 4 個人。日本是 2.5 人、支那大陸是 1.5 人、美國大約 55 人。（農業加工品、也是嗜好品 [1] 的砂糖不在此限）

通過以上概略數字，若將來台灣更加強工業化、再加上發展海外的貿易，並計畫開發橫跨寒、溫、熱三帶的高山，台灣全島約可以養活 2,000 萬的人口。不過隨著文化教育水準提高、高度工業化後，人口也會如法、英、德、美等國一樣不再增加。依此先例來看，半世紀後的台灣，人口恐怕絕對不會超過 2,000 萬。

一、農業政策

1941 年稻米栽種面積為 66 萬 6,990 甲（一甲相當於日本的 2,934 坪），產量是 1,514 萬 288 擔，產值約 2 億 4,631 萬圓。1936 年的對日輸出是 1,104 萬 5 千袋（一袋 100 斤），金額約 1 億 4,250 萬圓。

第二次世界大戰後，世界潮流是各國都朝著土地重新分配的方向邁進。國府雖已於 1950 年施行耕地分配，這部分與後面論述的台灣民本主義的土地政策相同，但種種不完備之處仍有重新檢討之必要。

正如第二部曾述及的，1938 年台灣稻米的產量提高到 140 萬 2,444 噸，當時的稻米耕作面積為 62 萬 5,398 甲。因此，1 甲的產能為 2.24 噸。[2] 1950 年稻米產量為 140 萬 1,051 噸，耕作面積是 70 萬 150 甲。與 12 年前相比，耕作面積增加了 14 萬 4,707 甲。若產能能提高

1　與維持生命所必須的營養食品不同。用於滿足個人的嗜好，給嗅覺、味覺和視覺以快感的食品。

2　原文誤植為 2,240 噸。

到日本時代的生產標準，1 甲 2.24 噸，70 萬甲就可有 172 萬 6,910 噸的米。國府雖然聲稱稻米產量較日本時代還高，卻忘記耕地面積增加了 14 萬甲這件事。若以相同耕作面積來估算，產量其實約減少 32 萬噸。

雜糧當中的地瓜，1948 年生產了 200 萬噸，1949 年則為 197 萬噸。這與日本時代相比稍有增加。小麥，1948 年的產量為 646 萬公斤，次年則增至 2,128 萬公斤。1949 年的花生產量達到 5,530 萬公斤。

除了這些生活必需品外，台灣其他的農產品，如砂糖、茶葉、鳳梨、香蕉、柑橘類等皆為重要的出口品。這些農產品的產量每年或有消長，由於栽種面積及肥料使用量的問題，戰爭結束那年的產量最低。1939 年生產了 2,400 萬公斤的鳳梨，9,000 萬公斤的香蕉，1,200 萬公斤的柑橘類。

其他，豬隻戰前最高年產量為 180 萬頭，牛約為 48 萬頭。

為了提升這些農產品的產量，1938 年使用了 38 萬 9,334 噸的化學肥料。1950 年，因為肥料用量僅有 22 萬 5,000 噸，與日本時代相比減少了 15 萬 4,334 噸。但由於如前所述稻米耕作面積增加了 14 萬 5,000 甲，因此產量有些許增加。如果能施予足夠肥料的話，1 噸肥料可增產 1.5 噸的稻米，每年稻米的年產量就可從 160 萬噸提升到 170 萬噸。但是，增加稻米耕作面積，勢必減少砂糖的原料甘蔗之耕作面積。應如何調節才能平衡稻米與砂糖兩者，不但是過去和現在，也是將來必須深入研究的重大問題。譬如，前面所提的 32 萬噸剩餘稻米與等量的砂糖，出口所賺得的外幣、雙方的市值相比較後何者對島民更為有利？這在台灣米糖政策中，不論在哪一個時代，始終都是需要審慎研究的問題。

原則上，中北部適合種稻，南部一帶適合種植甘蔗。砂糖，如前

所述，島內的消費量僅有 5 萬噸左右，所以將來應交互考量國內生產條件與國際市場情勢，隨時決定增減產量，原則上以年產百萬噸左右為目標。

　　由於米、糖、茶葉及一切農作物都是需要土地才能生產，因此在像台灣這樣的地方，想讓生產進步到立體多元化的方式，一年最少需要 25 萬噸的化學肥料。台灣因為有豐富的電力資源，只要持續開發，將來自產的化學肥料應可以自給自足。最初目標是年產至少 30 萬噸。硫酸阿摩尼亞、磷酸阿摩尼亞及過磷酸石灰是化學肥料的主要成分，但這些至今都是從日本進口。戰前從滿州進口大量的豆粕，但戰後來源斷絕。目前雖從美國進口大豆、在島內化學工廠內製造，但完全無法滿足實際的需求量。

　　綜言之，支撐農業政策的兩大支柱，一者是土地政策。原則上與我以往的主張一致，雖然國府進行了土地改革，但仍待未來才能完成。另一者則是肥料政策。肥料是農民的生命。但國府現施行極為惡劣的肥料政策，壓榨農民的民脂民膏。台灣半數以上的人口是農民，在台灣施行善政的任何施政者，若無法確立有利於農民的肥料政策，就不能稱為「替天行道」的王道政治。

二、糖業政策

　　台灣的製糖始於荷蘭及鄭成功時代。那時代稱之為糖廍，以牛壓榨甘蔗，[3] 製成簡單的紅糖或粗糖。直到日本第四任總督兒玉源太郎及其民政長官後藤新平時期，任命了從美歸國的新渡戶稻造為糖政局長

3　工業革命之前沒有機械，故當時的台灣人為取得甘蔗糖分、轉變砂糖，以利保存，將兩顆硬石頭打鑿成圓柱型，一個是主動輪，一個是從動輪，再以牛拉動壓榨甘蔗。此即為牛壓榨甘蔗之意。

後，才開始進行正式的甘蔗種植及近代化的製糖。藉此，台灣也從農業封建的土地資本社會，一躍成為近代資本主義社會。

　　1939 年台灣砂糖的產量達到最高峰，有 140 萬噸，成為世界第五大產糖國。那年甘蔗栽種面積為 18 萬 8,000 甲地，與之前相較已擴充到極限。但在 1945 年，也就是國府接收的第一年，產量僅有 38 萬 6,000 噸。1947 年是產值最低的一年，僅有 30 萬噸。近年來終於逐漸提升到年產 50 萬噸。

　　就像前文曾提及的，製糖業是促使台灣封建社會崩解、進入工業化的半個推手。這個產業對台灣人民的經濟與民生所造成的巨大影響是不證自明的。1946 年之後，台灣製糖廠從 42 座減為 30 座，其中兼營酒精工廠的有 14 座。附隨這些工廠鋪設了計 3,400 公里的鐵道，其中使用於對外營業的部分有 650 公里。過去稱之為私鐵，雖較縱貫鐵路的軌道窄小，但因網狀性路線深入農村及田園，因此從承擔運送甘蔗原料這個任務來說，是不能小看的重要設備。台灣製糖工廠壓榨甘蔗的最佳能力，為 30 座工廠每天產出 6 萬 5,000 噸糖，若甘蔗原料充足，年產百萬噸砂糖並非難事。1950 年酒精的產能約 2,000 萬公升，最高產能應是 6,000 萬公升。若將此無水酒精作為燃料，每年約可提供五千輛汽車的動能。

　　國府治下的台灣糖業公司擁有 2 萬 2,000 名職員。直營的甘蔗農場有 5 萬甲地，每年雇用的總人員數約達 1,800 萬人次。平均每日雇用 4、5 萬名臨時工，若加上其家族大約有 120 萬人。再者，從甘蔗剝落下的落葉與枯莖，年產量粗估為 60 萬噸，約是 100 萬人一年的燃料量。製糖的副產品甘蔗渣，年產量約是 100 萬到 180 萬噸。這些可以做為燃料、堆肥原料，或利用為製作纖維板亦或是製紙的原料漿。這些循環性的經濟相互關連性，對於台灣社會產生了無法估量的巨大影響。

　　但台灣製糖業的前景未必是樂觀的。日本時代，為了補足許多不完備的自然條件，以人為技術補強之，為此付出了相當大的心血。譬如，為了改良土壤，而建設灌溉設施、施予人工肥料，為了防止颱風侵襲，造了防風林，又或者是擴充栽種面積，前後花 40 年時間才建設出一大砂糖王國。再加上，把台灣砂糖出口到日本本國，藉著關稅保護才能與古巴糖及爪哇糖競爭。

　　從爪哇或夏威夷移植過來的甘蔗苗，在二、三年內就衰退，且利用台灣這個環境種植甘蔗，需費 18 個月的生長時間，較爪哇所費的時間更長。又譬如古巴的甘蔗可以從已生長七、八年的枝莖分株種植，台灣只能取兩季以內的。還有，台灣的糖產量每一甲地平均是 6 噸，日本時代最高曾達到 8 噸，但這只是爪哇產量 16 噸的一半。

　　即使承繼了日本的良好基礎，國府經過十年的經營仍無法提高產量。這全導因於糖業公司的董事們都已經官僚化，同時僅具備腐敗與低劣的管理能力所致。能夠稍稍防止台灣糖業公司崩解的只有以下諸項。第一、台灣糖業公司持有約 4 萬 3 千甲的改良農場，其中直營的農場約有 2 萬甲地，可減低原料短缺的威脅。第二、由於台灣南部有所謂的「看天田」、海邊的鹽分地帶及山地的紅土地帶等，不適合栽種甘蔗以外的作物，因此每年都栽種甘蔗。第三、有農民為了堆肥、獲取牛馬飼料或獲得燃料而栽種甘蔗。第四、種植甘蔗可取得公司配給的肥料，還可以把肥料流用到其他用途。如上述，將來若想改善台灣糖業，客觀條件上要提升甘蔗栽種的技術，主觀上則必須讓公司的人事制度民主化，同時導入新式機械。譬如，藉由栽種技術的改良，一甲地的產糖量可從 6 噸提升到 12 噸。又譬如，品種 F134 號與原來 F108 號相比，含糖量增加了 38%。另外適合沙地的 CX 號，比原品種增加了 27% 的產量。只要適地適種的栽種，產量即可增加。這個育種科學的研究，從日本時代開始就費盡心血持續進行，今後更應

該加緊腳步。將來若能大幅改善其他使收穫減少二成之事，如驅除害蟲、充足的肥料、增強灌溉設備、完善整備機械農具等，相信必能藉由人為努力克服自然上的困境。

又在公司管理上，我屢屢提出「國有民營法」，亦即採取民主式的管理方法。據此，公司及工廠的最高領導者，皆由工人與職員選出。此種經營法，由於也適用於其他國營企業，因此將於後面詳述。

三、電力政策

台灣的電力供應設備完善時，將有 300 萬千瓦以上的發電量。日本經過 20 幾年的建設，至 1945 年止完成設備的發電量可達 30 萬千瓦。水力與火力發電廠合計 34 處，單是水力發電即達 26 萬千瓦，約占總體的 86%。八處的火力發電廠提供了約 5 萬千瓦的電力。輸送電力的高壓線（15 萬 4,000 瓦）總長 370 公里，在此之下的配電線則超過了 1 萬 1,000 公里以上。

戰爭結束後，由於空襲使得全島發電量降到 4 萬千瓦。1947 年設備修復後回復到 21 萬 4,355 千瓦的發電量。日月潭的水力發電廠，在 1949 年達到 14 萬 3,500 千瓦的發電量。

日治時期未完成的大甲溪上流發電廠，在計畫中估計最大發電量為 45 萬千瓦，目前已完工 80%。此發電廠是 1953 年透過美國的經濟援助，完成了 5 萬 2,000 千瓦的發電量。四年計畫中，預定要提升至 18 萬千瓦的發電規模。此電廠在台灣被稱為天冷發電廠。[4]

4　台電於 1948 年成立天冷工程處。1950 年韓戰爆發，美援物資開始運往台灣，台電是美援重點資助的主要機關之一，其中位於大甲溪的天冷發電廠是台電第一座獲得美援的大手筆資助之工程，1950 年動工興建，並獲得美援支援工程費用及運輸設備及鋼管。1952 年 9 月 9 日，當時蔣介石總統視察時，定名為「天輪發電總廠」。工程於 1952 年 9 月 21 日竣工。

這個 45 萬千瓦的大規模發電廠，將來必須建造完成。如果天冷發電廠建造完成，使用於發電後的水可引入大肚山一帶的農田，把旱田變成水田，進而促使台中縣稻米產量加倍。簡言之，若能完成三大企業的綜合計畫，即天冷發電廠、台中港、大肚山一帶土地灌溉的話，中台灣將可取得飛躍性的繁榮，更可對全島工業增產做出極大貢獻。

新形成的中部山地草嶺、清水湖的水量，較日月潭更為豐富，若能善用此水源，應可建設一個比日月潭更大的水力發電廠。

另外前行調查也顯示，宜蘭、花蓮港、台東等東台灣也是電力資源豐富的地方，甚至有發電量可能超過百萬千瓦的說法。若能善加利用，極有可能為經濟落後的東台灣進行工業化的動力資源。

再者，台灣的火力發電廠未來如能改為核能發電廠，特別是以未開發的鈾礦為原料，利用核能動力發電的話，應可期待更光明的前途。

若配合台灣將來的肥料政策來看，此電力政策對於將來台灣的產業及經濟勢必會產生莫大的影響。

四、工礦業政策

台灣工礦業的產業規模僅次於日本與滿洲朝鮮，位居東亞第三位。我們應在此既有的基礎上，為將來的發展做出規劃。國府雖然為這個產業成立了大型工礦公司，但近期為了推動土地改革，將股票釋出做為徵收土地的補償款，因此現已成為民營產業。像這樣民營化的主要產業有煤炭、紡織、橡膠、肥皂、油脂、玻璃、陶瓷窯業等。

其他仍是獨立的國營企業還有水泥、氫氧化鈉、[5]製紙、石油、金銅礦業、鋁等。

　　國府統治下，有著較新發展的是紡織業。紡織業取得了美國供給的棉，與日治時期僅有二萬紡錘相比，現已增加到 5 萬紡錘。然而台灣要達到完全可以自給自足，尚需 10 萬到 15 萬紡錘。再者，日本時代肥料的最高用量約為 60 萬噸，1955 年台灣的肥料產量卻僅有 8 萬噸。最近這些肥料工業，取得 MSA 的援助，建了大量的工廠，逐漸朝著自給自足的目標邁進。另外，1953 年在汐止設置了一座 35 噸的私人熔礦爐，用以煉裹生鐵。

　　石油的提煉，在台灣是特殊產業之一。國府接收了原日本海軍在高雄左營建造的一座煉油廠，1950 年後此座煉油廠的月產量達到三萬噸。主要是生產石油、汽油、柴油等燃油，但原油卻必須完全仰賴進口。台灣原油的藏量非常少，且尚在探勘階段。

　　煤炭的蘊藏地區從基隆一直到新竹的大安溪岸，綿延了 160 公里，總蘊藏量推測有 4 億噸。1948 年工礦公司的產量為 7 萬噸，民營公司的產量有 15 萬噸。在上海淪陷後出口衰退，到了 1950 年國營產量減至 4 萬噸，民營也減產至僅剩 6 萬噸。

　　鋼鐵機械工業方面，有屬於資源委員會的機械公司和屬於工礦公司的鋼鐵機械公司兩家。那是接收並合併原來日本時代十個以上大型單位的各製鐵公司而成的。主要生產船舶、馬達、農具、變壓器、紡織機、電池、生鐵、鐵釘、橋樑等產品。由於機械工業是所有技術工業的基礎，因此是台灣工業化的重要部門。但台灣的鐵礦資源非常貧乏，故難以進行大規模的製鐵。

5　氫氧化鈉，又稱火鹼、燒鹼和苛性鈉，是一種具有高腐蝕性的強鹼。氫氧化鈉為常用的化學品之一。其應用廣泛，為很多工業過程的必需品：常用於製造木漿紙張、紡織品、肥皂及其他清潔劑等，另也用於家用的水管疏通劑。

　　國府從日本人手裡接收八個工廠，組成了公營的台灣紡織公司。台灣紡織公司於 1950 年生產了 394 萬 5,167 磅的棉線，以及 1,018 萬 9,043 碼的棉布，另外還生產了 500 萬個麻袋。大陸淪陷後，中國紡織遷至台灣，設置了 1 萬個紡錘。民間最主要的有大秦紡織廠 1 萬 3,000 紗錠，雍興紡織廠 7,000 紗錠。二次大戰結束後，紡織業在台灣興起，現在的自給率約達 95%，但完全沒有製造毛織品及化學纖維。

　　製紙業有年產 400 萬噸的能力，隨著台灣文化水準的提升，成為日益重要的產業。目前這個公司在土地改革後變成民營產業。在台灣，因為有製糖的副產品蔗渣，也生產木材及其他各種原料，將來若能解決製紙技術與機械問題，即使在國際市場也能與外國產品一爭長短。

　　水泥產業也與製紙產業一樣，現已是民營產業。日本時代最高產量達 30 萬 3,438 噸。1949 年提升到 29 萬 1,169 噸，已可外銷。由於是修繕道路、建築、水壩建設、港灣、碑圳的必要材料，因此將來的需求定會持續增加。

　　肥料方面如前所述，每年的需求量為 5、60 萬噸。現在的產量僅是需求量的十分之一。將來第一階段，希望能滿足三分之一的需求量，接下來是三分之二，最終目標是台灣的化學肥料能發展到以低廉的成本生產，達到自給自足的程度。固定空氣中的氮是製造化學肥料的關鍵，但無論採用何種製造方法，都需要大量的電力。因此肥料的製造與電力資源開發息息相關，我們必須參照前述的肥料政策，在此事上做出最大的努力。因為肥料是砂糖的原料—甘蔗的生命。

　　鹽業與碳酸納業也是台灣重要的產業之一。1949 年氫氧化鈉的產量為 9,000 噸、液體氯 1,500 噸、鹽酸 1 萬 1,400 噸及漂白粉 2,400 噸。鹽主要是日曬海鹽，鹽田的鹼水可以提煉出硫酸鈉與鎂。台灣南

部有利用氯與海水相互作用後提煉出溴的工廠。由於鹽的原料取之不竭且生產成本低廉，再加上電費低廉，因此鹽化學工業在台灣應是一有前途的產業。然而這產業在日本時代的建設時間較短，基礎薄弱，而國府接收後卻由於管理不當、人事費過高、技術低劣的交互影響，使得現今業績甚為萎縮。

台灣的窯業主要是製造紅磚，日本時代開始全島就有 35 處煉瓦場。一般陶器的製造則由於台灣沒有優質黏土，因此不甚興盛。1949年生產了 883 萬 1,700 個紅磚。由於水泥工廠、製糖工廠、還有鐵路工廠對於耐火磚的需求皆高，因此將來必須增產。

再者，鋁這方面，日本時代年產量為 1 萬 2,204 噸，但到了 1950年卻僅剩四千噸。日本時代的 1941 年，氧化鋁年產 3 萬 1,000 噸，鋁錠 1 萬 2,000 噸。但由於戰時受破壞的部分沒有修復，加上原料供給不充足，因此無法善用這個由日本所建造的優良設備。這實在是非常遺憾的事。

另外在日本最頂盛時期，台灣黃金的冶金年產量有 8 萬兩，銀 30 萬兩，銅 194 噸。金瓜石金礦在國府接收後，業績積弱不振，金銅礦公司僅販售備品，完全是殺雞取卵的經營方式。關於這個產業，將來必須慎重地進行研究。

樟腦是昔日台灣最大的特產，產量約占全世界天然樟腦的九成。台北南門工廠年產 1,200 噸的樟腦，及 1,200 噸的副產品精油。每年外銷金額約 900 萬圓（日本時代）。這個總督府的專賣事業，在國府接收後業績也甚為不振。再加上世界各國開始陸續生產人造樟腦，往日獨占地位之榮景已不復存在。不過，天然樟腦的優點與製程中所產出的副產品各種精油，再加上若能把台灣既有舊工廠的機械設備汰舊換新、改善管理及技術，相信可以回復昔日台灣重要特殊產業之榮景。

其他，在輕工業方面，及橡膠、肥皂、油漆、玻璃、藥品製造上，多少承襲了日本時代的基礎。近年來隨著土地改革，讓土生土長的台灣人將其土地資本逐漸轉成中小型製造業資本，因而使得種種輕工業呈現興盛之貌。但現在尼龍、透明樹脂、塑膠類等製造業，尚未開始發展。

以上是針對台灣工礦業的概況、將來性及我們的著眼點所做出的論述。簡言之，原則上獎勵生產台灣特產品，並強調必須改善經營與管理的方法。接下來將介紹 1948 年在香港針對台灣產業政策所訂定的計畫案。

（1） 除了某些具獨占性質的產業外，國有企業應該全數開放民間投資。

（2） 國有企業的目的為確立國家經濟基礎及提升人民生活與繁榮社會。因此，國有企業的收益應根據一定比率編入國家預算之中，其餘應做為儲蓄、給職工的獎金，更應使用在增進職工的各種福利上。

（3） 各國有企業的董事長、董事、監事、總經理、廠長等幹部及評議員，應全數由該企業的職工選出。政府可以派遣若干名監事及技術人員列席其營運會議，以監督企業之經營。

（4） 若是被視為是國家經濟上必要，又有助於人民生計的民間企業，政府應給予財政上或技術上的援助。

（5） 對於農會及工會等組織，國家應給予財政及技術上的援助。

（6） 政府應將持有的土地分配給沒有土地的農民。

（7） 政府應訂定私有土地的最高持有限額，超額部分以土地債券購買之。此些債券可用於投資工廠、礦業等其他產業。

（8） 給予新創設的工廠或礦業，一定期間的免稅。另外，應減低工會及農會之稅金。

（9）　保護勞工、改善婦女孩童的勞動條件，並徹底實施勞工保
　　　險予以加保。

（10）復興期間，政府依公訂價格分配給一般人民稻米、砂糖、
　　　燃料、衣料等生活物資，並將肥料及農機具配給給農民。

　　亦即，國有大企業依民主制度讓公司職工選出兼具德望、能力
的候選人，擔任各企業的經營負責人。同樣的，各企業評議會的評議
員，應由職工從社內候補人中選出，並組織成評議會。這就如同自治
領[6]的組織一般。亦即，公司經營者如同行政單位的主管者、評議會
即如立法部門、從政府派遣過去的監事及技術人員則類似司法單位。
設立此制度的目的是，希望除去國營企業的積弊、提升企業效率、防
止貪汙舞弊及罷工等情事發生。也就是一方面國家擁有國有企業的所
有權，另一方面以人民為主體的民主方式進行營運。

五、林業及水利政策

　　如同農林立國這個詞一般，不僅造林與灌溉兩者密不可分，且構
成台灣的基本民生。從衣、食、住、行四方面來看，木材與建築、橋
樑、枕木、木炭燃料等各方面皆有相關連性。由於戰爭末期的荒廢與
二戰後的濫伐，全台灣有 5 萬 7,000 甲的森林面積遭到破壞。因此，
二戰後的五年中有四年，台灣受到洪水與旱災的輪番侵襲，造成農作

6　自治領（Dominion）是大英帝國殖民地制度下一個特殊的國家體制，可以說是
　殖民地走向獨立的最後一步。19 世紀，所有實行自治或半自治的英國殖民地，
　尤其那些已具有自身憲政體制的，如加拿大、澳洲等，都稱為自治領。它們都
　是由直轄殖民地（Crown Colony）或自治殖民地（Self-governing colony）進化
　為自治領。〈自治領〉，「維基百科」：https://zh.wikipedia.org/（點閱日期：2021
　年 7 月 9 日）。

物受到極大的損害。1946 年到 1950 年間，僅完成約 2 萬甲的造林，若想完成整個區域四萬甲的造林，仍需相當時日。

　　耕地的防風林，雖然從日本時代就持續栽種，但西台灣面對強烈季風，特別需要造林。推估造林面積每增加 1,000 甲，就可讓約六萬甲的耕地獲益。但是由於二戰後的濫墾，使得一半以上的林地受到破壞而荒廢，將來必須努力恢復林地。

　　針對木材的生產狀況，日本時代的年產值約 1,000 萬圓左右。在台灣，平地製材所有八處、山地有五處，製材能力每年約十萬立方公尺。關於民間的採伐，因為制度上變成必須先取得昔日即成立的林產管理局[7]的許可才能開採，但目前國府治下的台灣，這個林產管理局以貪汙的溫床著稱，導致弊端層出不窮。

　　下表為 1945 年到 1950 年的木材生產狀況表。

7　台灣林業機構之設置始於前清同治 12 年，清廷於台灣墾務局下置伐木局專司森林砍伐事務，但未久即又廢置。甲午戰後，日本統治台灣，於台灣總督府下置殖產局經營台灣林業。1945 年，二戰結束台灣脫離日本統治。台灣省行政長官公署於農林處下設林務局，接收台灣總督府林政營林等業務，將全台劃為 10 個林政區域，另設 4 個模範林場，並成立林業試驗所 3 所分掌業務。1947 年 6 月台灣省政府為加強林業管理乃將林務局撤銷改組為林產管理局。1999 年 7 月 1 日起改隸中央，是為行政院農業委員會林務局。〈林務局沿革〉，「行政院農業委員會林務局」：https://www.forest.gov.tw/history（點閱日期：2021 年 7 月 15 日）。

單位為立方公尺

	1945 年	1946 年	1947 年	1948 年	1949 年	1950 年
阿里山	13,874.08	28,485.827	28,176.491	22,583.006	19,507.9530	20,845.00
巒大山	--	2,123.378	3,064.579	4,983.237	3,562.3987	5,485.00
八仙山	9,261.00	17,386.248	19,292.456	13,348.790	4,501.1560	20,969.00
竹東	340.90	8,858.464	8,311.802	7,018.408	5,138.9504	7,394.00
太平山	14,136.57	19,224.918	37,477.211	41,395.270	54,771.8210	61,659.00
太魯閣	--	2,107.164	1,661.948	4,231.250	1,679.8300	3,711.00
合計	37,612.55	19,186.003*	91,954.487**	93,559.961	89,162.1091	120,063.00
各年度產出材量比率	47%	100%	116%	118%	118%	152%

* 應為 18,183.999 立方公尺。
** 應為 97,984.487 立方公尺。

日本時代開始，已持續在阿里山、八仙山、太平山這三大林場，伐採超過 30 年，木材資源日益減少。將來若開發大雪山、楠梓仙溪、棲蘭山的新林場，預估可持續 40 年，每年的生產量，預估約有 18 萬立方公尺。

山地橫跨了寒、溫、熱三帶，隨著山林的開發，進行鐵道、巴士道路、隧道等建設，可使人口增加、設立新觀光地並提高山地的一般文化水準。

以下，提供未來採伐計畫一覽表以供參考。

林場別	計畫事項	儲存量（立方公尺）	製材（立方公尺）	木材價值（美元）	完成工程需要月數	每年搬出材積（立方公尺）	持續年數	工程預算（美元）
八仙山	1, 大雪山開發	9,731.529	5,838.905	70,402.705	18	50,000	70	2,136,519.00
阿里山	2, 楠梓仙溪開發	398,537	239,122	6,782.619	24	20,000	10	916,509.50
太平山	3, 棲蘭山開發	2,358.173	1,649.321	64,171.955	12	40,000	40	727,797.00
太平山	4, 太平山改道	1,537.069	922.241	35,622.386	18	55,000	15	471,765.00
阿里山	5, 阿里山永續保持	554,346	360.325	---	12	17,000	永續	200,287.50
總計		14,577.634*	9,009.914	276,968.705**	---	182,000	---	4,462,956.00***

* 應為 14,579.654 立方公尺。
** 應為 176,979.665 立方公尺。
*** 應為 4,452,878.00 立方公尺。

　　山區的森林鐵路總長為 332 公里。其中 151 公里使用蒸氣機車，[8] 127 公里使用柴油機車，[9] 54 公里使用人力板車。

　　台灣一詞有「高台之灣」的意思，台灣七成以上是山岳構成。因為尚有許多無人知曉的神秘地區，因此，將來必須與少數民族政策並行，規劃一個百年大計，組織山林隊、山岳隊、調查隊、地下資源探索隊、地質研究隊等進行大規模的探查。

　　隨著電力資源的開發，可將灌溉用水引至山區的高原開墾地。此外，利用自然的山形或溪谷，進行生產、交通、動力、地下資源開發的同時，也可利用住宅、別墅、公園等把全台建設成一個巨型的觀光地。

　　如能擁有現代進步的科學機械，再加上政府充足預算的話，開發台灣的高山絕對非空想，完全是可實現之事。與後面將述及的少數民族政策相互對照，若有必要可在行政院內設置山地開發署。藉由開發長官的指揮，應可取得巨大成效。

　　由於台灣平地橫跨亞熱帶與熱帶，特別是山區已如前述，橫跨寒、溫、熱三帶，因此具有各種氣候特徵，如能設置坐著即可在數小時內經歷四季變化的交通工具，就能讓人對台灣的最初印象不只有文字上「美麗島嶼」，而是能有進一步的體會。因此山地的開發，不應侷限於經濟及工業，還應橫括文化、觀光、科學等各領域，成為一個大型綜合建設，相信台灣獨特的自然風景與人工景觀能傲視全世界。

8　蒸汽機車，又稱蒸汽火車，是以蒸汽機作為動力來源的鐵路機車，也是鐵路機車最早的發展類別。

9　柴油機車，又稱內燃機車，是指以柴油引擎為動力來源，並通過傳動裝置驅動力車輪的鐵路機車。於 20 世紀中期開始各地鐵路廣泛使用。這些機車的功率輸出和效率比蒸氣機車高，自 20 世紀中開始在世界大部分地方成為主要鐵路機車種類，柴油機車可以直接取代蒸汽機車，不像電力機車必須依賴其他的電力傳送設施，如高架線或第三軌。

　　台灣的水利事業，受到氣候與風土的制約，乾濕之間差異極大。從清朝時代的治水開始到日本近代科學工程為止，都費盡了千辛萬苦。清朝時代灌溉面積約有 35 萬甲，其中有 19 萬甲是水田。這時代建設的埤圳，全台共有 15 處，人民視其為清朝遺跡，以懷舊的心情看待。日本統治台灣後，進一步應用近代技術，在多處建造了規模宏大的埤圳。譬如，台北縣的劉公圳、[10] 新竹縣的桃園埤圳、台中縣的八堡圳、台南縣的嘉南大圳、高雄縣的曹公圳、花蓮港縣的吉野圳及台東縣的卑南圳等等皆是。其中，嘉南大圳的烏山頭蓄水池及其灌溉工程規模最大，被稱為東洋第一。

　　日本統治台灣後，花費四十年時間，讓耕地面積達到 86 萬甲，大約是清朝時代的兩倍，其中 58 萬甲是水田，相當於清朝時代的三倍。這段時間雖完成 41 萬公尺以上的堤防建造，但戰時有 3 萬 3,000 公尺受到損壞。再者，由於埤圳有所毀損，導致稻米減產。

　　台灣的水利事業，雖然過去曾有良好基礎，但這十年來沒有善加保護及修繕，若置之不管，很可能立即陷入全數崩坍的危險。今後的水利建設，當然應該在台灣既有基礎上，進一步改善，並且規劃延長水渠長度。幸好，台灣擁有豐富的木材、竹子及水泥等低廉的原料，使埤圳工程能以較低廉的資金完成。若山地森林的保育工作，與平地水利工程兩者能相互配合，將對台灣的農林業做出極大貢獻。

　　日本時代的水利會及其他水利管理組織，雖然承襲了數百年來台灣的特色，進行了台灣式的民主化，即由下往上的組織制度，但由於國府帶入封建、官僚的風氣，導致管理惡化。大陸獨特的官僚方式，使得僅有幹部及少數者可圖得特惠的利益。這絕對是非民主的反動，將來一定依國有企業「公有民營」制度一般，以國有民營方式之原

---

10 原文如此，應指瑠公圳。

則，進行改善。

　　台灣漁業在日本時代相當發達，但戰爭期間與二戰結束後頗為萎縮。1954 年開始，經由美國的援助與獎勵才逐漸恢復昔日的規模，終於突破戰前的最高漁獲量。下面一覽表中清楚地標示著相關的漁獲明細。

台灣漁獲量一覽表（單位噸）

年度	1940 年（戰前最多）	1953 年	1954 年
洋海（遠洋）	57,293	25,480	27,053
近海	28,223	32,700	40,462
沿岸	23,564	37,610	43,344
養殖	10,440	34,220	41,689
合計	119,520	130,010	152,248*

* 合計應為 152,548 噸，原書照錄。

六、交通政策

　　交通包含了鐵路、公路、航海、港務、氣象、郵政、航空等七項業務，都是現代文明生活不可或缺的。這些基礎建設，幾乎都在日本人手上完成。

　　清朝劉銘傳鋪設了一段從基隆到新竹，僅約 106 公里的鐵道。日本在之後的 50 年間，鋪設了約 1,600 公里的鐵道。以台灣的縱貫線為起點，陸續完成淡水線、宜蘭線、海岸線、屏東線、台東線等支線的建設。彰化以北是複線，全程最高運輸量達到每日 1 萬 8,000 噸。二戰後，國府僅修築了新竹到竹東尚未完成的 17 公里鐵道。梧棲到東勢角的支線則任其荒廢，現仍是未開工的狀態。客運部分，日本時代每天平均運輸 17 萬人次，1949 年提升至 18 萬人次。這是由於大陸淪陷後，大量難民蜂擁而至之故。

　　將來鐵路的交通從基隆到屏東都要複線，同時要建設東西橫貫的

鐵路。

　　二戰結束當時，總督府管理的汽車公路達 3,380 公里，鄉道也有 1 萬 7,097 公里，皆具備現代化規模。現在的公路，國道僅有 1,165 公里、縣道 2,214 公里，以及 1 萬 717 公里的鄉道，反而較日本時代萎縮。這些道路受到廣泛地利用，客、貨運里程共 1,447 公里，每日延伸行駛里程達 3 萬公里以上。全島公有及私有車輛數達 9,000 至 1 萬台，主要是巴士及貨車，由於處於戰時體制（按：指蔣介石統治下的台灣），故除了官有及公有之外，幾乎沒有轎車。

　　在 MSA 的援助下，至 1955 年止，台灣所有的縱貫道路都鋪設了水泥，並建造出東洋第一、可供汽車行駛、橫跨西螺溪的橋樑。

　　台灣的航運業，日本時代由日本郵船及大阪商船兩家公司獨占。二戰後，蔣介石政權合併了七家日本的船公司，成立了台灣航業公司。在國營的招商局 [11] 進行投資合併後，蔣介石政權與招商局兩者各自握有六成及四成的股份。之後，為了維持營運又從台灣銀行調度了約 30% 的資金。此公司約有 16 艘船舶，經營沿岸及遠洋航線。將鹽巴、稻米、砂糖、水果等送至日本，再把賠償物資及各種機械、肥料運回台灣。也曾數十次運送上海及舟山群島的敗戰官兵及軍需物資，可惜運輸功能不彰。台灣商港中，高雄港的規模最大。日本每年以龐大的預算，支付高雄港之維持與建設，但花了五十年的時間也只完成了十分之一的建設。1905 年開港以來，一直保持著出超的紀錄，從

---

11 輪船招商局（簡稱招商局）是中國晚清的洋務運動時期以官督商辦模式創辦的航運企業，也是中國最早以現代公司概念經營的企業之一，由李鴻章等人在清同治 11 年（西元 1873 年）1 月 17 日於上海成立。民國 38 年（西元 1949 年）兩岸分治後分裂為招商局集團與陽明海運集團，前者為中華人民共和國在香港的中央企業之一，後者則由跟隨中華民國政府遷往台灣的「招商局輪船」改組擴展而來。〈「輪船招商局」〉，「維基百科」：https://zh.wikipedia.org/（點閱日期：2021 年 7 月 10 日）。

這說明了台灣物資的豐饒。1949 年，貨物出口量為 69 萬 8,483 噸，來往船隻高達 5,280 艘。將來此良港完全建造完成後，運輸量應可擴增至現今的五倍以上。

基隆港有 18 個棧橋，可以同時停靠 15 艘 3,000 噸到 2 萬噸的商船。另有 6 個浮筒，可繫泊 3,000 噸到 1 萬噸的船隻。1949 年貨物吞吐量為 52 萬 415 噸，往來船隻共 6,048 艘。其他蘇澳、花蓮港、台東等也以成為東部商港之目標，持續建設中。但要克服東海岸洶湧波浪這樣的自然條件，是極為困難之事。將來台灣應更進一步將高雄與基隆兩大良港，擴充成為國際貿易港，另也可重修淡水、台中港、安平等廢港，使其成為沿岸與近海貿易的港口。

郵政最頂盛時期，用火車來運送郵件的距離曾長達 1,321 公里，汽車部分也有 986 公里。日本時代也經營簡易郵政儲金，用戶高達 27 萬 2,105 戶。簡易保險也曾經風行一時。電話也分市內、長途與國際電話等，電話及電報則有線與無線兩種皆有。這些日常生活所必須的文明利器，將來必須加速發展。但這一切都與管理、操作的技術員及管理者的培育和其熟練度息息相關。關於這點，打算在下章文教政策與人事制度中再次提及。

最後，在航空業方面，日本時代為了推動南進政策，建造了許多機場。而油料補給和維修等各種設備也大致完成了。現行的島內航線有松山與台東、花蓮港、台南及馬公諸線等，國際航線則有日本、香港、曼谷、美國線等，由 CAT 航空公司經營。

簡言之，台灣的交通業十分近代化，即使只拿公路網做為例子，也比國府時期滿洲以外、中華民國全部領土的總和還長，旅客運輸量也在此之上。光從這個現代文明的交通設施來比較，應該就能明顯看出封建中國與近代台灣這兩個社會有著天壤之別。

綜觀上述是針對現在台灣與將來產業的現狀及政策進行全面性

之論述。過去台灣的經濟相當長一段時間與日本經濟連結在一起，希望藉此獲得近 8,000 萬消費人口的市場。戰後有段時期與大陸市場相連結，希望藉此尋得市場活路。在大陸淪陷之時，又不得不再次尋求開拓日本市場、東南亞市場以其他國際市場的銷路。但誠如在第二部「現在的台灣」所述，現今國府有太多致命性的缺陷，根本沒有進行產業復興及開拓產品通路的能力及餘力。

結論是，支撐台灣產業的主要骨架是土地、糖業及電力。其中從生產與出口來看，糖業都是台灣最重要的產業。此外，由於台灣尚未脫離半農半工業國的狀態，因此土地與水利灌溉問題也是重點之一。但將來在建構工業立國的計畫時，電力供給之於各項工業的重要性，勢必與土地、水利對糖業的深遠影響程度是相似的。

因此，未來台灣產業的基本方針是，一、改革水利及灌溉事業。二、將國有企業改為「國有民營」制度。三、調整糖業。四、開發電力資源。五、確立肥料政策及確保化學肥料。另外，在國家預算許可範圍內，一般大眾日常生活所需的照明設備的電費、水費、醫藥費、市區公車及火車的運費，應調整到最低金額，或提供部分免費。反之，若超過使用額度，費用就應該急速增加，這在某種義意上與綜合所得稅的累進稅率相似。

像這樣「耕者有其田、工者營其廠、生者享其福」，也就是「給予耕作者田地，令勞動者經營工廠，讓活著的人享受幸福」，是福爾摩沙主義中社會經濟建設面的最高原則。

第十八章
文教政策

　　台灣教育從過去 60 年來的變化過程來觀察及思考，可以看出經歷了三代的變革。也就是到 1920 年（大正 9 年）為止，在所謂殖民地教育之下，無論是在日本國內或台灣島內，台灣人在接受高等教育上皆深受限制。之後，日本內地撤銷了限制，開始出現在台灣也應施行國民教育的氛圍，因而改採同化政策及內地延長主義的方針。從日本戰敗那天開始，遵照國府的教育政策原則，教授所謂紙上的三民政策。在中等教育方面，舊有的 4、3 制更改為 3、3 制，教科書內容也做了大幅度之修改，文字則強制規定僅能使用中文。就學人數方面，初等教育沒有太大的變化，不過中學部分約增加了二倍。這翻倍的就學人數中，大陸人約占了五分之一。而高等教育的就學人數，雖比日本時代大約增加十倍，但其中有半數是支那人。

　　日本人在台灣所施行的一般教育，是為培養所謂遵守法律與秩序的善良公民。雖說這種遵守法律的精神，今後仍須承續下去，但日本教育中訓練善良的法治公民，是日本以統治者之姿馴服我們的教育，我們是被置於被動的立場。獨立後台灣人的國民教育，應轉為陶冶訓練自動、自主獨立之人格。這是因為台灣是我們台灣人的台灣，我們是統治我們自己的統治者之故。我們有時是人民，有時是政府的公務員，從總統到警察，都應由台灣人擔當。此事不僅是教育的基本精神，也是恢復自主的個性，更為天賦人權的基本要求。

國府的教育，雖以三民主義的民權主義教導台灣學生，但實際上卻施行獨裁與壓迫，將台灣人推入比殖民地人民更低的地位，讓批評政府的人處於被槍斃的恐懼之下。

一、國民教育

第一，徹底推行義務教育。受台灣義務教育的人只要再增加20%，就可達到100%的目標。將來義務教育的年限要設為九年。此兒童教育的基本精神如前所述，是要一掃過去及現在的弊病，致力於培養台灣民族精神、愛國精神及自由民主精神的涵養。

國民教育在校舍、設備、教科書內容、教師、教育方法、學校經費及營運方法等方面，有日本時代留存下來的良好基礎。又，二戰結束後大多數的小學校長及教職員都由台灣人擔任，因此學生受到國府腐敗教育的影響不高。

現代是生產技術與機械科學高度飛躍發展的時代，因此應將重點置於簡易的農業技術及工業技術的教育之上，並同時藉由實地操作勞動與實驗，兼顧體驗式教育。國府的教育，就如同在塌塌米上練習游泳一樣，都是紙上談兵。考試及格後取得「進士」、「狀元」的這種「文章教育」，最終造成「全國皆官」，也導致國家滅亡。這是封建農業社會之基本性格所造成的現象。從學校畢業的人，無法在無數已進入工業化社會般的公司、工廠、農場裡工作，因此僅能一窩蜂全部湧入政府機構上班。國府也不知矯正此種偏差，更展現出較封建皇帝更糟的落後性，使得從自身內部崩壞，而被趕出大陸。

國府誹謗日本人的在台教育。指出教育迴避了政治教育，是用來培養殖民地所需之技術性的奴隸人材。但逃亡來台的國府所施行的教育，最近也不得不開始模仿日本，轉換成技術生產教育。在打壓言

論自由同時，迫使年輕人上戰場，為保護蔣、宋、孔等豪門家族的財產，打算犧牲許多人的生命，將軍事教育導入校園。這與過去日本軍閥教育並無兩樣。美國與德國皆非常重視農工技術的實作教育。因此從結果來看，美、德、日等文明先進國家，不約而同地一致把重點放在勞作、技術、實驗、執行等方針上。我們除了必須與上述先進諸國相同，重視科學技術、手工實作的教育外，還要改變過去被支配的立場，養成自動自主、自覺意識的創造性人格。換言之，不是被動式的模仿，而是施行具有自動性的自主獨創人格教育。

國民教育方面，根本問題是文字問題。我們必須從使用日本片假名與漢字混合、單純漢字或台語羅馬拼音[1]三個方案中，選擇一個方案。但是，台灣人平常都使用台語，因此將來以台語作為國語是當然之事。在此不得不針對台語說句話。台灣人讀漢文時使用文言音，日常會話則是口語音。兩者皆與支那語的發音不同。台灣的日常用語中，約有一半無法以漢字表示，因此要用台語來書寫文章，只能使用言文一致的羅馬字來表示，除此之外別無他法。

我們過去學習日語 50 年，又二戰結束後至今的 12 年間，是以漢文實施國民教育。我們經歷了兩次發音與文字完全迥異的教育經驗。二戰後日本人僅在制度上改成美國式的 6、3 制；文字方面為求簡略化，而極度限制漢字的使用，並使用新的假名。中共也繼續使用漢字，雖然為了簡化而使用了簡體字，但最近也開始推動羅馬拼音運

1　指的是以羅馬字為閩南語所設計的一套書寫系統。稱為「教會羅馬字」，或「白話字」。最初是 19 世紀歐美基督教宣教教師在中國閩南、台灣等地進行海外傳教運動時所用。在台灣，先是由英國長老教會宣教師馬雅各醫師、甘為霖牧師等多位西方宣教師奠定了白話字發展的根基。日治時期時，隨著教會本地化的發展，羅馬字運動不再限於教會內部，而是進一步與日治時期台灣知識分子的啟蒙運動相結合。陳慕真，《白話字的起源與台灣的發展》（台北：國立臺灣師範大學台灣語文學系博士論文，2015 年），頁 1。

動。由於義務教育，是把不同程度的學童聚集起來一起受教育，因此不能以天才做基準，必須以兒童平均的智商為標準。關於此點，筆畫繁多的漢字甚易阻礙學習效率。台灣的青少年，每逢歷史變革時，總被迫學習不同的文字，因而飽嘗困難與痛苦。不幸中的大幸是，雖然最初倍感艱辛，卻也因此獲得鍛煉頭腦適應力與心靈敏銳度的機會。

獨立後的台灣教育，由於是以台語做為國語，因此要用羅馬字表現日常用語，並採用羅馬字教育。此第三次歷史性文字教育的變革是台灣青少年的新鮮體驗。另一個採用羅馬字的根本原因是，只要使用26個英文字母當中的17個，就可以表現所有台語的發音。在以小學生為主體的國民教育中，將容易學會。眾所皆知的事實是，台灣的基督教會在教導其信徒羅馬字時，即使未曾就學的文盲，都可在短時間內學會羅馬字的讀寫。

台語羅馬拼音化，不僅易於學習，且能完整地把台語中獨特發音完全表達出來，就算是表現風土的詩歌亦同。另外，台語羅馬拼音化還具備科學性。譬如印刷廠的設備及印刷技術也變得相對簡單，英文打字機只要經過些微修改就可以使用。像這樣透過文字提升效率，對建設一個國家而言絕對是最重要的要素。也有人提出支那是囚文字而亡國這樣極端的批評。不爭的事實是漢字阻礙了支那大陸在機械文明上的進步是一種常識。

當然，台語羅馬拼音化，對台灣文化而言是一大革命，由於也是建國百年的重大問題，因此絕非一朝一夕即可成就之事。所以建國之初，不能過分拘泥於文字，應以過往情勢（按：使用中文或日文）做為過度，以最短的時間完成之。也因此，從建國之初就應馬上成立半官方半民間的台語羅馬拼音化促進運動委員會，以此組織強力推動之。

若能實現台語羅馬拼音化，則與英、德、法語之間就有文字上的

相似性，國民也可較輕鬆地學習體系相異的西歐文化。

　　台語的發音，以縝密的音韻學來分析共有八聲，特別是有相當多近似法、荷、西語的鼻音。如能以台語為基礎母語，在轉換成他國語言時，中、日兩種語言不用說，就連英、法、德語，都可以有許多模仿的可能性。與他國國民相比，我們語言教育的負擔或許較重，但與軍國教育相比，不僅痛苦減輕許多，而且若每位國民都以世界和平使者自居，以愛好和平、重榮譽的國民為榮耀及期望，並以此動機來學習，即使有些許痛苦也能轉變成快樂的事吧！因此，我們必須舉國一致為恢復自主的人格尊嚴及著眼於和平教育而努力。

二、中等教育

　　中等及高等學校教育，可分為兩大類。一類是以一般教育為目的，另一類則以教育生活中必要的實用技術為目的。在普通基礎教育方面，將中學及高中相連貫，最後在大學針對專業領域做更深一層知識及技能的探究。不過農、工、專業人士、家政等著眼於實用的職業教育，由於意義上沒有準備進入大學之考量，在完成教育後應立即出社會。日本時代，以一般教育為主的普通中學及高等女校，在台共約有 46 所，另外還有農、工、商的職業學校及師範學校等，再加上三年制的實業補習學校，共 86 所。高等學校雖然僅有一所，但戰後在國府統治下，增加了 4、50 所新制高校。由於教科書的程度與以前高等學校一、二年級生的程度相去不遠，且教師也不如以前高等學校的教授那般優秀，因此現狀是學生無法充分吸收理解教科書的內容。進而造成許多學生無法負荷課程，特別是長途通學的學生，在過於勞累、陷入疲憊的狀況下，屢屢發生身心受損之事。未來我們台灣的中等高校教育，有必要充分思考這些問題，在編撰教科書時參酌青少年

的心理發展階段，調整教科書內容。

　　師範教育在日本時代隨著社會的進步漸漸從四年制改為五年、六年制，在二戰爭末期已提昇到七年、八年制。這是為因為義務教育的年限預定要從六年延長至八年的之故。二戰結束後台灣的師範教育又從八年制退回六年制。如果像支那大陸的封建農業社會一般，國民教育普及度不到 20%、處於不甚成熟的階段，則六年制或三年制的簡易師範教育也許足以培育出合適的教員。但在高教育程度的台灣社會，這樣子的教員是無法勝任的。因此，獨立後的台灣師範教育，必須提升到八年制，而初級中學教員的證書則應任教三、四年後才予以頒發，以為施行九年制國民義務做準備。

　　針對國府統治下的台灣教員，有二、三個必須一掃的惡劣弊害。其一是獨占且利己的教員分配方式。譬如，省立台北第一女子中學與台中師範，兩校皆有約近兩百名的教職員，卻沒有一位是台灣籍。這種獨占性較過去日本時代更為嚴重。第二，大陸的國民黨籍教師，都兼任蔣介石的特務，監視各校台灣人教師與學生的言行，秘密收集情報。他們將批判國府政策者，誣告為共匪，或密告為反國府者。這是一種恐怖教育。

　　將來將嚴格規定各級學校的教師資格。與此相應的是，獲得較一般官吏更好的待遇。從而讓青少年自然尊敬他們，也可成為地方的教化中心。教師的退休金要較普通高出 5% 到 10% 的優惠，讓教師們可以以一位職業教育家的身分，終生專心於志業而無後顧之憂。

　　最後，教師必須結合民主素養及高尚人格，更要身先士卒，示範如何勞動與實踐。藉此讓師生間融為一體，在體驗過程中進行創造性活動，在用心之中導向發明與創意。

三、高等教育

　　關於大學教育的內容及制度有許多的討論。在此省略一切，僅針對學校的數量、性質與分布狀況等基本政策進行論述。原則上要保持公、私立均衡，另外高等教育機關在地域上要平衡分佈。

　　在台北有台灣大學做為綜合大學，現在將師範學院擴大為教育大學，私立淡江英語專科學校則升格為綜合大學。台北的工業專科與行政專科學校，兩校皆作為短期大學、充實其規模內容。

　　台中市的農學院擴大成為綜合大學，並與同在台中、由美國基督教會之基金所設立的東海大學相互參照，不讓雙方在專門部門有所重複。在台中市還可創設全新的國立藝術大學。此藝術大學的性質純粹是培育專家，與師範大學附設以培養教員為目的的音樂科或繪畫科不同。台中市的氣候、風土民情皆宜，空氣也乾燥，此外還有如日月潭這種風光明媚的風景區，從以前就是個充滿文化氛圍的城市，是藝術大學最合適的所在地。

　　台南市的工學院，要擴充為綜合性的台南大學。此校將招收大量的南部學生，讓鄰近 5 縣的學生方便通學，同時也可避免高等教育機構大多設置於中北部的問題。再者，因為未來南部要施行以製造砂糖為主的農工政策，因此應充實學部與研究所在研究栽種甘蔗與製糖技術兩個領域上的相關設備。

　　高雄市也要創設高雄大學做為一所綜合型大學。由於此處是南台灣各種工業的中心，更是貿易與軍事的要衝，因此應把重心放在工科、造船、航海、貿易等科目上。另外，亦須增設製糖等農工科目。

　　東台灣也要在花蓮港設立一所綜合大學。此處應特別著重於發電、漁業與林業的研究。

　　以上計畫新設的大學設立，順序以南部的高雄大學及東部的花蓮

港大學為優先。然後依序是台南大學，而後為台中大學。

　　日本在二戰後雖激增了五百幾十校，然而美國卻有 1,700 校。根據此計畫，台灣的大學未滿十所，依人口比例來說並不算多。

四、其他文教政策

　　針對出國留學的年限，獎勵高中畢業者進行約十年左右，大學與研究所畢業生約五年左右，助理教授與副教授二、三年，教授則獎勵進行半年到一年的視察研究。其他從政府各機關、研究所、國營企業、民間工廠所派出的研究員或調查員的留學期間也同此標準。

　　為獎勵台灣共和國各大學與各民主國家的大學之間建立國際文化學術性的聯繫，教育部與外交部應給予交換教授與交換學生方便。教育部的國際文化局應主辦或指導辦理與台灣獨特文化及藝術相關的國際活動。另外，除了民間文化團體可招聘各國文化人士或藝人來台外，在外交部與教育部雙方的合作下，亦可以國賓之身分聘請之。

　　我國是以永久性中立國為基本國策，因此相較於軍事更重視文化，可以選擇和平時就不選擇戰爭。因此，除了向海外介紹台灣文化，同時也應導入各國的優良文化，藉以刺激並創造出我國特有的文化型態，進而提升我國文化發展，這可說是最重要的使命。

第十九章
人事制度

　　綜觀東西方歷史，無論哪個時代、哪個王朝，當人才輩出時，國家就會興盛；若人材零落，國家就會衰亡。意即，人才建立了國家，反之國家亦培育人才。若讓國民懷抱希望，則一切充滿創意的活動就得以活絡地推動。對人而言，希望正是動力的泉源。因此台灣的獨立自主，即是給予 8 百萬台灣人希望。

　　二戰結束當下，台灣總督府包含其下級地方政府總共有約 8 萬名的公務員。現在國府公務員的總數則約為十倍以上（詳細人數被視為機密）。將來獨立後的台灣，將容納十幾萬名公務員。

　　誠如前章在國防與外交所述的一般，顯而易見的是，國防方面需要 5 萬名官兵，而駐外公館的外交官、行政人員、司法人員、教育人員、警官等，另外還有各國營企業、銀行、及民間企業等，都需要為數眾多的人才。因此，雖說教育是為國家社會創造人才，但如何善用這些人才，則必須確立人事制度。

　　人才選用的標準，就如往昔有「科舉制度」一般，日本亦有行之有年的高等文官考試。[1] 這是成為官員鯉躍龍門的途徑。接著，以此進入公務體系或以學歷選拔後，決定各自的任用標準。將來的任用基準，雖然多少必須修改，但大體上依上述方式為之。當然，必須一掃

---

[1]　高等文官考試，是指 1894 年開始至 1948 年為止在日本所實行，選拔高級官員的測驗。

現在國府這種政治世家下所施行的人才選用方式。

　　將來，可透過國會議員向中央推薦其出生地的優秀人才。另外，地方人士也可向任何一位國會議員求職。由於台灣是一個小國家，呈現出一個大家庭的樣子，因此不要讓民間還有未被重視的賢人。支那國民黨，在過往的革命過程中有「華僑的錢」、「湖南的血」、「浙江的官」這樣的說法，被蔣介石任命為顯要官職的人中，約有七成是與其同鄉的浙江人。這造成他省人民的不滿，最終也導致其政權在短時間內瓦解了。

　　讓人心永保希望是必須的。高層人事可斷然施行政策性的退休或轉任，讓人事得以除舊佈新，藉此為後進開啟賢人進仕之路。我們應該讓後進的青年男女擁有希望，為其開啟得以將其能力貢獻給國事、社會企業這樣的康莊大道。

　　以上概述了過去及現在被統治時期的台灣人事制度，一言以蔽之就是「殖民地的人事」，到國府時期更為極端，因為再加上「流亡人事」與「養老人事」之故。簡言之，現在的台灣，國府正處於「人事崩塌」之狀態。

　　理想的人事制度，應是始於培養人才，終於人才退休後的安定生活。因此，應當恢復公務員的退休金制度。消除在職中貪汙舞弊的最佳方法是，讓忠實服務於國家的公僕，退休後生活無後顧之憂。另外，在職期間的待遇及賞罰問題，也有研究之必要。若無法獲得與其地位相符的良好待遇，不僅貪汙與怠職必然發生，也無法提升其效率。從各種觀點來看，適才適用的原則，都與待遇問題密切關係。在不增加國家預算的前提下，若想提高待遇，除了簡化事務與整頓政府機關外，別無他法。也就是說，讓一人做三人份的工作，同時給予兩人份的薪水。

　　像這樣整頓國府目前的「流亡人事」與「養老人事」後，勢必增

加為數眾多的失業者。所以我們在獨立後，政府要即刻制定經濟復興五年計畫，讓生產事業吸收這群失業者。

　　賞罰分明，不僅可提昇工作效率，也可成為獎勵或警告個人與國民的示範。特別對新興國家而言，應該盛大表彰善良的公務員及國民、嚴懲惡人，此事不僅能成為留給後世的傳統，也是所謂施行王道、善政政府的一種表現。藉此亦能提高國民對祖國的愛與政府的威信。

第二十章
少數民族政策

　　居住在台灣，所謂的少數民族不用說，就是高砂族。在人種學中原屬馬來人（Proto-Malay）或印度尼西亞系人。日本統治台灣之初，雖然稱約有 35 萬人未受同化，但後來經由自然淘汰與人工同化，目前減少到約 20 萬人。根據 1946 年的人口統計，泰雅族有 4 萬 7,000 人、排灣族 4 萬 4,000 人、阿美族 5 萬 4,000 人、布農族 1 萬 7,000 人、鄒族 2,300 百人、賽夏族 1,800 人、雅美族 1,800 人，以及普悠瑪族 1,300 人。

　　這些原住民主要分佈在西海岸的中央山脈，或自中央山脈山麓一直到東海岸平地一帶。居住在海拔 100 公尺到 500 公尺的村落，可在台東的岩石地帶、恆春半島南部的斜坡及北部山地的峭壁區看到。島嶼的山岳地帶到處可以看到海拔 500 公尺到 1,000 公尺的村落，特別是鄰接大武山的地區及雪山 1 的北部斜坡處。居住在海拔 2,000 公尺以上的村落，僅局限於中央山脈部分區域。這些民族中，布農族偏好高海拔，特別是 1,000 到 1,500 公尺的高地。而約有 4 萬 4,000 人的排灣族，其居住範圍則橫跨了較低海拔的 15 公尺處到高海拔的 1,300 公尺高地。

1　1867 年，英國軍艦 Sylvia 號行經台灣海域，據說船長發現高聳的雪山，便將山命名為「Sylvia」，在早期的西方文獻中便以 Mt. Sylvia 稱呼雪山，音譯為「西魯維亞山」或「西魯比亞山」。

　　清朝及日本時期的少數民族政策各有其不同的中心思想，經過了約 300 年的變遷。清朝歷經幾任「巡撫」的更迭，皆為鎮壓及報復「獵人頭」與叛亂，重複進行了多次的討伐行動。然而，由於原住民幾乎居住於杳無人煙的高岳及深山的叢林中，因此即便十分辛苦地討伐卻難見成效。日本統治台灣的前 25 年，叛亂仍持續地發生。日本當局每年投入 900 萬到 1,600 萬的龐大經費，強行討伐高砂族，卻無法使他們屈服。此後，1933 年霧社事件，約有一百數十名的日本人遭到屠殺。此事成為一個轉折點，在日本當局果斷地進行大規模的討伐後，大型反抗運動從此再未出現，日本當局也改採懷柔政策。

　　日本時代，由於高山族並行狩獵與農耕，因此在經濟政策方面特別借予獵槍並允許其配戴番刀。農耕部分，則指導其耕種陸稻[2]與水稻的方法，又進行種種土地的改良與開墾，教導其增產的方法。再者，實施以物易物的交易，讓原住民以獸皮、鹿角等高山物產交換平地的鹽巴、火柴、棉布、藥品等日用品。在普及國民教育方面，除了設置大量蕃童教育所和國民學校外，更在高山設立許多醫療站，致力於改善衛生狀況。

　　執政後期，日本當局帶領高砂族代表參觀台北博覽會；[3]又從各番社選出 2、30 名代表，連續兩次組成日本內地觀光團；又帶其出國旅行，甚至遠赴英國，用以增廣其見聞、接觸文明開化的氛圍，回到

2　陸稻於山地原住民部落的栽培歷史悠久，主要為主食或釀酒之用。推論為原住民自南太平洋諸島遷移時傳入。適合在農業栽培環境條件相對不理想的山地地區種植。〈陸稻〉，「行政院農業委員會」：https://kmweb.coa.gov.tw/subject/subject.php?id=39492（點閱日期：2021 年 8 月 23 日）。

3　日本政府為紀念在台執政四十年，於昭和 10（1935）年 10 月 10 日至 11 月 28 日舉辦台灣博覽會，主要會場為台北市公會堂（即現今中山堂），而博覽會部分會場則設置在總督府。〈始政四十週年紀念台灣博覽會　台北市榮町街道〉，「台灣記憶」：https://kmweb.coa.gov.tw/subject/subject.php?id=39492（點閱日期：2021 年 7 月 21 日）。

番社後更成為最佳的宣傳材料。這些旅行與懷柔政策所使用的經費，雖遠不及討伐經費的 1％，但在防止反抗與暴動上卻效果百倍。

太平洋戰爭末期，徵召了約二萬名的高砂同胞。他們被派遣至南洋各戰地，特別在叢林戰時，發揮了驚人的戰鬥力。習慣於叢林與高山的他們，因為能忍受極端困苦的生活，且在習性上也能迅速適應環境，因此傳說戰功顯赫。到了日本時代後半期，為了讓高砂族接受中等教育、或短期專門教育，特別將通過選拔的學生送至平地上級學校，讓他們與台灣人及日本人一起學習。

在台灣少數民族政策上，最值得大書特書的是吳鳳的事蹟。吳鳳是阿里山族的「通譯」，由於其捨身成仁，終於成功地讓一萬名的阿里山族放棄了獵人頭的惡習。[4] 這正是我們台灣精神的象徵。正如耶穌為背負萬民之罪被處釘死在十字架之刑一般，吳鳳流盡自己的鮮血為了大義而死。吳鳳為了教導無知與自認無罪的原住民真理，以奉獻自己生命的方式，喚醒他們罪的意識及後悔之念，使他們擁有更高的

4　吳鳳的生平，目前所知最早記載吳鳳事蹟的文獻資料，是清朝劉家謀的《海音詩》（1855）及其附文，與倪贊元的《雲林縣采訪冊》（1894）。
日治時期，殖民政府基於政治目的，發明「吳鳳傳說」，將其做為文明教化的宣傳工具，除重建吳鳳廟、為吳鳳立傳、並將吳鳳的故事編入教科書，以促進理番事業的推展，進而獲取山地林業資源。戰後國民黨政府進一步宣揚「吳鳳傳說」，著重其寄寓的「成仁取義」的儒家精神，包括將阿里山鄉改名為吳鳳鄉、吳鳳故事編入小學《國語》與《生活與倫理》課本、設置吳鳳路、吳鳳中學、更拍攝電影《阿里山風雲》、《吳鳳》等等。直到 1980 年 7 月，陳其南教授發表〈一則捏造的神話──吳鳳〉，開始引起各界討論。1984 年左右，原住民運動開始興起，運動初期將破除吳鳳神話做為重心，提出「吳鳳神話扭曲了原住民形象，剝奪原住民歷史詮釋的權利」之訴求；1988 年林宗正牧師更率領原住民青年以電鋸拆毀嘉義車站前的吳鳳銅像。其後，教育部決定移除小學課本中的吳鳳故事，內政部亦將吳鳳鄉改回原名阿里山鄉。翁佳音，〈吳鳳傳說沿革考〉，《異論台灣史》（台北：稻鄉，2001 年），頁 227-247。邱雅芳，〈越界的神話故事：吳鳳傳說從日據末期到戰後初期的承接過程〉，《台灣文獻》，56：4（2005.12），頁 121-154。駱芬美，《被混淆的台灣史：1861-1949 之史實不等於事實》（台北：時報，2014 年），頁 153-163。

道德水準，進而拯救他們。由於這結合了基督教愛的精神與儒教的仁義，因此正是我們台灣精神的結晶。吳鳳一人的死，拯救了多數台灣同胞的生命，亦讓阿里山的森林寶庫在日後，即日本時代獲得開發。

武力的統治與討伐，消滅了大半的高砂族，此種非人道的政策實非我們所應採行的。然而現在國府的放任政策，類似任其自生自滅的無能政策亦不可行。我們應依著真誠的仁愛、感化、和平及平等的想法，對他們施行言行一致的政策。

如同產業政策所述的一般，將來台灣的高山地區在計畫大規模開發之際，關於電力資源、礦物、土地、森林等的開發，絕對需要高砂同胞的協助與勞動力。而且由於他們對於高山地理環境，小至一草一木皆非常熟悉，特別適合在山岳地帶勞動，因此應善加運用。藉此也可以直接提升他們的生活品質。另一方面，在建設橫跨山腹至山頂的寒、溫、熱三帶的文化地帶之時，亦能帶給他們文明的氣息。

總之，台灣少數民族的政策應從政治、經濟、文教三方面著手。詳言之，政治上以各個少數民族為單位，推派台灣共和國國民議會的議員代表。譬如，依人口比例加入國家中央立法機關；人口超過一千名以上的民族得指派一位議員，一萬名以上可指派兩位。此外，扶助各民族使其在內部行政上擁有自治的能力，預算則由中央政府補助。相關公共設施例如學校、醫院、開拓道路及交通設備等，應編入國家預算，做為大規模的中央建設事業。

其次做為一項國家長期的經濟計畫，開發高山經濟，不僅要與政治並行，且完成時的成果，不只是高山族可以得到直接的利益，同時國家整體亦能取得莫大收穫。台灣中央山脈尚有廣大杳無人煙的區域，同時亦有尚未開發的資源等待我們去開發。土地的運用當然不用多說，地表上有一望無際的原始森林，地底下更蘊藏著無盡的資源。

像這樣，若能積極推展文教事業並與政治、經濟相結合，且在十

年內使高山同胞與平地同胞融為一體的話，就能實現我們理想中的烏托邦；阿里山一帶的雲海及櫻花、太魯閣溪谷的絕景等，更能成為名符其實的「美麗島嶼」（Illa Formosa）。

結論

　　台灣民族的「獨立」鬥爭，橫跨了三個世紀，兩次建國－國姓爺王國與台灣民主國－都以失敗告終。台灣民族除了在極短的期間內獲得自由和獨立之外，這三百年間大多處於被外族征服、壓迫、榨取的非獨立（Dependence）地位。此非獨立的地位在第二次世界大戰發生前，亞洲除了支那、日本及泰國外，其他地區都相同，但這個被征服的亞洲在第二次世界大戰時覺醒了。在最近 12 年之間，有十數個國家完成獨立。[1] 這些國家脫離了非獨立的地位，取得了獨立（Independence）地位。但在亞洲，仍有我們台灣、馬來、新幾內亞及琉球等，現在仍以獨立為目標，努力奮鬥期望脫離非獨立的狀態。

　　身處亞洲民族覺醒一環的我台灣民族，在過去三百年歷史中，從未有任何一個民族遭遇如台灣一般悲慘的命運。

　　最初以鄭成功為中心，排除了西歐的殖民統治，成為東南亞第一個脫離非獨立、取得獨立之地。卻在與大陸的清國對抗後，不僅短時間內被滅，更在接下來的兩百年間成為清國的殖民地。而台灣民主國是在國際社會中權力政治（power-politics）下所建立的。孤軍奮戰的結果，被強大的日本帝國擊潰，又再次經歷五十年的非獨立時期。

1　此些國家為原英屬印度、巴基斯坦、錫蘭（斯里蘭卡）、緬甸、馬來西亞、新加坡及法屬越南、寮國、高棉（東埔寨）。另外還有荷屬印尼、美屬菲律賓及日屬韓國。

　　這短短三百年的台灣史，一言以蔽之即是鍛鍊我民族的過程，同時也是東西方各民族在台灣這島嶼進行大型交流、快速變化的時期。就這樣，我們民族在經過鍛鍊期後，無論在先天上、後天上、政治上或經濟上、亦或是在文化上或思想上都成為一個有堅固特色的民族，且與東南亞各民族一樣，渴望獲得民族的自主獨立。

　　第二次世界大戰後，根據開羅宣言中國國府占領台灣成為既定事實。但為何無法讓台灣民族與支那大陸的民族融合為一體呢？二戰結束之初的台灣狀況已如第二部「現在的台灣」所詳述的一般，最初台灣脫離日本殖民、無條件地歡迎國府是因為，我們台灣民族期待國府能以世界大國國民之姿，實現平等、自由與博愛。但台灣無法成為法國的亞爾薩斯—洛林一事，承如前述，國府必須承擔一切的責任。證據是國府統治台灣不到 18 個月，就爆發了 1947 年 2 月 28 日大革命。這個「七日民主」所造成的事實是，如同 1895 年台灣民主共和國所經歷過的一般，國府緊急調派了兩個師進行武力鎮壓。經過數個月大鎮壓的結果，約有數萬名台灣男女老幼慘遭殺害。而後大陸淪陷，國府流亡到台灣，這個鎮壓直至今日也仍持續進行，這期間又有數萬名台灣人遭到殺害。那麼，在目前遠東情勢之下，台灣民族應走向何處呢？若台灣民族不依憑自身的民主獨立再解放的話，就只能被共產黨之手解放了。全世界的人都應認知到唯一能阻止後者野心方法的只有前者。

　　「共產解放」是「超帝國主義者」的侵略。過去三百年間，我們已有被侵略者、帝國主義者及獨裁者統治的悲慘經驗。目前台北的蔣政權是獨裁政權，北京的毛政權也是獨裁政權。前者是支那人，後者也是支那人。現在蔣政權以征服者之姿統治我們，無庸置疑毛政權定也相同。此種台灣民族的政治思想是 1895 年在東洋成立之第一個共和國──台灣民主國的建國精神，也就是從「反清反日、台灣獨立」

開始，發展成最進步的自由、民主、和平、「反共反蔣、永世和平」、
「以民為本」及「萬民共榮」的台灣民本主義思想。

因此，在我們順利取得獨立之時，應立基於上述「萬民共榮」的
思想，與世界各民族共存共榮、相互依存（Inter-dependence）。但在
此之前，我們必須先從精神與物質兩方面建設一個偉大的台灣共和
國，否則就沒有資格成為「世界國家」的一員。這即是筆者為何以愛
祖國台灣的熱情為起點，為爭取台灣民主獨立而遍訪列國、向世界訴
說台灣民族願望的理由。筆者這十年流亡期間所獲得的經驗，促使自
身思想獲得「萬民共榮」的結論，並產出「台灣民本主義」這個思想
結晶。

再重述一次，「過去的台灣」除了極短暫的時期外，台灣民族一
直都處於非獨立的狀態。但藉由種種史實不僅可證明那是我民族之生
長期，也說明了我們民族的大前輩為了自己的國土與人民，經歷了多
少奮鬥及犧牲。這些史實不但是我們民族現在及未來永遠的榮耀，同
時也繼承了台灣民族精神的傳統，並成為 1947 年 2 月 28 日大革命的
精神，亦成為現在台灣民主獨立運動的基本方針，更是將來台灣共和
國建國的指導原則。我們要向中外人士宣明此一史實。

「現在的台灣」明確敘述了目前台灣的現狀與台灣民族主義間，
相互衝突的矛盾之處。台灣民族在 12 年前、二戰結束開始，就明顯
地有著「台灣人的台灣」這一抽象的思想，在受到國府惡政的刺激、
付出慘痛犧牲而得到的珍貴經驗，又鑑於「超帝國主義者」虎視眈眈
地想併吞我祖國台灣的事實之下，我們理解到台灣完全的獨立，永遠
是我台灣民族的生存之道與維持世界和平唯一的方法，而且必須是由
追求永久中立的台灣人所建立的台灣民主獨立才行，這也是在此再次
向世界發聲的理由。

另外，雖說台灣共和國應在台灣民族精神與台灣民族獨特的政治

思想，也就是確立了台灣民本主義後再建立。但我們若想透過政治、經濟、文化等各方面，在世界中建立模範國家，則必須基於「將來的台灣」中所述的諸原則，為台灣大眾建立國家。台灣共和國憲法即是運用台灣「以民為本」的理念作為骨幹，將「代天行道」的理想政治大綱具體化的產物。

民本主義的基本理念是「以民為本、代天行道」，亦即以人民為根本、代替天來行使公道的政治。此雖為我們政治家的最高理想，但現實上，我們努力在人類智慧的範圍內，在國家最高法律憲法的各個條款中盡可能地表現出來。

台灣共和國臨時憲法草案，是由代表台灣全島 24 縣市之 24 名議員，[2] 於 1955 年 9 月 1 日齊聚東京，召開台灣臨時國民議會，審議臨時憲法起草委員所草擬的第一次草案，及修改後的第二次草案，再根據審議中的諸意見，擬定成為最終定稿版本後，再翻譯為日文的。

---

2 名譽議長為廖文毅，議長為吳振南，副議長為鄭萬福，24 名議員為陳芳生、林劍峯、陳宣文、鄭方福、陳金泉、林仙舟、蔡錦霞、吳振南、楊逸民、郭泰成、顏光正、曾炳南、鮑瑞生、林阿尾、廖明耀、吳東風、林純章、江一青、許振聲、林炎星、劉吶明、趙梅林、傅元壽、簡文介。〈台灣臨時国民議會名單〉，《台湾民報》第 25 号，東京，1955 年 9 月 28 日，第 3 版。

附錄

台灣共和國臨時憲法

序言

　　吾等台灣民族，繼承了 1661 年鄭成功王國與 1895 年台灣民主國之傳統，恪遵聯合國憲章之精神，致力於世界和平、為求台灣民族之自由與繁榮，基於民族自決的原則，建立台灣共和國臨時政府，制定此臨時憲法。

　　制定台灣共和國臨時憲法之際，吾等台灣民族矢志遵守聯合國憲章，誓不侵害其他民族之利益，亦固守我民族利益不受侵害，若我民族權益受損，絕對悍然予以排除。

第一章　總綱

　第一條　台灣係基於台灣民本主義而立之共和國。

　第二條　台灣共和國之領土係台灣本土及澎湖群島。

　第三條　台灣共和國以青地白色日月之和平旗為國旗。

　第四條　台灣共和國之主權屬於台灣國民，施行以民為本之國政。

　第五條　除將來世界聯邦成立外，台灣共和國不與任何國家進行統合，亦不允許任何形式之分割。

第二章　國民之權利義務

　第六條　所謂台灣國民係指 1945 年 8 月 15 日是日擁有台灣籍之人

　　　　　　　士及其子孫，亦或具備滿足台灣國民之法定要件者。

第七條　　保障國民基本人權不受侵害係國民永久權利。國民擁有言
　　　　　　論、集會、出版、宗教、居住之自由。

第八條　　所有國民在法律下一律平等，不因人種、性別、社會身分
　　　　　　而受到政治上、經濟上或社會關係上之歧視。

第九條　　尊重所有國民的個體性，在不違反公共福利的條件下，對
　　　　　　於國民生命、自由及追求幸福之權利，在立法及其他施政
　　　　　　時都應給予最高的尊重。

第十條　　所有國民擁有健康及最低文明水準的生活權利。

第十一條　　所有國民享有平等受教之權利。國民負有使在其保護下
　　　　　　之子女接受義務教育之義務。義務教育係無償實施。

第十二條　　所有國民有勞動的權利及義務。不得壓榨、剝削婦女及
　　　　　　兒童。

第十三條　　財產權不受侵害。財產權之內容以符合公共福利之法律
　　　　　　定之。私有財產在正當之補償下，得為公共所用。

第十四條　　國民依據本憲法及法律，有選舉與罷免公務員之權利。

第十五條　　國民須盡力維護本憲法所保障之國民自由與權利。同時
　　　　　　為了替公共謀福，應經常負起運用自由與權利之責，但不
　　　　　　得濫用。

第十六條　　任何人均有接受法院審判之權利。

第十七條　　除了現行犯得由任一人逕行逮捕外，其餘皆需出示具權
　　　　　　限之司法當局者所發行且載明犯罪理由之拘票始得進行逮
　　　　　　捕。進行搜查及拘禁，亦需拘票始得進行。

第十八條　　任何人都不應被迫做出不利於己的口供，亦不應受到脅
　　　　　　迫、拷問。

第十九條　　國民有服兵役之義務。

第二十條　國民有納稅之義務。

第三章　國家元首

第二十一條　總統為國家元首，代表國家、行使國務，亦做為行政院院長，執行行政權。

第二十二條　總統、副總統由國民直選產生。

第二十三條　總統因故無法視事時，由副總統代行其職權；總統與副總統同時因故無法視事時，由參議院議長代行之。若總統及副總統發生事故，且必須認定是否影響其視事時，由參議院多數決決定之。

第二十四條　參議院議長代行總統職權一個月內，國民議會應進行信任投票。信任案若被否決，則國民議會應以過半數票決方式，從參議院議員中選出代理者。

第二十五條　總統、副總統任期六年。連選得連任一次。
副總統之任期係總統在任期間。

第二十六條　三十五歲以上具選舉權之國民，得被選為總統、副總統。

第二十七條　總統與副總統每六年改選一次，選舉日期由法律定之。選舉完成六年後的二月二十八日正午為任滿日，亦為繼任者之任期起始日。

第二十八條　總統被彈劾、罷免需獲得參議院與國民議會之聯合會議三分之二票決同意。然此項動議需獲得國民議會三分之二之連署始得成立。

第二十九條　總統受罷免後，依據本憲法第二十三條由代理者遂行其職務。

第三十條　總統統轄所有行政部會及官署，根據本憲法及法律之規

定對地方局處行使一般監督權，並監視其是否忠實執行法律。

總統得將此權限全部或部分委以副總統。

第三十一條　總統有締結條約、批准條約、宣戰及構和之權，並接受外交使節所呈遞之國書。

第三十二條　總統為國軍之統帥。

第三十三條　總統得頒授勳章或其他榮譽。

第三十四條　總統得依法發布戒嚴令或緊急命令。

第三十五條　總統得依法發布赦免、減刑及恢復公權之命令。行大赦、特赦須經國民議會之同意。

第三十六條　總統除因叛國行為受議會彈劾外，任職期間不受刑事之追訴。

第四章　立法院

第三十七條　共和國議會擁有立法權。

第三十八條　共和國議會由國民議會及參議院兩議院構成。

第三十九條　國民議會由具選舉權者經全國性選舉選出之議員組成。其席次不得超過二百名。獲選為議員之資格由法律另定之。

第四十條　各職業團體推薦學識經驗豐富之職業代表，經總統指定為議員後，組成參議院。席次不得超過三十名。

第四十一條　國民議會議員任期四年，選舉年度之九月一日為任期起始日。連選得連任、任期中不得解散國會。

第四十二條　參議院議員之任期與總統相同，得連任。

第四十三條　國民議會議員選舉及參議院議員提名之相關事項另由法律訂定之。

任何人皆不得同時兼任兩院議員。

第四十四條　國民議會是國家最高立法機關，有議決法律案、預算案、戒嚴案、宣戰案、條約案及國家重要事項之權。

第四十五條　國民議會通過之所有法律案及議案，須於十日內移交參議院。

第四十六條　參議院須複決國民議會決議案。若參議院同意是項議案，或於六十日內無法議決時，皆須立即提送總統。遭否決之議案則必須於受理後六十日內退回國民議會覆議。不論國民議會覆議結果為何，都應立即將該項議案提送總統。

第四十七條　總統批准參議院所提出之法案或議案後，應在該案上署名。經總統署名後，法案始為法律並具法律效力。
　　　　　總統否決議案或法案時，應將該法案或議案連同反對理由退回國民議會。退回之法案或議案經國民議會三分之二以上維持原決議時，該案即成立。

第四十八條　法案及其他議案依前條規定提送總統後三十日內，未被總統退回者，視同總統署名、成立。但議會休會期間不在此限。若此於議會休會後三十日內未被總統否決則視同該法案成立。

第四十九條　各部部長基於自身提議或依兩院之要求，得出席各院就其主管事項進行意見陳述。然在公共利益上有保密之必要，且經總統以書面敘明此考量者不在此限。

第五十條　國會每年依法定日期由議長召開一次常會。總統得隨時為審議一般法案或其指定之特別議案召開臨時會議。又緊急必要時，得經國民議會四分之一以上現任議員之要求，由議長召開臨時議會。

第五十一條　兩院得自行推選議長及其他幹部。

第五十二條　兩院以議員過半數為議決之法定人數。贊成反對雙方票數相同時，議長除有表決權外具有決定權。

第五十三條　兩院應訂定議事規則，對於擾亂秩序之議員逕予懲罰，經過議員總數三分之二同意，得取消其議員資格。

第五十四條　兩院議員依法得自國庫獲得相當額度的年薪。

　　　　　　年薪增加案須等通過該案之兩院議員任期屆滿後始得生效。

第五十五條　除現行犯外，兩院議員在會期中未經國會同意不得予以逮捕或拘禁。會期前遭逮捕或拘禁者，得依國會要求於會期中獲釋。

第五十六條　兩院議員在議院內發表之意見及所做之表決，對外不負責任。

第五十七條　國民議會依法設立選舉法院與彈劾法院。選舉法院用以判決與議員選舉、資格相關之紛爭；彈劾法院用以審判彈劾事件。上述兩法院皆由兩院議員及最高法院之法官組成。

第五十八條　曾任共和國總統者，除自願放棄權利外，為參議院之終身當然議員。

第五十九條　兩議院得各自針對國政進行調查，並得要求相關證人出席、作證及提出紀錄。

第五章　行政院

第六十條　總統將其行政執行權委予政務委員會。

第六十一條　政務委員會由政務委員組成，以十二名為限。

第六十二條　政務委員之任免由總統提名經國民議會承認後行之。然三分之二以上必須為國民議會之議員。

第六十三條　總統得任命副總統為政務委員會之議長。

第六十四條　政務委員就其受命主管之行政事項，對議會負直接且
　　　　　　獨立之責。

第六十五條　國民議會通過對政務委員不信任案後，總統須於十日
　　　　　　內根據第六十二條任命新政務委員。

第六十六條　政務委員會應制訂政令以實行本憲法及法律規定。

第六十七條　法律及政令均須主管部長簽署，總統連署之。

第六十八條　行政院由總統府及各部會組成。行政院之組織與職務
　　　　　　範圍另以法律訂之。

第六十九條　總統府秘書長及各部會首長由政務委員兼任。總統得
　　　　　　隨時任免政務委員。

第六章　司法院

第七十條　司法權屬於最高法院及依法設置之下級法院。

第七十一條　法官應本諸良心，獨立行使職權，僅受本憲法及法律
　　　　　　之約束。

第七十二條　最高法院具制訂針對訴訟相關手續，律師，法院內規
　　　　　　及司法事務相關規則之權。最高法院得委任其下級法院制
　　　　　　訂與下級法院相關之規則。

第七十三條　法官除經法院判定因身心障礙無法執行職務外，未經
　　　　　　彈劾不得罷免。

第七十四條　最高法院之首席法官及其他法定員額之法官皆由總統
　　　　　　任命。

　　　　　　然任命後須依法接受國民之審查。

第七十五條　下級法院之法官，經最高法院提名，總統任命之。

第七十六條　所有法官為有給職。屆法定年齡時退休。

第七十七條　最高法院具決定一切法律、命令、規則及處分是否合
　　　　　　憲之權。最高法院認定違憲後，總統得要求召開憲法法庭
　　　　　　進行最終審議。憲法法庭之組成，比照選舉法庭、彈劾法
　　　　　　庭以法律訂之。

第七十八條　法庭上之辯論及判決須於公開法庭進行。經法院三分
　　　　　　之二法官同意，認定為對公共秩序或風俗有害之案件，得
　　　　　　不公開辯論。然若與政治犯罪或受憲法第二章所保障與國
　　　　　　民權利相關之案件，應公開審理。

第七章　地方自治

第七十九條　根據地方自治之原則，以法律訂定與地方自治團體組
　　　　　　織及營運相關之事項。

第八十條　地方自治團體設置議會為其議事機關。

第八十一條　地方自治團體之議會議員及法定公務員，由該地方自
　　　　　　治團體之住民直接選舉產生。

第八十二條　地方自治團體有管理其財產、處理其事務、執行其行
　　　　　　政之權能，並在法律範圍內得制定條例。

第八十三條　適用於單一自治團體之特別法，若未獲得該自治團體
　　　　　　之住民過半數之同意，國會不得制定之。

第八章　國家財政

第八十四條　行政院每年向國會提出年度預算以接受審議，並必須
　　　　　　獲得議決通過。

第八十五條　會計檢查院有審查國家收支決算之權。行政院應於次
　　　　　　年度將決算及檢查報告一併提交國會。會計檢查院之組織
　　　　　　及權限依法訂定之。

第八十六條　預算支出或新增國債時，須經過國會議決通過。

第八十七條　為補足因不可抗力之因素造成預算不足之情況，國會
　　　　　　得議決設立預備金，由行政院動用之。然動用後仍需取得
　　　　　　國會之事後承認。

第八十八條　課徵新稅或變更現行租稅時，須依法或滿足法律規定
　　　　　　方得行之。

第八十九條　課稅須依法訂定。直接稅、奢侈稅以累進稅率計之，
　　　　　　並盡可能減輕對大眾之課稅。

第九十條　　行政院必須每年至少一次，定期向國會及國民報告國家
　　　　　　財政狀況。

第九章　國家產業

第九十一條　大型企業依法以國有民營之形式運營。

第九十二條　國家負有協助中小企業發展、保護農漁民利益之責。

第十章　文化教育

第九十三條　國民依法有使用免費定量水、電及交通工具之權利。

第九十四條　羅馬字為台灣共和國之公用文字。獨立後五年內後須
　　　　　　實現之。

第九十五條　義務教育為九年。施行台灣國民教育之當然目標為提
　　　　　　升台灣民族之素養、文化及具備國際人之涵養。

第九十六條　各級學校教師應受社會最高之尊崇，依法給予此身分
　　　　　　特別待遇。

第十一章　特殊區域

第九十七條　高山同胞在山地之生活區域是為特殊區域，此區域之

　　　　文化設施必須優先於平地。將各特殊地區設定為特別選舉
　　　　區，以選出代表當地的國民議會議員。特別選舉區另以法
　　　　律訂定之。

第十二章　最高法規
　　第九十八條　本憲法為國家之最高法律，全部或部分違反本憲法之
　　　　法律命令及國務相關行為是為無效。
　　第九十九條　總統、副總統、政務委員、國會議員、法官及其他所
　　　　有公務員均有尊重本憲法，以及擁護本憲法之義務。

第十三章　憲法修訂
　　第一百條　本憲法之修訂需事先取得兩議院三分之二以上議員之
　　　　同意，由國會提議並經國民承認後始得修改。所謂國民承
　　　　認是指經過特別的國民投票，或於國會所訂定之選舉投票
　　　　中，獲得過半贊成票。經國民承認後的憲法修訂案，總統
　　　　應立即以國民的名義公布之。

第十四章　補充規則
　　第一百零一條　本憲法於 1956 年 9 日 1 日公布。成功獨立後，經
　　　　首度召開之國民議會追認之，並以追認後的第九十日開始
　　　　施行。
　　　　為施行本憲法，得於前項所定之施行日前，進行必要之法
　　　　律制定及相關準備程序。

　　承如前述，「以民為本、代天行道」之思想，即為民本主義的基
本理念，若被運用於其他國家、民族，就成為「他們」的民本主義，

亦成為各國各自的政治指導原則。用於台灣即是台灣民本主義，成為台灣共和國的政治指導原則，台灣共和國臨時憲法則是台灣民本主義具體化的表現。因此，最後，必須在此對一百零一條台灣共和國臨時憲法中，最能明確表現出台灣民本主義思想的部分做出解釋。

首先，憲法的前文即提及台灣民族主義、台灣民族的傳統，以及現代台灣人之理想——「聯合國中心主義」。再者，開頭的第一條即表明，本憲法不僅是國家重要法律的概要，更是一部表現政治意識（Ideology）的憲法。接下來的第 3、4、5 條為了強調國家的象徵、國家的根本及國民的理想，而從各種不同角度表現之。

第 6 條明確指出台灣共和國國民之定義與資格。如同前述，台灣民族雖期盼著聯合國中心主義下的和平，但在能積極地協助聯合國的「國際警察軍」此層意義下，第 19 條設了「國民皆兵」這一條文。上述是「國民權利與義務」中，最能顯現出台灣特色的條文。

其次針對所謂「國家機構」，包括「國家元首」、「立法院」、「行政院」及「司法院」，乍看我們所採用的似乎是「三權分立的總統制」，但若深究其內容則並非如此。表面上雖是「總統制」，但第一，為了防止總統制可能出現的獨裁，在第 25 條做了「連選僅能連任一次」的規定。第二，為防止總統「權限過大」及職務過重，在第 63 條規定「總統得任命副總統為政務委員會之議長」。此外第 60 條、第 62 條亦有以下明文規定：「總統將其行政執行權委予政務委員會」及「政務委員之任免由總統提名經國民議會承認後行之。然三分之二以上必須是國民議會之議員」。又在第 64 條有「政務委員……對議會負直接且獨立之責」之文句。這些全在強調議會中心主義之精神。

再者，在這個「國家機構」中，亟欲強調的是「三權在可能範圍內完全分立」及「政局安定」之特色，因此本憲法看似採行「總統

制」，但在第 41 條、第 64 條及其他條款中都有明確表示沒有「內閣總辭」與「解散議會」之制度。

另外，在確立人事制度與提升國家行政、立法、司法效率的中心思想下，有如下的明文規定：第 39 條「國民議會總席次不得超過二百名」、第 40 條「參議院議員總席次不得超過三十名」、第 54 條「薪資增加案須等通過該案之兩院議員任滿後始得生效」及第 61 條「政務委員會由政務委員組成，以十二名為限」。同時為了保護司法官這個身分，設置了第 73 條之條文。

一般而言，「政局安定」與「效率」對新獨立國，亦或政經落後國皆為重要課題，因此必須特別提出盡力防範「政局不安定」與「無效率」之法案。從第三章到第六章的各項條文皆在大力強調此一中心思想。

其他，在第 80 條、第 83 條、第 89 條，都是將「民本」之特色展現在「地方自治」與「國家財政」的章節中。

還有，第 91 條、第 92 條是將「耕者有其田」、「工者營其廠」兩大政策展現在「國家產業」的條款中。

第 93 條開始至第 97 條，台灣的「文化教育」與「特殊區域」，完全是為台灣實際情形量身打造之規定。

筆者的台灣民本主義

　　筆者，1910 年生於台灣西螺，1927 年畢業於日本同志社中學。此後進入南京金陵大學就讀，於 1931 年畢業。畢業後在上海天章製紙公司，任技師一職。

　　1932 年到 1933 年間，在美國密西根大學學習，並取得碩士學位。1935 年轉進俄亥俄大學，在該大學提出題為「鹽水電氣分解」之論文，獲得博士學位。

　　1935 年再度前往中國，在國立浙江大學工學院擔任教授一職直到 1938 年為止。

　　1938 年返回台灣，在大承興業、大承信託、大承物產、永豐、台灣曹達等公司擔任社長或高階董事。此外，到 1947 年為止亦擔任過台灣煤炭協會顧問、高爾夫球協會總裁、橄欖球協會會長等其他團體的理事。

　　以上是作者以一般人之身分所提出之簡歷。若以身為革命家、政治家而寫出的作者簡略則如下：

　　1945 年太平洋戰爭結束的同時，創立組織了台灣民族精神振興會並擔任該會會長。翌（1946）年，創刊《前鋒》週刊，兼任社長與主筆。《前鋒》創刊號的社論以「生為台灣人」為題，由筆者親自執筆，用以鼓吹台灣民族的民族意識。此文強烈地衝擊著深藏在台灣人心中的民族意識，因而受到極大的關注及熱烈的回響。

　　全島各地突然出現許多希望邀請筆者前去演說的聲音。為了回應這些邀請，筆者花了約一年的時間，在全島各地進行演講。這是今日筆者在台灣民族這個部分，得以站穩如信仰之指導者地位的基礎。又，現在回想起來，台灣民本主義應該是在此時期開始萌芽的。

　　正好這年中國政府舉行了參政員的選舉。台灣地區應選八名。筆者沒有意外地輕易當選了，但對於占領政府而言，筆者是位危險人物，這個當選因此理所當然地，在所謂中國式的手段下被取消了。筆者參加參政員選舉的動機是，希望藉由漸進且共同討論的方式確保台灣獨立，結果卻以失敗收場。

　　1947 年二二八革命發生了，但從前述可知，台灣人是被迫進行武裝抗爭的。筆者身為此革命的領導者，被占領政府通緝也是理所當然之事。

　　筆者最初逃亡到香港，在整合了台灣各愛國團體（這些指導者都已流亡香港）後，成立了台灣再解放聯盟。筆者以該聯盟總裁的身分，重建島內地下組織，並指揮以聯合國為主的對外活動。《台灣民本主義》這本書，不僅確立了台灣民族的指導理念，同時也是思想的防波堤，當時在大陸強勢興起的共產主義正吹向台灣。此書是筆者流亡香港時以英文所撰寫的。

　　1950 年，筆者接受當時菲律賓季里諾（Elpidio Quirino）政權之邀請，前往馬尼拉訪問。雖有以馬尼拉作為獨立運動對外活動本部之提議，但在客觀條件下，筆者同年流亡日本。

　　筆者流亡日本後，進一步整合了在日的各台灣獨立運動團體，並於 1950 年組成台灣民主獨立黨。這期間，因占領日本 SCAP [1] 成員之

1　「駐日盟軍總司令部」，簡稱「SCAP」（是 Supreme Commander of the Allied Powers General Headquarters 的縮寫），成立於為 1945 年 10 月 2 日。為同盟國軍事占領日本期間，統治日本的主要機關。日本人又習稱為「GHQ」（General

一的國府代表的策動，筆者受到逮捕並被監禁在巢鴨監獄七個月。入獄期間，被推舉為台灣民主獨立黨主席。

在日活動期間，由於台灣地下組織的熱切期望，以及客觀情勢的好轉，終於在 1955 年成立了台灣臨時國民議會。筆者被推選為該議會之名譽議長。隔（1956）年台灣共和國臨時政府成立時，筆者獲選為總統，至今仍擔任總統一職。筆者的革命爭鬥史，正是台灣獨立運動史。

在流亡香港期間所撰寫的台灣民本主義，筆者赴日後做了增刪，並改寫成日文版，今日終於得以出版。

此書確實是結合了作者科學家的頭腦、與民眾共同經歷的政治體驗，及無與倫比的政治天賦，加上對民族強烈之愛而成的結晶。

本書無疑將成為未來台灣民族的經典之作，同時作者所提倡的民本主義原理，也會對 20 世紀後半的世界政治思想、政治哲學有所啟發。

此外筆者還有下述主要著作

「軍需工業論」（中文）

「台灣的糖業」（中文）

「INSIDE FORMOSA」（英文）

台灣民報出版部

Headquarters）。

以民為本

代天行道

一九五七季夏月

廖文毅

譯本附錄

前鋒雜誌社論[*]

---

* 為忠實呈現史料原貌，廖文毅於《前鋒雜誌》發表著作中若干非今日通行之國
字，如鬪〔鬥〕、喨〔亮〕、够〔夠〕、峯〔峰〕等，仍保留其原始文字，並將現
行用字標註於後。

告我臺灣同胞
發刊辭*

　　親愛的六百萬同胞！我們要知道，今天是我們一生最要歡喜的日子，因為今天是我們大中華民國的「双十節」，是我們第一次嘗着的我們祖國的「建國祭」。我們今天能夠參加、慶祝這個佳節，實在是我們所崇拜的蔣主席努力繼續我們的國父孫總理的遺囑，而連絡以平等待我們國家的、美、英、蘇、與及其他世界上列強奮鬥〔鬥〕抗戰八年有餘，而且能夠得到最後的勝利，拯救陷在泥中的我們六百萬同胞，出死入生，回到祖國去，做了大中華民國的國民，能够〔夠〕與世界任何的民族並肩的一等國民，這我們應該深深的感謝我們的領首〔首領〕蔣主席，和其他與我們協力的友邦的領首〔首領〕。

　　我們還要知道，這次祖國的政府來接收了臺灣、創設一個臺灣省，而任命陳儀氏來做行政長官，領導我們還到祖國那條路去。我們相信陳先生一定能夠大展他平生抱負指示這一群「迷路之羊」向着光明大路走去。仰望青天白日的世界的！我們還要對陳先生表現我們滿腔熱烈的歡迎以及我們五十年來的渴望！

　　親愛的同胞！我在這個地方要慎重的告訴你們，我們是明末漢民族中最有血氣，最有革命精神，最有民族意識，最有奮鬥〔鬥〕力的，在鄭成功領導之下和滿清抗戰幾十年，而最後因天不由人願，尚

---

* 原文標點符號大多採用頓號（、），為符合現行國語文標點符號通用用法，重排後統一改為逗號（，）。

且，死守這個孤島，一方面繼續抗戰，一方面開拓這個南海中荒毛的島嶼的閩南最精銳分子的子孫。我們不可忘記了我們有這樣高尚的血統，有這樣榮譽的祖宗！不但我們這次還到祖國，並且連我們的先祖所開發的土地，同時歸還祖國，然則我們是這塊國土的主人翁了，我們的環境就這樣的激變，我們個個都要站在這塊神聖的地面上擦眼靜看照在祖國天上的青天白日，我們有了這個權利了，但是不要忘記，同時我們也有保護牠〔她〕、惜愛牠〔她〕，為牠〔她〕犧牲、為牠〔她〕爭光的義務。這樣才算是文明國家的國民了！

諸位同胞們！我已既告訴了你們，我們的先祖在三百多年前，已經為了民族留了一頁光榮的歷史，而且獨立更生的來開發了這個「美麗的寶島」。足見他們有了很大的毅力，能忍耐種種困難，與大自然奮鬥〔鬥〕，與環境鬪〔鬥〕爭的偉大的精神，但是經過二百多年過着滿清的惡政，又再受了足足五十年精神上的練成，我大膽的敢講，我們大多數都失去了我們偉大祖先的超倫的精神了。同胞們！站起來，起來，不要再睡着了，這是我們覺醒的時機。我們是我們自己的主人翁，我們的地方是甘是苦，都是我們自己的，我們此後無論如何，都要努力於整頓這個「美麗的島」，自己約束自己的同胞們，這樣的發輝〔揮〕我們大民族的精神，對着世界的人類宣布大陸的氣概。

我們不可忘記，我們是遺傳着大陸民族的血統，我們的國家是世界五大強國中的大中華民國！我們在慶祝這個最有意義的「双十國慶節」的時候，我們應該紀念着我們的國父孫總理與及其他為着民族犧牲的革命先烈。在這個有意義的佳節，我們也要仔細着想着目前境遇，認着光明的大路向前突進，這才不愧做黃帝的子孫，才對得起我們的先輩。親愛的同胞們！我們已經受着解放了，我們是自由的國民了，但是我們的前途未必是平坦大路，困難盡在我們的眼前。我

們的責任、義務，與及負擔是很重的。同胞們！我們是自由的一等國民了，無論怎樣的重擔我們都要有擔起來的決心，試問諸位同胞們，我們個個都有了這樣決心嗎？我在這個地方將要對我所敬愛的同胞絕叫，我們非有這樣決心不可！若無者非我同胞也！！

　　恭喜「双十節」是今天，恭喜我們同胞今年也能慶祝「双十節」但我希望明年我們慶祝「双十節」的時候，我的同胞們於內心和外觀，都能完全還到祖國了，我們的鄉土也已經完全的受着祖國的風氣，這樣的臺灣和大陸純全的融合變成一體，這才是我們的願望，也是我們的努力的目標。同胞們！幹〔趕〕快望前跑，我們祖國抗戰已勝，我們的建設必成。

　　最後我將與大家合唱

　　中華民國萬歲！

　　漢民族萬歲！

　　──原載《前鋒（光復紀念號）》第 1 期，1945 年 10 月 25 日。

生為臺灣人

　　本省同胞所渴望的光復，已歷一載，世界和而不平，我國勝而不利，臺省解而不放，光復而未見光明，並且遍地的荊棘，到處黑暗，應革新之處殊多，這正是我們生為臺灣人應竭力苦鬪〔鬥〕的時候！

　　生為臺灣人，受了二百多年的滿清苛政之後，又被賣給無惡不作的日本人做了五十一年的殖民地，受盡了地獄的生活，現在光復了，解放已經一年了，臺地情景如何？事實勝過雄辯，試問光復意義在那裡？解放事實在那裡？生為臺灣人，過去在國內國外都不敢自稱臺灣人，因為到處都要受歧視的，在臺灣人的眼前，完全無了天日可言，但是現在解放了，天日在那裡？我們何時能得重見天日呢？

　　回憶我們「生為臺灣人」者，都是大明遺民，漢民族中最有血氣的革命分子，為何如此命運阻撓呢？延平郡王在天之靈，將作如何感嘆乎！

　　生為臺灣人的一腔熱誠，無人相信，甚至於被懷疑，過去被置之於外，但現在呢？要之則被含之，不要之則被棄之。有心的臺灣人，或有將發狂的，或有將厭世的，或有將逍遙海外的，或有將以賺錢唯一的，或有將隱居山林的。臺灣人究竟這樣失望了嗎？不，臺灣人從來沒有失望過——李鴻章所述的「臺灣五年一小變，十年一大亂……」的歷史事實告訴我們些什麼？臺灣人不失望！臺灣人不停的前進，臺灣人繼續的創造！

　　最近在沖繩島曾發現過「臺灣人往那裡去？」的標語。在他們的眼內，臺灣人似乎像「一郡〔群〕的迷羊」；不知目前的途徑。不，我們絕對不是「迷路之羊」；我們是大明的遺民，漢民族的優秀宗派，大中華民國的國民。那麼我們還有什麼話述呢？有，我們要求自由，平等，民主，和自治。不然空談光復，虛傳解放有何意義？

　　可憐的臺灣人！愛國的熱誠被誤解做「偏急暴躁」；排小人而重君子的作風卻被曲解做「短見小量」；勇敢負責的精神又被誤會做「嫉才自高」；地方自治的要求卻被指做「苟安自封」的意思……宇宙若無公理的存在，生為臺灣人，永遠不能飛出這個島嶼的。

　　「血比水更濃」，臺灣已為我國之一行省，而且係新中國建設之生力軍。臺灣已非往時被封鎖的一孤島，而一躍變成國際上之臺島。此後凡我臺省同胞，應將眼光放在全國之上，切不可以區區一小島而談政治。我們應該繼續延平郡王雄飛大陸的宿志，發輝〔揮〕於新中國的建設。

　　生為臺灣人的本省青年諸君！我相信，諸君對於本省的現況絕對不會失望的。因為諸君也是大明的遺民，延平之後裔；諸君的血管流著漢民族最優秀的血液。諸君應該自重，自愛，自信，自省，自勉，自制，由之完成本省的民主政治，和建立地方自治的基礎。

　　「生為臺灣人」，現在已是「生為中國人」了！

　　　　　　　　　　　　——原載《前鋒》第 1 期，1946 年 10 月 12 日。

「民選」乎？「官選」乎？「銀選」乎？

．

　　第一次世界大戰係經濟戰，殖民地爭奪戰；然第二次世界大戰是思想戰，「民主」與「獨裁」的爭霸戰。結果是「民主」勝利，弱小民族受了解放，因之臺灣光復祖國懷抱裡。以黨治國的中國國民政府及國民黨也不得不因「民主」的勝利，而「還政與民」，將開始憲政的大公無私的政治。過去臺民對日本帝國主義者所爭鬥的，也是自治和平等，最後就是「光復的革命工作」。

　　我們所渴望的光復已得到了，憲政和自治就是我們今後的目標。世界大勢促進我國不得不憲政，人民的要求使中國不得不憲政，惟有憲政才得打開現在中國的危機。要走上憲政之大道的工具是什麼？是幾張寫憲法的紙嗎？是通過憲法的國大嗎？惟是健全的選舉才是「走上憲政之大道的工具」！

　　本省在淪陷時期也有過「半官選，半民選」的選舉，光復後已有三次的民選─市縣參議員，省參議員，和最近尚有餘波的國民參政員的選舉。究竟這三次的選舉，堪稱表現民意乎？事實告訴我們的民眾─有人干涉者可為「官選」；無人取締賄選者可謂「銀選」；匹馬單鎗者可稱「民選」。這三種花樣究竟那一種在本省占最大的勢力，我們「選民」應該檢討，檢討！

　　惟有「民選」才能表現民意，那麼我們國民應該怎樣，才能得到這種結果？

　　第一，我們日常要注意政治問題，政治係隨時間而移動的，我們切不可做政治的落伍者，我們要時常研究國際問題，明瞭國內情形，檢討省內事項，注意地方政治，於是才有資格選人或被人選。

　　第二，我們在每級的選舉中，候選人在未出馬之前，應慎重的做一個「自己的人物檢討」，看自己是否縣參議的人物，或是省參議的人物，或是合適於國大的人物。俗語云「男子不認愚，女人不認醜」我們要切實而慷慨的放棄這眾觀念，選民也要抱着同樣的眼光，切不可感情用事，而應該使適才適其所的選出我們的代言人。

　　第三，我們應該認定選舉是神聖的，我們一票係金錢，權勢和任何東西都不能買受的。我們應該知道「選舉」與個人有切身的關係，與國家的前途和目前都有莫大的關係，神聖的一票係選民的「靈魂」而且救國之策惟有憲政之大道，名實兩符的憲政，惟係健全的選舉才能產生的。因之，神聖的一票，確係「神聖的一票」。

　　第四，政治必須有組織，選舉也是要有組織，不然三十名議員會變成三十黨的，結果是高見雲集，議而難決，決而難行，終於一事不成，成了破壞有餘，建設不足的局面。美英的民主國家，只有三四黨分立，而且具有實力的政黨只有兩黨，如此思想才能集中，力量才能集中，強兵富國的建設才有希望。

　　最後我們要求憲政，要求民主，同時主張「民選」，這是好〔毫〕無問題的，可是「民選」好容易得到呵！為要主張「民選」，除了上述幾項，選民應具有的條件之外，我們要打倒「銀選」，反對「官選」，不然憲政意義在那裡？民主意義在那裡？

　　　　　　　　　　　　——原載《前鋒》第 2 期，1946 年 10 月 19 日。

臺灣政界的原子彈

　　雖然我們不是絕對相信運命論，一個人的大運大的是有一定的時期。有的人「大運」延長至廿五年，有的人只有四五年，有的上臺二三年，就下台三四年，其後又再上台——所謂知進退，認時務，有的人是自動的，有的人是時勢所迫的。這或可述一半是人為，一半是運命的。

　　本省在過去五十一年久，日本統治下的，「紅人」，「名人」和「紳士」，在這個時期可說是他們走上他們的「大運」；其最顯著者就是「臺奸第一號」的辜顯榮，特別是他越老越發「紅運」……現在本省的日人勢力根本打倒了；所以「辜顯榮」或「準辜顯榮」或「相似辜顯榮」或「與辜顯榮同類」的人物，應該認識自己的「大運」已過，自動退出臺灣的政治界。民眾亦要認識和「了解」這班人的立場，切不可使日本時代的要人，「蓮花化身」的搖身一變，變做中國時代的要人。

　　因為過去日本時代的要人，不能夠「反省退場」，所以自從本省參政員選舉之後，當局就發表「臺灣政界的原子彈」，要切實檢舉「皇民奉公會實際工作者」。空前的炸彈爆發一聲響喨〔亮〕，警退某參政員，使本省政界起一大波紋，一直鬧到現在，尚未有結局。這是本省政界的第一個原子彈！

　　最近在民選區鎮鄉長準備聲中，第二個原子彈又來了。「壹

百九十二名」的皇民奉公會幹部已經調查完畢了，當然這些人物要候選是無資格的。壹百九十二名若以區署的數目平均之，每區署至少有四五名。大家都是同胞，所以我們要勸告這些人物自認「紅運」運已衰，奮勇告退，臨崖勒馬，急流勇退，不然若再要出來，再想做新時代的「指導者」，民眾的「原子彈」，或當局的「原子彈」若降臨到頭上，恐死無葬身之地，永久的從政界失腳。那時，悔之不及矣！

如前已述過，每個人退場之後，若尚有「老運」者，當然定有東山再起的機會。現在不够〔夠〕是一個過渡時代，革新時代；新人應該多多出馬，當仁不讓的為本省，為我國發輝〔揮〕大公無私的精神。舊時代，特別是日人時代的要人，應該用良心自己檢討，雖然自問不愧者，亦要考慮自己過去曾被迫當過日本時代的要人，也要反省暫時退場，開後進之路，使被日人壓迫之人，出來擔當時代的重務，不然人格何在，公理何在？總之，我們絕對主張打倒，「鷄肥吃鷄，鴨肥吃鴨」；「狗肥吃狗，豬肥吃豬」的投機分子！

——原載《前鋒》第 3 期，1947 年 10 月 26 日。

中國的出路

　　第二次世界大戰是聯合國為着「民主」而戰的。為什麼要民主？因為民主是一箇〔個〕國家最好的體制。英前首相邱吉爾曾述過：「民主是民眾意志的自由表現。民主政府無論如何『强而有能』，始終都在被批評，所以不斷的進步和改革着。因之，絕對不許絲毫的獨裁和專制」。

　　惟有這種政府，中國的目前才有出路。雖然民主思想的歷史與中國的歷史同庚，我們所希望的是名實相符的民主。其實辛亥革命的主要目的就是這裡。三民主義的中心目標是在建設團結和自主的國家，在求民眾同時能得到政治與經濟的民主。

　　在今年元旦蔣主席的文告中，曾強調早日召開國民大會，由此審議和通過憲章。他這樣的告訴我們：「在今年之中，吾人必須準備召開國民大會，並且創造憲法。因為敵人的侵略使立憲政府，遷延到現在，尚未成立……。」蔣主席又表示，國民政府尚未能創造憲章，而實現立憲政府，確是最感遺憾的。遠在一九三〇年曾一度決定，訓改將與一九三五年結束，但是因一九三一年東北受侵略，又在一九三七年發生中日戰爭，所以國會終是再延期了。在一九四〇年九月，國民黨已決定在戰事告終後一年之內，召開國民大會。國民政府今年的年頭，已發表將於今年五月五日召集國民大會，但因各黨派的意見不同，這又再延期了。數月前政府又發表以十一月十二日為期，召開這

箇難產的國民大會。人民都希望這次無論如何政府要實行這箇約束。本省在本月底以前也要補選十七名的國民代表，吾人誠懇的希望，這種間接選舉能充分代表民意，使這班代表能代表本省而不愧。因之，有選舉權諸公的責任非常的重大。

事實上，國民政府已花了三年的光陰，來起草了這個憲章。其原則當然是根據三民主義，其目的在求國家的政府（一）以民，（二）於民，（三）為民，而組織的。三民主義的民族主義在求民族的自由，民權主義在求人民在政治上的平等，民生主義在求人民的生活程度的提高。憲章的草案在另一方面，將國家劃分做治權和政權。人民的政權是（一）選舉，（二）罷免，（三）創造，（四）復決；而政府的治權為（一）行政，（二）立法，（三）司法，（四）考試，（五）監察等五權。

國民政府遠在一九三六年的五月十四日，已經宣佈國民大會選舉法與選舉規則；根據這個法規，中國人並不直接選舉國大代表；國大代表是從每選舉區域中，由區域內的人民代表間接由候選人中，選出來的。職業團體是由其基本單位提出候選人名單，由之選出國大的代表。中國人年滿二十歲就有選舉權，無男女之分，又無財產，納稅等的制限。

國大代表的總名額是壹千二百名，其六百六十五名以地域劃分選出之；三百八十名由職業團體選之；壹百五十五名用特殊手續選之。東北，蒙古，西藏，和華僑也用特殊方法選之。

上述選舉法規公佈之後，已有若干地域和職業團體選出了他們的國大代表。但是在中日戰爭開始之時，這個選舉尚未完成。地域代表只選出五五七名，職業團體三一一名，特殊的八二名，共只有九五〇名；比之規定壹千二百名，尚差二百五十名。在最近的政治協商會中，政府與其他各黨都同意增加國大的名額；由此增加八五〇名。加

之前次選出未足的二五○名，尚要補選壹千壹百名。四百名要從地域選出，其中包含壹百五十名從東北與臺灣選出之。尚有七百名將由各黨提名選出；則國民黨二二○名，中共一九○名，民主同盟一二○名青年黨一○○名，中立人士七○名。

自從一九二八年到了現在，國民黨確係一黨治國的統治了中國。所以決定何時與及如何「還政於民」的大權，是握在國民黨的掌中。但是憲章通過之後，國民黨的地位，與其他各黨係同等的；於權利和義務兩面都要享受平等的待遇（只少我們希望這樣）。國家對牠〔它〕，在集會，結社，言論和出版都要平寺的處置。

事實這也是國民革命的目標，中國的出路，但是這種革命尚未成功的。在抗戰中所成立的國民參政會，也正如國會一樣的運作牠〔它〕的機構。在這個期間內，地方自治機構也很被倡導，到了現在已有十七省市以上成立了臨時參議會了，其中參議員的名額，由省市的大小有差，但大約最少二十名至最多五十名。最大的四川、廣東、湖南、河南各省具有五十名的省參議員。最近上海特別市也選出了參議員，而其他各省市也正在繼續準備選舉他們的參議員。

最要緊的確係國家的下層的地方自治組織，到了現在已在十七省內的五三○縣，成立了縣參議會。全國已有一二、○○○鄉鎮組織了鄉鎮代表大會，又再下一層的政治單位係「保」或「里」，這也已有二七九、四七六個了，又再下去最低的政治單位係「隣〔鄰〕」或「甲」，這大約系以十戶為單位的。這種地方的組織，對於憲政實施是非常重要。現在最成問題的就是國家的最高組織的國民政府委員會，根據政協的國府擴大組織案，國府委員名額定四○名，其分配方法為國民黨二○席，中共八席，民盟四席，青年黨四席，公正中立人士四席。中共為要爭小黨的存在意義，與民盟聯合極力要求十四席，因十四席才能過三分之一的票數來執行否決權。國民黨已將中立人士

的四席提出一席給中共推薦，但中共力爭非十四席不可。一席之差，
起足輕重，這也不怪双方正在爭得難分難解。到底憲政是萬機決於公
論，這個爭點，是否可以由中立人士的四席中做文章，所謂公正中立
者，無論那〔哪〕一黨主張有理，他們一定可以贊同的。若這樣一
來，中共不但可得十四席，甚至於十六席都可以得到的。這也能使所
謂「公正」人士存在，才有起足輕重的意義。因為他們是不偏不黨，
代表大多數的「無力」的民眾。這個商量若不成功，中共就不參加國
民大會，但近日來，因國大日期迫在眼前，國民黨似乎大要讓步的表
示。千鈞一髮，中國的命運就在這裡。我們主張，若是為着國家前途
的福利，無論是黨，是個人的福利都可以犧牲的。不然抗戰八年的意
義在那〔哪〕裡？國家第一，民族第一的意義在那〔哪〕裡？希望中
央諸公有鑒於此，作一個臨崖勒馬的表演！

——原載《前鋒》第 4 期，1946 年 11 月 2 日。

祝「官黨」的大勝利？

　　國民大會的代表由其名稱，一見就可以明瞭，的的確確非真正的民眾代表不可。所以其選出方法也非由民眾直接選出不可。但是這次的本省國大代表的選出方法如何，我們用不着再多說了；民權的無視，民主的逆流，民意的壓迫；包辦的選舉法，欺眾的選舉法，操縱的選舉法；這些問題我們用不着再多論了，可憐的大眾，你們的民主在那裡？

　　十一月一日開票的結果，當然照豫〔預〕想的，「官黨」得到大勝利，而赤手空拳的，無權無力的「民黨」失敗了。其原因何在？一、今年年頭的市縣參議與及省參議的選舉時，正在青黃不接之期，大眾很少認真研究政治，對於選舉很少有興趣；所以結果是越高級的選舉，越難表現大眾的民意。二、當今可算是民主的初步，今年各種的選舉可算是「試驗的」，是「辦仙」的選舉，對於大多數的侯選人，都有一種給他「試試看」的看法，看他當一任參議員之後，再作道理。所以才有今天的「參差不齊」的現像。三、有一部份的人們，當選之後，受了包圍，「或左或右」，失去本來的根性，又當局經過今年五月第一次省參議會的攻擊，想盡了方法，多方拉攏，結果有的是某某銀行的董事長，董事；有的是某機關的要員等等。由上總括論之，結果本省的最高民意機關裡面的「民意」大退却。米已煮成飯了，大錯鑄成，補救無策，少嘴多得和氣。往者不可諫，來者猶可

追，我們在這個地方要提出幾點重要的主張，貢獻給所親愛的本省同胞：

一、要民意能上達，我們絕對主張，馬上實現普選，由此才有「萬機決於公論」的民主政治。願有心者，養精蓄銳，以俟後策！

二、「參議員被拉攏」，這或者有人要述事關「飯碗」的問題，可是大家都知道，省參議員諸公不是原來沒有「飯碗」的人，不是惟〔唯〕利是從的人，不是無骨格的人；我們相信會「豹愛」的人已經豹變了，我們最後希望省參議員中的「硬骨漢」繼續諸公的精神，不撓不屈的努鬥〔鬥〕到底，切不可再被「懷柔」。不然，民意機關會變成「官意機關」的；請諸公自重前程，「政治生命」是永久的；俗言說「虎死留皮」，「人死留名」，又這屆不夠〔過〕是第一屆的省參議會，又是臨時省參議會，又不是省議會。現在只是「辦仙」，等到「過五關斬六將」，「古城會」，「火燒赤壁」，和「華容道」這個時期一到，請大家再認真來看這些大班戲。同時我們很希望這種大班戲，能早日排給我們大眾享享眼福！

　　　　　　——原載《前鋒》第 5 期，1946 年 11 月 9 日。

聯省自治論（一）

我們都知道，世界的政治潮流是向着民主；然而民主的單位細胞是個人的「自治」──唯有公民每個人開能結合，民主政治才能實現。這種「民主結合」的基本單位就是隣〔鄰〕，里，而進入鄉鎮，再組成縣市。國父在建國大綱的論述中，雖然已說過，縣為自治的單位，但後來國父亦曾述及省可為自治的單位。三民主義係科學的，係進步的，係合理的政治思想；政治哲學，我們應該注重其精神，切不可盲目，死字字眼 …… 民主作風要領導民眾，但有時也要測驗民意，把握民心，由之計劃行政綱要。「民主」絕對不可閉戶獨尊，目空一切，强姦民意，終於欺人自欺，弄到不可收拾的政局。可見為政者的責任是如何的重大呵！

主張以縣為自治單位者，中央集權論者也，然在另一方面主張省為自治單位者，地方分權論者也。然則次〔此〕勝而不利的我國的現狀而論，吾人主張地方分權論，即「聯省自治論」。關於這點，地方制度，五五憲章經過政協的修改係（一）確定省為地方政治的最高單位，（二）省與中央權限之劃分，依照均權主義規定，（三）省長民選，（四）省得制定省憲，但不得與國憲牴觸。這是修改後的憲章藍本，中央集權與地方自治的妥協點，集在均權主義，即省一方面為地方自治的最高單位，另一方面為中央政府執行命令。

此在之外，各省各地方與中央有什麼聯絡的機構：一國民大會的

代表由地方選舉，行使四權。二立法院為國家最高立法機關，由選民直接選舉之，其職權相當於各民主國家之議會。三監察院為國家最高機關，監察委員由各省級議會及各民族自治區議會選舉之，其職權為行使同意，彈劾，及監察權。最重要的，還是對於立法委員與監察委員產生的方式的修正。按照五五憲章的規定，各省，各自治區及華僑等團體提出候選名單後，再由國民大會選舉之；但政協決議則規定由各省級議會及各自治區議會選舉之。

雖然政協修改後的憲章藍本，不是完全的普選主義，但是比之五五憲章進步的多了，我們希望這次國民大會若成立，所通過的憲法能夠比其原案更民主，更加進步！

國父在民國元年就任臨時大總統時，亦曾說過：「國家幅員遼闊，各省自有其風氣所宜。前此，清廷強以中央集權之法行之，以遂其偽立憲之術。今者，各省聯合，互謀自治。此後行政，期於中央政府與各省之關係，調劑得宜。大綱既契，條目自舉，是曰：內治之統一」。民國十年，就任非常大總統時，又說：「集權專制為自滿清以來之秕政。今欲解決中央與地方永久之糾紛，唯有使各省人民完成自治，自定省之憲法，自選省之省長，中央分權於各省；各省分權於各縣。庶幾分離之民國，復以自治主義相結合，以歸於統一。不必窮兵黷武，徒苦人民。」這都是國父的偉大作風，其精神所在，均為聯省自治之原則。

國民黨政綱中的對內政策部分，也明白的規定着：「各省人民得自定憲法，自舉省長。」建國大綱雖沒有和這同樣的規定，但卻曾規定着：「中央與省之權限採均權制定。」不說「地方之權」，而說「省之權限」，很明顯的把「省」當做和中央均權的所謂，「地方」的，因而承認省為自治主體，而享有自治權了。最後在國父北上宣言裡面，他也曾寫着：「對內政策在劃分中央與省之權限，使國家統一與

省自治各遂其發展，而不相妨礙。」

　　今天已經沒有人敢公然反對地方自治，正如沒有人敢公然反對民主政治一樣的。那些過去公然反對地方自治的人們，現在，是一方面，藉口反對地方封建割據，來反對地方自治，他方面企圖實行假的地方浪治。來取消真的地方自治。因此今天的問題，不是要不要實行地方自治，而是要實行何種的地方自治。尚有一點，我們不能「以言廢人」同時也不能以「以人廢言」……吾人要先把這點弄清楚，再來討論，「聯省自治」的內容。以上所論各節，歸納之，則為「聯省自治論」，但是因為「聯省自治」曾為二十幾年前的「掛羊頭賣狗肉」的軍閥們利用過，所以「以人廢言」的沒有人喜歡用。同時反動派也利用「以言廢人」的來攻擊人家。但是如前區述過唯有「聯省自治」四章，最符合於上述各節的理論，由這四個字，一見明瞭，萬人共通，所以我們要先請各界不要「以言廢人」的態度，才能共論聯省自治這個題目。

　　中國的出路唯有民主；民主的骨格是地方自治，地方自治應該採取何種體式，這個問題，國民個個都有研究，都有討論的責任和權利，吾人將用最誠懇的作風，以國內省內的現實為根據，繼續檢討這個問題。（待續）

　　　　　　　　　　──原載《前鋒》第 6 期，1946 年 11 月 16 日。

聯省自治論（二）

　　集中全國國民注視的國民大會，訂十一月十二日，要在首都南京
開會，大概不會再延期了。在這大會之中，應要討論的，當然是限於
制憲所關的問題，對於地方自治的單位，想必也是議題中很值得注目
的一事。吾人所主倡的聯省自治，即根據我國國家邊域廣大，國民人
口眾多，而各省各具有特殊的事情，尤其是對政治，經濟，社會，風
俗，習慣各方面的觀點，需要應付各地方的情勢而措施，不能一律而
論，況且各省民的教育程度與公民訓練，各有分別，所以應尊重各省
人民的意思，許其以省為自治的單位，聯合造成一強大的國家。

　　地方自治單位有什麼機構，使其與中央聯成一體呢？由這點，吾
人亦曾論及「中臺一體」的問題。如前篇已述過，地方與中央在政治
上，有國民大會，立法院委員，監察院委員等機構當做連携〔合作〕
的骨子之外，譬如軍事，外交，金融等凡是屬於全國性的，都由中央
來辦，地方行政，交通，教育，產業等地方性的，應由省來辦；這也
可謂中央與地方均權主義的具體化。

　　再者中央集權是自上而下的，不是自下而上的，缺少民主作風，
並且如上述，依地方文化，歷史，風俗，習慣，情形不同，省應該能
制省憲，國家組織應為聯合性。這樣才能使各省，自由發揮其各所
長，再由此聯成一國，確係富國強兵之論也。譬如，新疆的礦業法如
何可以適用於臺灣，青海的選舉法怎樣能同上海市同樣；綏遠省的耕

地法如何可為臺灣省之用。究竟我國東西南北縱橫萬里，國民生活狀態東西相差於天淵，地可用一條鐵鏈，強迫其死守一法乎？正如我國北方人吃麵，南方人吃飯；怎能強迫南方人吃麵？只少在目前，這種辦法一定會受反對的。

　　試看主張中央集權者，唯恐地方割據；夫地方割據的唯一資本為軍權和財權；如前已述過軍事，外交，金融若一元化，這種理論可謂杞憂之談也。有一點要請大家注意的，是中央集權論者堪稱缺少民主作風；然而聯省自治論者處處擁護民權，可謂減少官僚封建思想的理想。

　　最後我們希望，政治水準冠於全國的本省，應該先確立縣市的自治基礎，省長要民選，當然市縣長更應該民選，沒有縣市自治作為基礎，則省自治便會流於官治〔。〕所以我們的主張，在區鄉鎮長已由民選選出之後，六箇月左右各市縣參議會應該改選，正式成立市縣議會，然後接連再民選市縣長。這在明年一年中一定非辦完不可。再進一步，我們也要準備，明年年底，或後年年頭改選本省臨時參議會，而正式成立省議會，然後制定省憲、民選省長，這是我們後年的工作，有心於政者，宜蓄銳待機，確立「生為臺灣人」的出路，這些是我們「生為臺灣人」的義務，同時也是權利；機會切不可錯過！

　　希望「生而臺灣人」，個個都是「民主之前鋒」，每位都成為「自治之拍車」！（完）

　　　　　　　　　——原載《前鋒》第 7 期，1946 年 11 月 23 日。

新人，新生，與新年

　　轉眼之間又過一新年了；回憶過去一年之間，我們的國家，我們的臺灣可謂多事之秋矣。

　　政治協商之後，繼之就是還都與「和談」，再繼之又是馬帥之九登匡廬，又什麼三人小組。在經濟方面，美鈔金條的風潮，不知道鬧過幾次……在這種狂風作浪的當中，難產中的「國大」終於開幕而閉幕了。我們用最誠懇的態度，祝這個憲法能〔夠〕為民造福，為後代開闢一條光明的大道。

　　在回憶光復後一年的臺省；新政的來臨開始於「接收」和「接管」；人心的「離反」由於「不平等的特遇」發根，省參議會的成立和參政員的選舉，造就了一班的「新御用紳士」；國大代表的選舉將臺灣的政界分了黑白色。最後是鄉鎮區長的民選，有虛無實的讓鄉下的民眾自生自滅。

　　省內復員人數日增月加，生產方面又用人不適，致使各業半身不遂，因之失業者之數不能勝算。物資因臺幣的暴落，一漲再漲，而不知其終止點。結果是民生塗炭，民不了〔聊〕生，治安就發生毛病。

　　政治的推行更用不着述──由米的統制，煤炭的「半專賣」，苛捐雜稅的徵收等等。「左營事件」繼之以「新營事件」，又再繼之以「員林事件」，清查團檢舉的貿易局與及專賣局事件，一切的一切都不堪回想。臺民由「熱望」而「希望」，再退入「失望」。而現在

呢？是「後望」乎？是「絕望」乎？錦繡山河到處瘡痍，戰後的復興遲而難期。

現在我們又再迎到新年，請大家來看國內今年將要推行的大事。（一）國家永久柱石的憲法已於元旦公佈，而定於民族復興節——即十二月二十五日實施行憲。（二）第一屆的國民大會代表將於六個月內選舉，由之，選舉大總統和副總統。（三）因國民政府的五院要正式成立，立法委員和監察委員也要選舉。（四）貨幣的改革，這個問題也非進行不可。（五）目前是過渡時期，因之國府實行擴大改組等等，一切的一切都是為着國家前途的大計。我們頂好〔可以〕擦眼直視這些各項的推行和實施。

讓我們來看省內今年將有何種大事呢？（一）市縣參議會須改選，正式成立市縣議會，繼之民選市縣長，（二）進出中央的各種選舉，省內也會按步施行的。（三）省參議會的改選，省議會的成立和省長的民選是明年的事情，今年不夠〔過〕是「準備年」。（四）對日的和平會議也會在今年中舉行，這是確定臺灣運命的會議，我們應該特別注意。（五）今年是臺省的生產年，我們非加倍努力生產，我省的經濟恐會破產。對於這點我們也不得不注視和警戒。

總而言之，新年到了，想做新人者，應該檢討大家的過去，準備我們的將來。生為臺灣人者，逢着劃期的新時代，必須用絕大的毅力，盡量吸取新智識，多方與外界接觸，不可自滿自足於孤島之內，急起直追，幹快走上國際的大路——這樣的才能光復大明遺民的榮譽，才不愧生為延平郡王之後裔！

——原載《前鋒》第 11 期，1947 年 1 月 1 日。

「先覺」變「後覺」,「後覺」變「先覺」!

　　我國之戰勝日本,我臺之光復祖國,這些確是驚人的、劃期的,無論從社會上、精神上、經濟上、政治上、教育上,都是一種革命的大變遷!吾人應該直視這個事實,研究這種變遷,並且要知道這是比原子彈爆炸後的變遷更大。吾人應該檢討自己過去的訓練和經驗,再考慮如何應付新時代的潮流。兼之,在今年之內,憲政就要實施,這些都是很令人興奮的。我們將提出「先覺」與「後覺」這個問題,來和大家討論。

　　在任何一個時代裡,總有那個時代的先覺者;自任、公認、雙方皆有。所謂先覺者就是大眾的領導者,然而在日本時代,本省當然有那個時代的「先覺者」。所謂「先覺」,「後覺」者,是由時勢的變遷,才能給大眾認出的。時勢確實是「先覺」與「後覺」的「原版」。所謂日本時代的「先覺」者,其所能「先覺」者,不外於「皇民化」,「日語家庭」,「鼓勵南進」,「改姓名」,「認狗做父母」等等……反而來說,與日本人在無形中,抱著「不合作」,「發揮民族意識」,「暗中聯絡祖國」的人們,在那個時代,都被指做「後覺」者。

　　時代確是非常的玩〔頑〕皮,警聲一響,偏偏要將黑白反照,「先覺」變「後覺」,「後覺」變「先覺」。致使一班人,過去所學的,所看的,所想的,一切都變成水泡。往時的所謂「秀才」變成今日的「低能」,過去的「抱負」,構成目前的「煩惱」;這些都是過去

的「先覺者」。

再看過去的「後覺」者，他們的「夢想」變成「現實」，「無用」既成「大材」，風雲之間，大有不可一世。時代又何以如此的作怪；真的所謂「時勢造英雄」嗎？憲政將實施，國民個個都是政治家，誰是黑，誰是白，應該看清楚。不然「行憲」談何容易呀！

誰是「先覺」，誰是「後覺」，只有時代才能告訴我們，事實才能實在證明，雄辯是無用了。可是一年來的臺灣，盡是「雄辯」的社會，「灰色」的世間，因為時間過短，臺產的政治家加上無實績可以給大眾觀看。但是一年餘之後的今日，黑白已分明，願大家開大眼精〔睛〕，認看誰是黑，誰是白；誰是「前進」，誰是「落伍」……

時代是不等我們，望〔往〕前急跑著；這是多麼要警醒的事實。無論你是「先覺」或「後覺」，時間絕對不擁護你們的。好危險呀！轉眼之間「先覺」會變成「後覺」，「後覺」會變做「先覺」。我們應該時時自警，自修，自勉，非急起直追，今日的「先覺」就會變做明日的「後覺」。

憲政實施在眼前，希望大家都做「行憲的先覺者」！

——原載《前鋒》第 12 期，1947 年 1 月 9 日。

憲法公佈後之臺灣

　　一延，再延而三延的制憲工作，在難產中，已告完成。國民政府在本年元月佳日，已經公佈了憲法，並且規定以本年十二月十五日為期，實施行憲。淪陷五十一年的本省人對於這種事件，應該是要很興奮的。不知道一般老百姓對這點抱著如何態度？近日來省內，各報都在極力鼓吹憲法的意義，有一部分對於政治，比較積極的人們，都在暗躍，要也有明暗双關的活動。

　　老實說行憲的主動者應該是老百姓，行憲結果如何也要全靠我們老百姓。盡使你們去吹去唱，盡管各位大政客去躍去鬧，最後的關頭是握在老百姓手中。政治是現實的問題，不是過去，亦不是將來的問題，所以希望我們所敬愛的選民，大開眼界，注視現實的問題，選擇能為臺民講話的人們，能為臺民之前鋒的人們，中立正氣和博學賢達的人士做你們的代言人。

　　因為政治是進步的，這次所制定的憲法當然不能稱作滿意的憲法，但是我們也應該慶賀，因為由此我們國家的前途，已有一條的路線，我們可以從這裡尋出一條出路。這次的憲法可謂「有比沒有更好」的憲法，因之我們此後要努力苦鬥的地方當然尚有很多。我在下面將提出二三點，批評我們的國憲，從我們臺灣人的立場上，尚要改進的地方：

　　一、我們是絕對擁護普選的。然則監察委員由省議員的間接選

舉，實際太不民主。我們過去的經驗，已經再次的告訴我們間接選舉是「欺民」的選舉，「強姦民意」的選舉，「被操縱」，「被包辦」的選舉。這種選舉我們已有極痛苦的經驗；所以我們應該一致反對的。監察委員的普選，我們非爭取不可。

二、行政院應該依過半數的票決，對立法院負責。根據所制定的憲法，要有三分之二以上的否決權，才能打倒行政院。換言之，行政院長在立法院若有三分之一強的立法委員，就能橫行於天下，而在同一任的總統任期內，絕對不會倒的。這又太不民主了，為何以少數的立法院委員就能牽制多數的立法委員。立法院的權限太小了；就是看輕民意，因為立法委員是選民直接選出的。世界中從任何國家都尋不出這種「不民主」的憲法！從這點我們也要爭取民主的。

三、從我們臺灣人的立場來看，地方自治的保障，我們也應該爭取的；因為我們在中央是無力者，一個很小的省份；所以吾人所主倡的「聯省自治」也是根據這點。我們要爭取的是「自治」，請不要誤會做「獨立」。各省若只有「自治」而無「聯合」，就有「獨立」的危險。所以吾人主張省應該能自制省憲，但根據這次制定的憲法，省憲改做自治法。省憲與省自治法相差太遠了。省自治法用中央的法律就可使之失效；所以這種自治，吾人謂之「假自治」也。任你省長盡管民選，結果省長定會一籌莫展，而省議會也是如此—事無大小若非看中央的頭面，隨時都可能受「太〔泰〕山蓋頂」的。

我們同時要知道，國家的統一不是大權握在中央數要人之掌內，就算好了。我們要知道健全的國家的基礎，必須建基於地方；地方若富強，國家才能富強的。再者民主的方式應該像「寶塔式」的，由地方的鄉鎮，再市縣，再省市，最後才到中央政府；由下而上的。因之，在下面者應該堅固強大，不然「寶塔」何以能建立乎？

最後尚有一言奉告親愛的我省同胞：政治是隨時間而前進，我們

應該時刻警醒，不然轉眼之間就會變做「政治的落伍者」。我們不單不可做「政治的落伍者」，我們尚要做「時刻的政治領導者」；不停的改革社會，改進政治—這才是民主之前鋒！

　　我國憲法已公佈了，願我省民個個都為民主之前鋒，急起直追來領導全國。

　　　　　　　　　　——原載《前鋒》第 13 期，1947 年 1 月 16 日。

誰說「臺灣缺少政治人材」？

　　吾人曾論及憲政公佈〔布〕後，省內各方面的所謂「領首」，都在暗中活動，開始種種驚人的陰謀——想要出賣六百五十萬的臺胞，使我們的臺胞永久做人家的植〔殖〕民。吾人希望這不是事實；！只是一種的風說。但是假使這件事件確有多少踪趾〔跡〕，我們生為臺灣人者，應該大聯合起來和這班「臺奸」拚命！我們總是喜歡把牠〔它〕當做省都的一種流言。並且我們也希望我省沒有這種「臺奸」……

　　不够〔過〕有一件事實吾人不得不提出和我們所敬愛的前鋒讀者諸公討論的：自從我省的所謂「國大代表」回省，有了幾位自稱「代表之代表」的，曾在公開的席上，或在廣播演講中，為激勵臺胞極力主張；「本省缺乏政治人材，並希望同胞虛心學習研究」——我們很感謝這位代表的指教，但是請問這位代表先生，所謂「政治人材」是何以為標準，何以為資格？是不是以為本省人缺少那些專攻政治學的人材，或因未曾獲得政治學博士之頭銜，或因未曾獲得「巴黎咖啡大學的博士」的尊稱，即以為缺乏政治人材？或是因本省人士未學敷衍之術，或因不慣於封建的惡作風，或因不懂排「官兒架子」，或因不會揩油，或由不會「拍馬吹牛」……不錯，若是這位代表先生將以上所列幾條為條件，或者省中的人材，除了那班「長山學道」回來的一部分「傑出仙班」之外，的確很少。

　　但是坦坦白白地說，臺灣的政治人材不少；試觀參政員，國大代表，省參議，市縣參議，鎮鄉代表等和其他所謂「大器晚成」，「草澤英雄」等等，不是很多嗎？所謂「政治家」者，吾人以為，在民主政治下，能獲得民眾多數和熱烈的支持，而且本人確具有前進思想，肯為國為民，公平無私，捨身服務者，都是很難得的政治人材。因為政治不外乎常識，所以凡具有政治經濟的素養，誠心誠意，為地方為民眾服務者，都可以為有為的政治人材；我們的　國父孫中山先生是學醫學的，美國前任總統胡佛是學礦學工程的，他們不是都成偉大的政治家了嗎？

　　再者尚有一位「大代表」曾在廣播演講中，稱揚「中央集權」，鼓勵官僚政治。試問這位代表先生是不是也想要創造「臺灣總督」，再度君臨臺灣，壓迫臺胞，由之，他就可以永久高官顯爵，耀武揚威於臺省呢？

　　以上這二位大代表的高見，吾人很欽服他們的「勇為」的精神，創造力的偉大，拍馬吹牛的技術；不够〔過〕希望他們把良心拿出來，想想你們這種「賣民求榮」，慷慨為己的作風，自問而不愧乎？

　　結論之，這二位先生所倡導的高論，我們若細細檢討之，就可看見這些「麻醉反動思想」，與上述「出賣臺胞」和「賣民求榮」的陰謀之間，不能說沒有一線之牽連，吾人將要對臺胞們高呼絕叫；大家起來，打倒賣民求榮的臺奸；謹防出賣臺省之陰謀！願為臺省和臺民，願為我國和我民服務者，應該馬上大團結起來，然則誰敢欺我「東吳無人材」乎？

　　　　　　　　　　　　　──原載《前鋒》第 14 期，1947 年 2 月 8 日。

馬帥出任國務卿與美國外交政策

　　最大難產的我國制憲完成後，在我國空前的憲法公佈〔布〕直後，不早不晚的，突然之間，來華十三個月的馬歇爾元帥發表聲明，在與中樞各要人會見，表示奉召回國的意思。翌日華盛頓方面就發表參議會全員一致贊成馬帥出任國務卿之職；這是今春年頭第一個國際間的大題目。回憶在過去十三個月間，馬帥由政治協商會，三人小組，和談運動，繼之八登匡廬，到了最後親身看見我國制憲大業已告完成，才告別離華回國，主持美國中樞外交。

　　或者有人在懷疑着，我國行憲尚有難關重重──當然我們要認識，行憲比制憲難，可是馬帥一定明瞭，同時我們也要知道（一）國際大事使我國不得不行憲，政治不得不民主；（二）中國國內情形使我國不得不實施憲政，政治不得不開放給老百姓。馬帥不一定完全擁護中國國民黨，但是他亦同時不得不防備蘇聯。他看見遠東的局部的政局已有一點頭緒，終此以後可以使其在軌道上前進，就能發見光明，所以他擬將全精神致力於較大的整個「對日和會」這個問題。

　　美國去年在國際上，是全心注重歐洲問題，所以前任國務卿貝奈斯可以說是歐洲問題的專家，他的工作可算告一段落了。如前吾人曾在前鋒第十一期（新人，新生與新年）論過，今年定要舉行「對日和會」，因之，戲劇將換新的，主角當然也要更換。華盛頓方面早就準備今日的來臨，所以過去十三個月間馬帥在華就是為著「今日出任國

務卿」的「準備工作」。

今日的馬帥決非昔時的馬帥可比；今日出任美國國務卿的馬帥，決非十三個月前出任駐華特使的馬帥可比。今日的馬帥除了在來的超等軍略家之外，加之，馬帥今日在美國內，可算是遠東「目前問題」的大專家了。今日遠東之瘤發現於中蘇日之間；日本已完全在麥克阿瑟元帥控制之下，不成問題的，日本已置在美國之掌中。中國如何？中美的諒解如何？馬帥對中國形勢的了解如何？為什麼在這個時候，馬帥要離華回國？又再出任美國今年中在國際上將演主角的國務卿？這些問題吾人可由其前前後後的隨帶事實，不答而能得解的。今日美國在遠東，可謂三分天下有其一，而聯其一，合之得其二。如斯，孤立的蘇聯，無作為矣！

有一點吾人要特別提出，使大家注意的；美國在今年中，將以馬帥為中心，傾其全力於遠東問題。美國為要防備蘇聯，將在遠東幫助協力，使一強而有力的國家建立，以之當做她的幫夥。這是哪一國呢？中國乎？日本乎？或是双關整下〔双管齊下〕呢？然則誰先誰後？這些都是很有趣味的問題。但是由這次馬帥出任國務卿，這個問題又成了「不答自解」的很明瞭。

總而言之，過去的美國外交政策在故羅士福總統領導之下，始終站在超然的地位，使英蘇，中蘇互相讓步，合作提攜。但是偉人一旦不在，國際風雲立刻作浪，戰後的陰雲時布時散，不知何時才能仰望祥瑞之光。馬帥前為故羅總統的股肱，現為國際的要人；吾人相信他定能繼續前代偉人的偉大作風，再積極來領導國際的外交。

以馬帥的智慧和經歷，吾人也相信他定能為遠東之和平，發揮他的雄才；吾人預祝馬帥將為今年國際風雲之人物，並用十二分的誠意祝他的健康和健鬪〔鬥〕！

——原載《前鋒》第 15 期，1947 年 2 月 21 日。

流汗為祖國，揮淚話台灣！

　　內戰全面的爆發，經濟極端紛亂的目前，「請保全這塊乾淨土」
——台灣——的呼聲，尚在耳邊響着，突然的「二二八事變」震驚了
純朴〔樸〕的六百萬台灣老百姓。三月八，九，十日以下一個多禮拜
台省歷史空前的大屠殺，無罪的這班老百姓死在陳儀手下的，不下
數萬人，熱血染遍了台灣全島了。台灣人何罪？台灣人的祖宗得了何
罪，使這班被棄於孤島的大明遺民，遭了這種大刼數？生為台灣人，
何苦呀！

　　關於這次事變的真相，已有了各方面的報導和寫真，甚至於國
際記者和人士也非常的注意；在國內外也已經有了各種批判。這些我
們用不着再提出來討論，但我們要知道，台灣人內心，每個台灣人內
心所要求的——又因台灣行政長官公署致〔置〕之度外，只忙於物質
的接收，只顧私人的利益——釀成了這個「民變」的台灣人的要求
是什麼？言之非常的簡單：在日本帝國主義壓迫了五十一年，過了
五十一年精神上地獄生活，而在這個期間中，前後有了十五次與日本
帝〔國〕主義用武力抗爭，最後又有了多數的熱血青年亡命到祖國，
參加八年抗戰，結果打倒了日本。台灣因之歸還祖國，每個台灣人都
想到解放來臨，自此就能過着自由平等，安居樂業的光天化日。那裏
知道，日本人的束縛解了，然而台灣省行政長官公署一班官兒的手却
緊緊的抓着「這塊肥肉」，而死不肯「放」呀！

回憶光復一年後的台省；由理想而到實際，新政的來臨開始於「接收」而「刮收」；人心的「離反」由「不平等待遇」發根；省參議會的成立和參政員的選舉，造就了一班「新御用士紳」；國大代表的選舉強姦了省民的民意。省內復員人數日增月加，公營生產事業又因用事不得其人，致使各業半身不遂，因之失業者之數不能勝算。物價因官僚資本的剝削和台幣的亂發，一漲而再漲，甚至於不知其終止點。以往以產米和糖，聞名於全世界的台灣米，糖價，反比上海，香港，廈門等地還貴。結果是民生塗炭，民不聊生，治安也就發生毛病了。政治的推行更用不着述——由米的統制，煤和糖的「半專賣」，苛捐雜稅的徵收等等都是所謂新政的一班。公務人員與軍警的不守法，始於「左營事件」，繼之以「新營事件」，又再繼之以「員林事件」，清查團檢舉的貿易專賣二局的事件等等，一切的一切都不堪回想。台民由「熱望」而「失望」，眼見錦繡山河到處瘡痍。於是痛恨了如此官僚，如此政治！

台灣省民處於這種情況之下，出於熱烈的愛國心，所要求者不外乎解放，自由，和平等。我們敢說「民族主義」在台灣是不成問題的，因台民各個都以「大明遺民」自居，並且以此為榮譽的。台灣人所要求的：而總積於「二二八事件」的要求，以原則言之，可謂（一）民權的伸張；政治的改革，和（二）民生的解決；經濟的開放。尚若有人提出其他要求，我們敢說這些人絕對不是「黃帝的子孫」，大明的後裔。

台灣光復才一年半，又對日和會未締結之前，發生了這種台省歷史空前的「慘案」，天乎，時乎，不能不算是一種極嚴重的事件，因之中央有覺於此，特派智勇雙全的國防部長白將軍赴台宣慰並且調查其實情。我們相信八年抗戰中，在最高領袖蔣委員長領導之下，運籌於帷幄之中，確立勝利之作戰原則，勞苦功高的這位黨國元勳一定

能體諒台民之痛苦，為國家全盤之前途，為民族整個的立場，一定能對中央建議至善之妙策，迅速的撤換查辦陳儀，再派忠良之賢達赴台組織省政府，改革台省政治，收攬人心；開放台省經濟，解決民生；幹〔趕〕快將台省遍地之血跡洗清，彌補省內和省外之濠溝，使這個「乾淨土」再來做一塊「乾淨土」；這樣的我們才對得起延平郡王和孫國父在天之靈呀！

——原載《前鋒》第 16 期，1947 年 4 月 20 日。

前車可鑑

　　國府和行政院改組聲中，政學界的老闆張羣居然上台，組織了渦潴的聯合內閣；政學系的聲勢正達到最高峯〔峰〕的今日——其健將陳儀之根深蒂固的地位，將要更深而固的今日——在「二二八」一案狂風作浪的當中，在過去作了一年半「台灣王」的陳儀，終於倒台了；並且倒的悽慘之至！從今之後，陳儀的名譽，無論在國內外，到處掃地；為這位「一年半的台灣王」惋惜！試看陳儀在這「二二八」的風浪之中，究竟因何倒了台呢？

　　第一可以述是政治的腐敗和辦事的無能：台省法治已有相當的基礎，台民的教育水準又高，兼之台民愛強，台民思治心切，然而陳儀帶到台灣的一班幹部，可謂清一色的「官僚資本的私人」。不關你三七廿一，要是親信，就能高居上位，牽親引戚，狼狼為奸，由此不出一年，就將一塊「乾淨土」，弄到一團糟。他們的興趣不在「接收」，仍在「刧〔劫〕收」；不在「辦公」而在「營私」。

　　過去日人在台，當然盡了其剝削之能事，但他們究竟辦事有拍〔魄〕力，施政有計劃；他們到底「能吃」，可是也「能做」。陳儀和他一班官兒呢？只會吃，會睡；「不會工」又「不會作」；他們到台灣的使命在那裏？只有天才曉得？

　　第二可算是台省民氣強悍：由上所述，台民眼見台省一團糟，當然痛恨了如此政治；排斥了如此官僚。所以雖然是空拳赤手，亦要力

爭政治的改革；憑着一腔愛國和愛鄉的熱誠，理直氣壯的要求政治的改善。

台民的要求登用台人，絕不是爭「飯碗」的問題。這是看見陳儀完全不注意「人心的收攬」，所以才有這種「忠告式」的要求。施政用事君得其人，當然事半功倍，這是一定的原理。昔日劉備得了荊州，不是頭一步就是起用了馬氏五常和伊籍等一班本地人嗎？諸葛亮治川的第一要領不是重用法正，許靖，費偉等蜀人嗎？因之，西蜀才能始終占了「人和」；才能成了三分的局面。

第三是因長官公署這班幹部，只能「日賦萬言」，其實遇着「二二八」一案發生，在二月二十八日那一天，確是「胸中無一策」。後來雖然有種種的陰謀，但究竟是「下策」。所以才會把這種可以「滿門」善處的案件，弄成天翻地覆的驚人慘案。庸才到底是平凡，腐儒始終是空論，貪官污吏總之是近視！夫人才者，胸懷大志，腹有良謀；平日能識宇宙之玄機，臨事能察時勢之奧妙。陳儀以下的幕僚却無這一種第一流的人才。

最後是如上述，由其無能和無謀，而最後又將錯就錯的擇取其「下策」；開始大屠殺台胞。這樣一來，無論國內或國外的輿論當然沸然的不容許陳儀再幹下去了。然則陳的蠻幹的報復手段也做的非常的澈底；大有「一不做二不休」的作風。這是「一年半的台灣王」的最後的「善政」。但是天理昭昭，陳儀的政治命運「壽終正寢」了！

此後無論誰人主台，一到台灣若再不注意「人心」這個「人」字，和除去「私人」這個「人」字，吾人相信「到台」就馬上會變成「倒台」的。陳儀的前車之轍，最後轍在「二二八」事變，而「二二八」事變又如上述原因，將陳儀抓下台了。

總之，台胞失望的情緒，過去未被陳儀重視，甚至被輕視，這就是「事變」未能防止的原因。可是今後台灣的問題決不是換一個人

或是拉幾個台籍賢俊參政，就有辦法的。根本必須換一個「前進的方
式」——比日人時代更進步的方式——並且要澈底改變一些已弄糟了
的事情，庶幾真能使台灣欣欣的留着漢民族的一點元氣！

——原載《前鋒》第 17 期，1947 年 8 月 22 日。

一條有價值走的道路

　　國際風雲緊急的目下，大陸經濟將崩的今天；今天無論在大陸也好，在台灣也好，老百姓都在物價高漲之下呻吟。每個人時時刻刻只有物質的「價格」二字，在腦海中盤旋；因之「價值」二字不知不覺的散漫在五里雲霧中，「生為台灣人」有「價值」走的一條道路，在「要活下去」的掙扎中，幾乎是沒有時間考慮過。

　　大陸的局勢無論在軍事上，政治上，經濟上，或是社會上都是一團亂麻；末日將臨乎？曙光看見了嗎？在這種情況之下，台灣若再不站起來，不會變成「南海的孤兒嗎？」或者成為「兩強」拚爭的「一塊肥肉」。然則台灣人若不大大「自覺」，眼見就是「西太平洋的羔羊」。

　　大陸局勢的混沌不知道要繼續到那天，其實卻是未可逆料的一件事；但是至少我們可以斷言的：和平在幾年內是不可能的。若再進一步，用比較具體的看法，我們可以看出下面幾個「可能的局面」：

　　一、中國大陸的內戰就是「共產」與「反共產」兩個集團在遠東的前哨戰；中國的內戰會更加一層的激烈，由之會繼續到第三次世界大戰才解決的。這樣下去，最可憐的當然是大陸的民眾。國土變成國際戰爭的戰場，人命和財物都變成砲灰的。這樣結果能得到什麼？過去歷史告訴我們，最好的勝利也不過是一個空頭的「一等國」。到底什麼人願意為這種買賣犧牲呢？

二、第二個可能的局面就是國際戰爭不致最近就發生，但中國的內戰在今年中就形成南北兩個不相上下的政權。這樣一來全面的內戰仍然會繼續下去的。但是廣大的邊疆區域，像台灣這個特殊的地方會形成怎樣的運動呢？這實在值得我們考慮的問題。

三、由北方內戰軍事的壓力，加之經濟的崩潰。南京政府一旦瓦解；中國內部極端的紛亂，中國邊疆各省不會四分五裂嗎？

無論是遭遇到那一個局面，台灣人必須準備應付一切可能的新局面。惟有「自立」，我們才能生存！除了自立之外，我們永遠都會被人家看著「殖民」；除了自立之外，台灣人就無其他解放的道路了？

台灣有台灣特殊的歷史；台灣有台灣特殊的氣候；台灣有台灣特殊的環境，台灣有台灣獨得的資源——海中有海產；平地有農產；山內有山產；兼之島內的交通網四通八達；工礦業亦具有相當現代化的基礎。台灣又有普遍化的教育，配之尚有周密的民眾訓練和組識；太平洋若一旦狂風作浪；大陸若一朝飛砂走石，台灣人應該站起來閉關自守。如斯台灣在經濟上能以「自強」，在政治上能以「自治」。

我們必須具有上述自覺，自立，自守，自強和自治精神，然後才能走上解放，自由和民主的這條道路。我們同時亦知道這條道路長遠和困難的道路，但是我們若明瞭長困之路的前面，是立著「以台立台」，「以台治台」和「以台養台」的明燈。我們當然就能勇氣百倍的認識「這是一條有價值走的道路」！

——原載《前鋒》第 18 期，1948 年 6 月 30 日。

廖文毅先生大事年表

年份	日期	歲數	記事
1910	3月22日	1	於台灣雲林西螺出生。
1923		14	公學校畢業,進入淡水中學校就讀。
1925		16	就讀京都同志社大學中學部。
1927		18	入讀南京金陵大學工學院理工科。
1931		22	金陵大學畢業後,擔任上海天章製紙公司技師。
1932		23	赴美國入密西根大學攻讀工學碩士。
1933		24	取得工學碩士學位,入俄亥俄大學攻讀博士學位。
1935		26	以〈用鈉氯化物電解法從事紙漿生產〉(The Production of Paper Pulps by the Electrolysis of Sodium-Chloride Solution)為題撰寫博士論文,取得化學工程博士學位。
			與美籍華裔的李惠容結婚。
1936	9月	27	擔任中國浙江大學工學院教授,後出版《台灣之糖業的研究》。
1937		28	擔任中國軍政部兵工署上校技正。
1939	3月	30	因父親廖承丕病重返台,同年5月父親病逝。
	5月		與二哥廖文奎在台北成立「大承物產株式會社」和「大承信託株式會社」,分別擔任專務取締役、社長職務,兼任台灣石炭協會顧問、高爾夫球協會總裁、橄欖球協會會長等職務。
1940		31	擔任香港銀行團鑑定技師。
1941	12月	32	遭虎尾郡役所特務警察逮捕,訊問後隨即釋放。
1945		36	擔任台灣省行政長官公署工礦處簡任技正,兼接收委員、台北市工務局局長。
			成立「台灣民族精神振興會」、「台灣憲政會」。
	10月		創《前鋒》雜誌,由台灣留學國內學友會印行。
1946		37	辭台北市工務局局長兼職,改兼台北市公共事業管理處處長。
			發行《前鋒》双週刊。由大承出版社／前鋒雜誌社出版。

	9月6日		參選國民參政員落選。
	10月31日		參選制憲國代落選。
	11月30日		與二哥廖文奎赴中國大陸考察。
1947		38	成立「自治法研究會」。
	6月5日		在上海成立「台灣再解放聯盟」。
1948	2月28日	39	在香港擴大組織「台灣再解放聯盟」。
	9月1日		「台灣再解放聯盟」向聯合國提出台灣託管請願書。
1949		40	黃紀男擔任「台灣再解放聯盟台灣支部長」，返台活動。
	12月		潛居日本。
1950	2月28日	41	在京都召開「二二八事件三周年紀念日」，發表台獨主張。
	3月17日		被東京盟軍總部以非法入境罪名拘捕，被關於巢鴨監獄，判刑6個月，於10月12日刑滿出獄。
	5月14日		「台灣再解放聯盟台灣支部」遭國民黨當局偵破，黃紀男、廖史豪等7人被捕。
	5月17日		成立「台灣民主獨立黨」，當選主席。
1955	4月18日	46	致函印尼萬隆會議，由印尼首相代為宣讀。
	9月1日		「台灣臨時國民議會」在東京成立，郭泰成當選議長。
	11月		通過「台灣共和國臨時政府組織條例」。
	12月		當選大統領，吳振南當選副大統領。
1956	2月28日	47	在東京公開宣布成立「台灣共和國臨時政府」，「台灣臨時國民議會」改稱「台灣共和國臨時國民議會」。
1957	1月	48	「台灣民主獨立黨」改組，吳振南當選主席，陳春祐當選副主席。
	8月31日		出席馬來亞聯邦獨立大典。
1959		50	黃紀男等人成立「台灣民主獨立黨地下工作委員會」。
1960	1月	51	成立「台灣獨立統一戰線」，擔任總裁。
1962	1月	53	「台灣民主獨立黨地下工作委員會」遭偵破，黃紀男等12人被捕。
1963	4月28日	54	吳振南成立「台灣獨立革命評議會」。
1965	5月14日	56	返台。
	12月		擔任曾文水庫籌建委員會副主任委員。
	12月1日		擔任台灣省政府顧問。
	12月9日		黃紀男等4人特赦。
1966		57	「台灣共和國臨時政府」副總統吳振南、「台灣共和國臨時國民議會」副議長鄭萬福返台。
1973	8月	64	擔任台中港建設委員會副主任委員。
1977	5月6日	68	自政府部門退休。
1986	5月9日	77	廖文毅病逝台北。

參考文獻

1、李世傑，《台灣共和國臨時政府大統領廖文毅投降始末》，台北：自由時代，1988。

2、張炎憲，胡慧玲、曾秋美採訪記錄，《台灣獨立運動的先聲：台灣共和國》，台北：吳三連台灣史料基金會，2000。

3、陳慶立，《廖文毅的理想國》，台北：玉山社，2014。

4、杜謙遜，〈台灣共和國大統領──廖文毅略傳〉，網站：https://digitaiwan.com/?page_id=5426，點閱日期：2022 年 6 月 20 日。

5、〈廖文毅（廖溫義）〉，《軍事委員會委員長侍從室》，國史館藏，數位典藏號：129-220000-0920。

6、葉亭葶，〈從大中華國主義者到混血台灣民族論者：廖文毅政治思想再探〉，《二二八、人權、民主與轉型正義學術研討會論文集・2021 年》，台北：財團法人二二八事件紀念基金會，2022。